W0287625

« E lui che sfidava il suo Minotauro
immerso in una nebbia che aveva
improbabili colori da fiera. »

« Et lui, défiant son Minotaure,
noyé dans un brouillard
aux improbables couleurs de foire. »

Or, encens et poussière

Valerio Varesi

Or, encens et poussière

Traduit de l'italien par
Florence Rigollet

Agullo

Cette publication a été cofinancée avec le soutien de la Commission européenne. Cette publication n'engage que son auteur et la Commission n'est pas responsable de l'usage qui pourrait être fait des informations qui y sont contenues.

Cofinancé par le
programme Europe créative
de l'Union européenne

*

Avec le concours financier de la région Nouvelle-Aquitaine

*

Titre original : *ORO, INCENSO E POLVERE*

www.agullo-editions.com

Conception graphique : WIPbrands

À Simona Mammano pour ses précieux conseils,
à Girolamo Laquaniti pour la belle histoire
qu'il m'a racontée,
à Ilde et aux « filles » de chez Frassinelli.

CHAPITRE 1

Parme était sous un brouillard ouaté. On ne distinguait même plus la géométrie des tours des Paolotti, ni celle des campaniles de San Giovanni et du *duomo*. Une soirée d'autres temps, d'avant que les saisons ne se ressemblent toutes. Lorsque la ville s'enveloppe d'une coquille de vapeur et retrouve soudainement toute son intimité. Que son excitation, ses grondements, sa frénésie s'apaisent. Sous son épais brouillard, Parme arrêtait de crier. Elle susurrait comme les vieilles à l'église.

En marchant dans les rues, Soneri sentit monter une nostalgie réconfortante. Son pas battait au rythme du refrain des souvenirs : l'université, son impatience de retourner via Saffi, Ada, perdue trop tôt… Il s'arrêta piazzale della Pace, sans toujours entrevoir l'austère silhouette de la Pilotta, ni les immeubles de la via Garibaldi. On ne voyait que du brouillard. Au-dessus, et tout autour. Rien qu'un bout de pavé sur lequel avancer, c'était, pour le moment, son unique certitude. Ensuite, son téléphone sonna. La vie, tangible et illusoire, le rappelait à elle.

« *Dottore*, je vous dérange ? amorça Juvara avec précaution.

— Au contraire. Dis-toi que tu m'as empêché de tomber dans un puits en m'attrapant par les cheveux », répondit le commissaire.

Une phrase tellement indéchiffrable que l'autre en resta muet.

« Et alors ? l'exhorta-t-il.

— C'est le bordel sur l'autoroute, une espèce de catastrophe...

— Les catastrophes ne se limitent pas aux autoroutes. Après, une espèce de catastrophe...

— Un accident, en fait. Un gros. Plus d'une centaine de voitures, des camions, des incendies...

— D'accord. Appelle la police de la route, non ?

— Non, non... Ils y sont déjà...

— Ah bon. Alors, tout va bien.

— Ben, en fait... bredouilla l'inspecteur.

— Quoi ?

— Le questeur demande d'y faire un saut parce qu'on a signalé des Tsiganes qui rôdent près des voitures, dit enfin Juvara d'une seule traite.

— Qu'on envoie des patrouilles ! s'agaça Soneri tout en sentant qu'il pourrait fuir sa solitude et se tirer du piège que lui tendait la nostalgie.

— On en a envoyé, poursuivit l'inspecteur, mais le brouillard est tellement dense... ils n'arrivent pas à trouver. Aucun agent de permanence ne connaît la *bassa*[1]. »

Soneri comprit immédiatement la menace qui lui planait au-dessus de la tête, tel un ressort sur le point

1 La plaine la plus éloignée des montagnes, en l'occurrence au nord du Pô pour ce qui concerne l'Émilie-Romagne. *(Toutes les notes sont de la traductrice.)*

de se détendre. Il préféra l'anticiper et prit la place en diagonale en direction de la Steccata.

« C'est où exactement ? demanda-t-il.

— À côté de la station-service de Cortile San Martino. Vous avez une route qui longe tout un tronçon de l'autoroute du Soleil.

— Je vois. Et les patrouilles ?

— Elles tournent en rond. Le questeur a dit que vous étiez le seul à connaître ces routes… Le seul de Parme…

— Prends la voiture, je t'attends devant la Steccata dans cinq minutes », abrégea Soneri.

Juvara eut du mal à le trouver. Le commissaire fut obligé de gesticuler et de sauter par-dessus les chaînes accrochées entre les bornes de pierre pour se faire remarquer.

« Je prends le volant, trancha-t-il au moment où l'inspecteur baissait la vitre. Avec toi, au mieux, on finit dans le fossé. »

Juvara obtempéra avec soulagement.

« Déjà que j'ai galéré pour passer le porche de la Questure, avoua-t-il en lui laissant sa place.

— C'est pour ça que tu ne trouves pas d'amoureuse : tu es trop empoté. »

L'autre garda le silence, mais la petite tape affectueuse que lui donna Soneri en s'installant sur le siège lui rendit son sourire.

Le brouillard recouvrait le capot. Une fois sortis de la clarté laiteuse des lampadaires, ils s'engagèrent sur les petites routes de campagne et plongèrent dans un noir quasi impénétrable.

« Tu m'étonnes qu'ils ne trouvent pas, murmura Juvara.

— C'est un temps à rester chez soi devant un bon feu de cheminée, avec un chat, ça va sans dire... Tu vois toutes les occasions qu'on perd ? Remarque, ça vaut peut-être mieux », conclut le commissaire en se rappelant l'écueil de tout à l'heure.

Juvara lui jeta un coup d'œil peu convaincu et se remit à regarder la route, tendu et silencieux. Ou plutôt, ce que l'on en voyait, c'est-à-dire à deux mètres, pas davantage.

« En admettant qu'on finisse par trouver l'endroit, on va faire comment pour les interpeller, avec tout ce brouillard ? dit-il en changeant de sujet.

— Écoute, on verra ça tout à l'heure, d'accord ? On va déjà essayer de suivre la route », s'irrita Soneri.

Chaque fois qu'il tentait des sujets de conversation un peu plus profonds, son inspecteur ne rebondissait pas. Le commissaire n'arrivait pas à comprendre s'il s'agissait d'indifférence ou de timidité. Peut-être son jeune âge... Après tout, lui aussi, à trente ans, se foutait des bilans et des feux de cheminée.

Ils arrivèrent à un carrefour sans panneau d'indication. Même Soneri n'arrivait plus à se repérer. D'instinct, il tourna à gauche, en espérant que ce soit le bon chemin.

« Va savoir... C'est peut-être par là », se murmura-t-il à lui-même.

Quelques centaines de mètres plus loin, un cri menaçant résonna dans l'obscurité. Un cri désespéré de bête à l'abattoir.

« Vous avez entendu ? » sursauta Juvara en bombant le torse comme le ferait un merle.

La silhouette d'un taureau apparut dans le maigre faisceau des phares.

« Oui, dit Soneri, on a pris la bonne route. »

L'animal devait peser au moins six cents kilos et paraissait davantage apeuré qu'agressif. Le commissaire vit Juvara serrer la poignée de la portière et se raidir de tout son corps.

« J'ai du rouge sur moi, marmonna-t-il.

— Du calme, ça reste un herbivore. Tu as beau être bien en chair, ça ne lui fait ni chaud ni froid. Il faut juste éviter de lui casser les couilles », ricana Soneri en faisant des appels de phares.

Le taureau se retourna paresseusement avant de se mettre à courir en balançant son gros scrotum qui lui pendait entre les cuisses.

« Elles sont énormes, murmura l'inspecteur en soupirant de soulagement.

— Et qu'est-ce que tu croyais ? Ce n'est pas Capuozzo », plaisanta le commissaire.

Ils continuèrent d'avancer dans le brouillard. Outre les mugissements, on entendait d'autres cris d'animaux, comme des cris d'orphelins du fin fond de la nuit. Un deuxième taureau, la queue dressée, courut devant les phares en traversant la route.

« Limousine, reconnut Soneri. Race à viande.

— Je ne pensais pas que les limousines pouvaient être dangereuses, murmura Juvara.

— Erreur. Pense à Kennedy et aux meurtres de mafieux. »

Ils doublèrent une énorme vache qui meugla à leur passage.

« Ça va être une nuit d'amour mémorable, avec tous ces taureaux en vadrouille, s'amusa le commissaire.

— Encore faut-il qu'ils se trouvent, fit remarquer l'inspecteur.

— Ils ne sont pas aussi timides que toi. »

Ils poursuivirent leur route jusqu'à ce qu'ils traversent une épaisse vapeur vaguement teintée de jaune.

« Soit c'est le restauroute, soit c'est l'hypermarché », supposa Soneri.

Ils s'arrêtèrent à un nouveau carrefour. Tout avait désormais la couleur paille du moscato. Par-dessus le ronronnement du moteur, on discernait une musique métallique au rythme binaire qui s'ajoutait aux mugissements et aux bruits de sabot des taureaux en liberté.

Le commissaire baissa sa vitre pour mieux voir sur le côté, et la voiture fut envahie d'une odeur de brûlé.

« Pneus cramés, déclara-t-il en prenant sur la droite, en direction de l'odeur.

— On est tout près de l'accident, constata Juvara.

— Excellente déduction, ironisa Soneri.

— Oui, mais les taureaux ? D'où ils viennent, ces taureaux ? reprit l'inspecteur, à nouveau effrayé.

— Tu crois qu'ils étaient dans un camion qui s'est renversé ? lui demanda le commissaire en conservant son ironie. Tu vois, parfois, le malheur apporte la liberté. »

À présent, le brouillard était strié de noir, et l'odeur de brûlé piquait de plus en plus. Le commissaire se pencha sur le volant et regarda le ciel à travers le pare-brise. On aurait dit une énorme perruque oxygénée balayée de mèches brunes. Il se tourna pour voir la tête de Juvara : il avait l'air aussi médusé qu'un enfant sur un manège. Devant eux, des cochons restaient groupés comme s'ils regrettaient leur soue, puis un cheval apporta une nouvelle touche de mystère en traversant l'obscurité chargée de meuglements dolents.

« Mais qu'est-ce que c'est ? La ferme des animaux ? » s'impatienta Juvara.

Un hennissement lui répondit depuis la nuit noire et profonde. Tout de suite après, une lueur vacilla sur leur gauche, cette fois de la couleur d'un bon lambrusco. Le commissaire, déconcerté, arrêta la voiture.

« *Dottore*, c'est les carcasses qui brûlent, interpréta Juvara.

— Impossible, normalement, l'autoroute est de l'autre côté. »

C'était la seule chose dont il fût certain. Il se tut un moment sans comprendre. Il ne s'y retrouvait pas, troublé par des souvenirs anciens, du temps qu'il sillonnait la plaine à la recherche d'intimité. Son passé ne cessait de le poursuivre et faisait résonner des prénoms de jeunes filles, perdues de vue depuis longtemps. Il n'était pas sorti du piège, il fallait continuer de fuir.

Il fit crisser ses pneus à gros coups d'accélérateur et entrouvrit un peu la vitre. Il avait décidé de se guider à l'odeur, comme les bêtes en amour. Comme ces taureaux qui accouraient au rendez-vous de l'invisible. Peu après, des lueurs plus intenses apparurent sur leur droite. Il avait eu du flair : l'autoroute était là, s'étendant à l'infini, indifférente, avec son lot de tragédies.

Soneri s'engagea sur le sentier qui la longeait en direction des incendies. Il se gara tant bien que mal sur l'accotement, jonché de gravats et de carrelages cassés, de vieux papiers et de mouchoirs usagés. Juvara descendit de voiture et resta à proximité, sa portière grande ouverte.

« Et maintenant ? » s'interrogea Soneri en avisant le remblai jonché de détritus de l'autre côté de la clôture.

L'inspecteur ne répondit rien et tenta prudemment de se repérer.

Le commissaire se mit en marche le long du grillage. Les lueurs ondoyantes des brasiers, la voûte de brouillard jauni, les cris des bêtes perdues et la musique assourdie rendaient l'ambiance surnaturelle. La campagne derrière lui grouillait de vie artificielle tandis qu'en face on devinait le chapelet de tôles froissées où régnait un silence de mort, brisé seulement par le va-et-vient des dépanneuses et par le ronflement des gyrophares des ambulances.

Il revint sur ses pas.

« Appelle le commandement et dis-leur qu'on est sur place. Demande-leur ce qu'on doit faire », ordonna-t-il à Juvara.

L'inspecteur ne fut pas mécontent de remonter dans la voiture.

« *Dottore*, mais, et là-bas… ? cria-t-il en se penchant par la fenêtre et en indiquant un feu du côté opposé.

— Les Tsiganes, de toute évidence, grommela le commissaire.

— Ils disent d'attendre et de rester ici avant l'arrivée des collègues, lui fit aussitôt savoir l'inspecteur.

— Tu entends les manèges ?

— Quels manèges ?

— Ceux du centre commercial, derrière le restauroute.

— Ah, c'est de là que vient la musique ?

— Oui. Ça attire pas mal de monde. »

Les aboiements d'un chien s'ajoutèrent tout à coup au chœur des autres animaux. L'épaisseur de la brume brouillait la direction du son, et l'on ne comprenait pas s'il venait du remblai ou de ce côté-ci de la clôture.

« Un nouvel égaré, murmura Soneri.

— Il était peut-être dans une voiture accidentée », supposa Juvara.

On les appela sur la fréquence. Pasquariello, le commandant du 17, voulait savoir comment rejoindre le commissaire. Un coup de vent vira la colonne de fumée, et une odeur de pneu brûlé passa par la vitre baissée. Juvara fut pris d'une quinte de toux et ouvrit la portière en grand pour pouvoir respirer.

« On fait la même pour débusquer les renards », commenta Soneri.

Puis il vit l'inspecteur se rejeter sur son siège et refermer la portière avec une agilité qu'il ne lui connaissait pas. Il se retourna et aperçut à quelques mètres le mufle d'un taureau. La bête soufflait à pleins naseaux comme sur une vignette de bande dessinée, puis elle ouvrit la bouche en tirant la langue et arqua tout son corps en un beuglement qui fit vibrer la brume. Le commissaire se tint planté sans bouger pour essayer de comprendre si l'animal réclamait sa mangeoire ou s'il voulait marquer son territoire, tandis que Juvara, à l'intérieur de la voiture, le suppliait de revenir.

Tout lui semblait factice, à l'image de la fête foraine dont la musique se diffusait à l'arrière-plan. Et lui, défiant son Minotaure, noyé dans un brouillard aux improbables couleurs de foire. Malgré les supplications de Juvara, le commissaire continuait d'observer la bête immobile en se reflétant dans ses grands yeux résignés. Cela ne dura qu'un éclair : le taureau tourna la tête, décampa et disparut dans la nuit.

« Avec tes cris, il a failli me mettre un coup de corne, Juvara ! gronda le commissaire.

— Vous prenez trop de risques, j'ai vraiment cru qu'il allait le faire.

— Dis-toi que les animaux sont beaucoup moins dangereux que les hommes. On risque beaucoup plus facilement sa peau en étant flic qu'en étant vétérinaire. »

Les aboiements aigus du chien n'en finissaient pas, leur rythme était insupportable.

« Il est vraiment terrifié, constata Juvara.

— Il a surtout peur des taureaux de ton espèce, rétorqua Soneri au moment où des phares les éblouirent.

— Voilà la patrouille, annonça l'inspecteur.

— On a fini cinq ou six fois dans des cours de fermes, éclata l'un des agents en descendant.

— Ce n'est rien, ça. Le problème, c'est après, pour retrouver son chemin », les charria Soneri.

Mais au lieu de les dérider, il ne parvint qu'à les effrayer davantage.

« Il est où ce clebs ? » s'énerva le chef de bord.

Le commissaire fit un geste évasif en levant et en agitant sa main.

« Je ne vois pas la moindre trace de Tsiganes, ici », insista l'autre agent.

Soneri indiqua alors le feu de camp de l'autre côté de la route. Le chef de bord marmonna quelque chose, sortit une cigarette, se la mit à la bouche et l'alluma. Le commissaire l'imita en s'allumant un *toscano*. Ils restèrent silencieux jusqu'à ce qu'un mugissement tout proche transperce le brouillard et qu'un nouveau bestiau apparaisse. Celui-ci avait la taille d'un gros veau, on le devinait à ses cornes encore jeunes.

« Putain ! s'exclama le chef en bondissant sur le côté et en décrochant l'étui de son Beretta.

— Range ça, l'arrêta Soneri, il ne va rien te faire. On ne sait pas où les balles peuvent finir, avec ce temps. »

Le policier recula vers sa voiture, et le taurillon, après avoir avancé de quelques pas, sembla finalement renoncer à le charger.

« Si tu montres que tu as peur, il peut te foutre ta raclée en deux secondes », lui reprocha le commissaire.

Le flic baissa son pistolet une fois la bête partie et, la main tremblante, le fit glisser à son étui.

« Je sors le M12 ? » demanda l'autre agent en faisant allusion au pistolet-mitrailleur dont ils étaient équipés.

Son chef fit non de la tête, il avait l'air assez secoué. Soneri le sonda :

« Tu n'as jamais vu de taureau ? »

L'autre bougea encore la tête. Il était jeune et faisait partie de cette génération formée à l'école de police. Le commissaire se rendit compte qu'il appartenait à une autre époque : celle d'un monde paysan vivant où les taureaux n'avaient rien d'une rareté monstrueuse et extraordinaire. Les phares de la deuxième voiture de patrouille arrivèrent juste avant qu'il ne commence à se sentir hors d'âge.

« J'aimerais bien savoir pourquoi on nous envoie dans ce putain d'endroit ! gueula l'autre chef de bord.

— À cause des Tsiganes, Esposito ! répondit son collègue.

— C'est la jungle, ici, reprit le nouvel arrivé, taureaux, porcs, vaches…

— Des vaches et des cochons, y en a partout, rétorqua un agent.

— Des taureaux, un peu moins, intervint Soneri pour mettre un terme à la discussion.

— *Dottore*, vous pouvez me le dire comment on va faire avec les voleurs ? On voit même pas le bout de nos grolles !

— Faudra demander à Capuozzo, répondit Soneri en perdant légèrement patience. Allumez vos gyrophares sur la route. Histoire qu'on nous voie… »

Les aboiements désespérés du chien couvrirent la voix du commissaire.

« Putain, ta gueule ! jura Esposito tandis qu'une salve de beuglements étouffés retentit dans le brouillard.

— J'ai dit d'aller tourner jusqu'à nouvel ordre », répéta Soneri.

La patrouille remonta dans sa voiture. Dans la pénombre jaunâtre, la musique des manèges continuait de se répandre par à-coups tandis que les pompiers devaient probablement désincarcérer les morts et les blessés des tôles. Soneri regarda s'éloigner les gyrophares bleus jusqu'à ce que la nuit les engloutisse et resta planté à fumer son cigare. Depuis l'autoroute, on entendait les scies grincer, interrompues parfois par une accélération. À d'autres moments, on distinguait aussi une certaine agitation dans la plaine alentour. Des fuites et des approches, peut-être des duels à l'aveuglette.

« Commissaire ! héla Juvara.

— Dis-moi… répondit Soneri une fois à côté de la voiture.

— J'ai l'impression d'avoir entendu quelqu'un courir vers les champs. »

Soneri écarta les bras.

« Qu'est-ce que tu veux y faire ? À moins qu'il se jette contre nous… »

C'est alors que l'une des deux voitures de police qui montaient la garde déboula à toute vitesse. Esposito en descendit précipitamment et s'approcha en gesticulant.

« On a trouvé un corps ! brailla-t-il. Un corps brûlé ! Il doit venir d'une voiture qui s'est ramassée », expliqua-t-il enfin, en reprenant son souffle.

Sans un mot, Soneri remonta dans sa voiture et les suivit le long de la route.

Une fois sur place, les aboiements du chien s'amplifièrent. Esposito alluma sa torche et la pointa sur un cadavre défiguré et mutilé par les flammes, juste derrière le grillage métallique. À quelques mètres, un loulou de Poméranie de couleur indéfinissable s'égosillait.

« Vous croyez que c'est son maître ? » demanda Juvara.

Le commissaire secoua la tête.

« Normalement, ils restent à côté et les veillent en silence. Celui-là semble avoir des penchants pour la dénonciation.

— L'accident est juste au-dessus, indiqua l'un des agents. Il a dû être projeté de la voiture. »

Soneri leva les yeux vers l'autoroute. On avait du mal à discerner les voitures accidentées, encore encastrées les unes derrière les autres. Un peu plus loin, un pneu dégageait de la fumée.

« Bah ! » s'exclama-t-il sans trop y croire.

Il se saisit ensuite de la torche d'Esposito et s'approcha davantage de la clôture pour observer le cadavre qui n'avait plus grand-chose d'humain.

« Pour moi, ce n'est pas un automobiliste, conclut-il en éteignant la torche. Il vaut mieux appeler la Scientifique. Essayez de ne pas trop piétiner par ici. Sécurisez la zone », ordonna-t-il enfin.

Il retourna à sa voiture suivi de Juvara marchant vite et menu.

« *Dottore*, vous pensez vraiment ?... » osa-t-il.

Soneri acquiesça.

« Ce corps a été jeté ici, mais il a brûlé ailleurs. »

Il prit ensuite son portable et composa le numéro de Nanetti, laissant son inspecteur en butte à la curiosité.

« Au péage, prends vers l'Asolana... Tu vois le resto de Guido ? Non, avant le silo... » expliqua-t-il à son collègue en énumérant tout un tas d'endroits qui avaient disparu depuis des lustres.

Lorsqu'il raccrocha, Juvara était sur le point de l'interroger, mais Esposito le devança :

« On a mis la rubalise, annonça-t-il. Le *dottor* Pasquariello a dit qu'on n'avait pas besoin de patrouille supplémentaire si la situation s'était calmée, mais il préfère avoir votre avis.

— Une seule suffira, confirma sèchement le commissaire. S'ils avaient dû commettre des vols, ils l'auraient fait avant notre arrivée. Et puis maintenant, ce n'est plus la priorité », lança-t-il avec gravité.

Juvara réfléchit aux derniers mots du commissaire.

« Vous voulez dire qu'on est venus pour un contrôle de routine et qu'on a découvert un homicide ? bafouilla-t-il ensuite.

— Les événements sont très souvent le fruit du hasard. Tu devrais le savoir, non ? Depuis le temps que tu fais ce métier », lui rappela Soneri.

Ils retournèrent près du cadavre et entendirent soudain une plainte aiguë surgir de la campagne, entre terreur et gémissement. Esposito et son collègue commencèrent à s'inquiéter et à devenir nerveux. Juvara explosa :

« *Madonna*, c'est quoi, ce truc ? C'est pire que la savane… »

Soneri était le seul à rester calme. Ce cri ne l'impressionnait pas, il réveillait des choses anciennes au parfum de basse-cour, de saison froide et de fêtes de Noël. On lui avait appris à l'identifier dès sa plus tendre enfance, et le voilà qui surgissait du tréfonds de sa mémoire comme un signe de reconnaissance.

« Ce n'est rien, marmonna-t-il. Un mort de plus, mais cette fois-ci, c'est un cochon. »

Esposito et Juvara se regardèrent sans y croire.

« Qui a fait ça ? demandèrent-ils en chœur comme s'ils étaient à la PJ.

— Par élimination, je dirais les Tsiganes. Il y a quelqu'un d'autre dans les parages ?

— Je croyais qu'ils étaient musulmans, reprit le chef de bord.

— La plupart sont italianissimes », expliqua Soneri avec une pointe de reproche.

Il s'étonnait toujours de l'ignorance de certains policiers concernant des questions qu'ils auraient dû connaître sur le bout des doigts. La voiture de la Scientifique arriva sur ces entrefaites et les détourna de leur conversation sur les Tsiganes et les cochons.

« Est-ce qu'un jour tu vas m'appeler pour m'annoncer une bonne nouvelle ? attaqua Nanetti en descendant difficilement de voiture. Heureusement que je connais la zone, sinon on aurait dû attendre demain matin pour examiner le cadavre, ajouta-t-il.

— Y a plus que nous qui connaissons ce territoire, renchérit le commissaire en jouant les compagnons d'armes.

— Normal : on est bons pour l'hospice…

— On dit quiescence, ironisa Soneri. Capuozzo n'arrête pas de répéter qu'on doit mettre nos organes au repos.

— Les siens, réagit Nanetti avec un bras d'honneur. Tu es sûr que ce n'est pas quelqu'un qui s'est mangé une bagnole ? reprit-il ensuite en indiquant l'autoroute.

— Une voiture prend feu après le choc. Si tu es projeté hors de ta voiture, tu échappes aux flammes, non ? »

Nanetti acquiesça, bien qu'un brin agacé par la logique ostentatoire du commissaire.

« Ou alors, reprit Soneri, la voiture s'est embrasée, et notre pauvre type dévoré par les flammes a pris ses jambes à son cou avant de finir ici. Mais, dans ce cas, il aurait dû rouler dans l'herbe et il aurait laissé des traces. Les kleenex et les flasques, par exemple, auraient dû être au minimum cabossés, ou noircis. Et l'herbe devrait avoir un peu roussi, tu ne crois pas ? »

Nanetti examina le remblai avec sa lampe-torche et constata qu'on ne trouvait rien de tout ce qu'avait évoqué le commissaire. Il émit un grognement avant de conclure :

« Je crois que tu as raison… C'est bon, on scie le grillage, on fait nos relevés et on emmène le cadavre dès qu'on a l'autorisation. Pour la preuve par neuf, on verra avec l'autopsie.

— Qui est de permanence ? s'informa Soneri.

— La Marcotti. On est bien tombés. Excellente magistrate, comme tu sais, répondit Nanetti.

— Parfait. Au moins, on n'aura pas à se battre pour faire comprendre l'évidence », conclut Soneri avant de se diriger vers sa voiture en faisant signe à Juvara de le suivre.

Tandis que les deux hommes longeaient la clôture de l'autoroute, ils entendirent un halètement profond, comme s'il venait de bronches encombrées de catarrhe, mêlé à de lourds piétinements.

Ils tombèrent nez à nez avec une énorme masse tournoyante au sommet de laquelle se dressait une majestueuse paire de cornes. Un taureau et une vache s'accouplaient au milieu de la route puis, après quelques embardées, s'en allèrent cogner contre le garde-fou métallique d'un petit pont.

Juvara les contemplait, à la fois troublé et envieux, et le commissaire constata que la stupéfaction avait complètement effacé la peur de son visage.

« Santé ! » s'exclama Soneri.

L'inspecteur avait l'air hypnotisé. Il les observa jusqu'à ce que le taureau abandonne la croupe de la vache et se secoue en baissant la tête, le pénis flasque et pendouillant au-dessus de l'asphalte.

« C'est le même que tout à l'heure ? balbutia Juvara en reprenant ses esprits.

— Bien sûr. Tu n'as pas reconnu ses couilles ?

— Vraiment ? »

Le commissaire lui donna une bourrade.

« Qu'est-ce que tu veux que j'en sache ? En tout cas, ce n'est pas une limousine, il n'est pas assez raffiné. »

À ce moment-là, la vache se cambra et urina bruyamment sur la route.

« En général, c'est une habitude masculine », fit remarquer Soneri.

L'inspecteur eut un sourire aussi béat qu'après l'amour.

« Bon… s'amusa encore le commissaire. Tu as retenu la leçon, j'espère. Allez, on y va. »

Les deux bêtes avaient disparu. Il ne restait que le brouillard, et Juvara qui semblait cultiver l'espoir d'une autre vision miraculeuse. À l'inverse, Soneri observait une espèce de distanciation devant cet enchevêtrement de passé et de présent. C'était bien la *bassa*, c'était bien le brouillard, mais tout lui paraissait surnaturel, comme une caricature de certains de ses souvenirs gravés dans sa mémoire.

Il redémarra la voiture et se remit en route en affrontant une fois encore le mur impénétrable.

« Dire qu'ils l'appellent l'autoroute du Soleil… » marmonna Juvara.

CHAPITRE 2

Ils gravitèrent un quart d'heure autour du feu qui rayonnait au loin, tel un soleil impossible à atteindre.

« Où qu'elle est cette putain de route ? s'impatienta Soneri.

— *Dottore*, vous ne voulez quand même pas rendre visite aux Tsiganes ? s'inquiéta Juvara.

— Pourquoi pas ? Ne t'en fais pas, ils sont plus aimables que les taureaux.

— Mais on n'est que deux…

— Il ne va rien se passer. Ils ne sont pas agressifs.

— C'est vous qui le dites…

— Mais pourquoi tu as autant de préjugés ? Tu as peur des animaux et tu restes indifférent aux gens qui brûlent sur l'autoroute, tu as peur des Tsiganes, mais tu fréquentes des boîtes de nuit pleines de caïds raides défoncés avec un couteau dans la poche… »

L'inspecteur le fixa comme s'il n'y avait jamais pensé.

« Peut-être une question d'habitude, *dottore*…

— On a toujours peur de ce qu'on ne connaît pas. Quoi qu'il en soit, décida le commissaire, je vais te les présenter. »

Ils tournèrent encore un bon moment, le point du feu de camp se déplaçait en permanence. Puis le commissaire fit brusquement demi-tour et revint en arrière. Peu après, les phares éclairèrent un panneau blanc mangé par la rouille sur lequel était inscrit DÉCHARGE.

« On doit y être », chuchota le commissaire en prenant son virage.

Juvara le laissait manœuvrer, muet et impassible. Ils éclairèrent ensuite de gros containers métalliques remplis de déchets et virent surgir un groupe d'enfants qui s'enfuirent en criant. Enfin, ils arrivèrent devant le feu autour duquel festoyaient au bas mot une vingtaine de personnes. Une demi-carcasse de cochon encore à détailler pendait à une sorte de tréteau.

« Tu as vu qui est dangereux, ici ? » plaisanta Soneri en montrant l'œuvre du boucher.

Leur apparition au milieu des caravanes avait interrompu le barbecue. Tous les regards s'étaient posés sur le commissaire et l'inspecteur. Les visages laissaient transparaître une méfiance ancestrale, figeant immédiatement la scène. Pendant un court instant, on n'entendit plus que le crépitement du feu, puis un homme entre deux âges, coiffé d'un Borsalino avachi et vêtu d'un gilet ajusté, s'avança, s'arrêta à un mètre de Soneri et l'interrogea du menton.

« Nous sommes de la police, dit calmement le commissaire tandis que Juvara était resté en retrait, à distance respectueuse.

— Si c'est pour le cochon… commença l'autre en s'interrompant aussitôt devant le hochement de tête de Soneri.

— Ce n'est pas le cochon qui nous intéresse, précisa ce dernier. Paix à son âme, ajouta-t-il en adressant un sourire à la carcasse suspendue au crochet.

— Et alors... dit le Tsigane en écartant les bras.

— Depuis quand vous êtes ici ? »

L'homme se tourna vers les autres pour demander de l'aide.

« Ça doit faire deux mois. Mais nous, on n'a rien à voir avec les vols, se dépêcha-t-il d'ajouter. On a tué le cochon parce qu'il était déjà blessé, il perdait tout son sang, il allait mourir. Il cherchait à se faufiler partout, même dans les caravanes.

— Alors il l'a bien mérité, commenta le commissaire sur un ton sarcastique. De toute façon, je ne vous ai pas accusé de vol...

— C'est ce que vous faites, en général. À chaque fois qu'il manque quelque chose, c'est de notre faute », se plaignit l'autre.

Soneri se retourna et vit une nuée de gamins entourer la voiture. L'homme cria quelque chose dans un dialecte incompréhensible, et ils décampèrent à toute vitesse.

« On a retrouvé un corps brûlé, le long de l'autoroute... reprit le commissaire sans aller droit au but.

— Deux, ils ont dit, le coupa l'homme. On est allés voir, mais la police nous a chassés. On voulait aider, mais ils ont commencé à dire qu'on était là pour voler. Alors, qu'ils se débrouillent. Y en avait d'autres, des voleurs, insinua-t-il dans un rictus.

— Je ne parlais pas des corps qui ont brûlé dans l'accident, spécifia Soneri. Il y en a un qui a rôti sur le remblai, et il n'a rien à voir avec le carambolage. »

L'autre se tourna vers son groupe en empruntant une expression étonnée.

« Et qu'est-ce qu'on a à voir là-dedans ?

— Rien, en effet. Mais vous avez peut-être remarqué quelque chose...

— Avec cette purée de pois ?

— De jour, il fait plus clair...

— Peut-être, mais les assassins, ils tuent pas en plein jour. »

Un type s'était remis à manger en se désintéressant de la conversation. On entendait dans plusieurs caravanes des airs de mandoline évoquant des contrées lointaines.

« Je voulais dire : une voiture s'arrête, le coffre s'ouvre et... » insista Soneri.

L'homme écarta les bras.

« Moi, j'ai rien vu.

— Faites un effort : demandez autour de vous. Ça donnera peut-être quelque chose. Il arrive souvent qu'une personne voie des choses qui lui paraissent sans importance alors que pour nous, elles en ont », termina le commissaire en lui tendant la main, le sourire engageant.

L'autre la lui serra, soulagé que la visite s'achève sans trop de complications.

« Je m'appelle Omar Manservisi », révéla-t-il, mais sa voix fut étouffée par le moteur fatigué d'une voiture qui s'éloignait à toute allure.

Les Tsiganes échangèrent de petits signes que Soneri ne parvint pas à interpréter. Il devina, toutefois, une certaine inquiétude. Et même une gravité fugace sur le visage de Manservisi.

« Tu l'as vue, la voiture ? demanda Soneri à Juvara au moment de repartir.

— J'ai pu relever la moitié de la plaque : AB 32. Il manque deux lettres et un numéro.

— Tu as reconnu le modèle ?

— Une vieille Citroën XM, vingt ans d'âge minimum.

— Il avait l'air pressé, lança le commissaire.

— Mais avec ce brouillard… » constata Juvara.

Ils repassèrent au milieu des containers de la décharge et bifurquèrent sur la vicinale. Le commissaire prit son virage un peu large et fit cahoter la voiture en roulant sur le bas-côté. L'inspecteur subissait les secousses.

« En plus de la mélasse, pesta-t-il, faut qu'on se tape les surélévations des routes.

— C'est bien, en cas d'inondations, tu peux te déplacer.

— D'accord, mais c'est un rodéo.

— Avec des taureaux en prime…

— Vous êtes sûr qu'on a pris la bonne direction ? s'inquiéta l'inspecteur peu après.

— Non… » répondit Soneri sans terminer sa phrase, l'esprit absorbé.

Il réalisa qu'il n'avait pas repris le même chemin et qu'il avait tourné en suivant instinctivement les traces de pneus de la voiture en fuite.

« Mais on va où, là ? insista timidement Juvara.

— On va se faire un tour dans la *bassa*. Ça ne te donne pas des idées ? Imagine si une fille était à ma place… »

L'autre ne répondit pas et le commissaire craignit un instant de l'avoir vexé. Lui aurait bien aimé être avec Angela : les choses auraient été plus drôles, il se serait amusé à la provoquer…

« Tu as vu ? dit-il à l'inspecteur en lui montrant la route.

— Quoi ? s'agita Juvara.

— Quelqu'un est allé dans l'herbe et a failli terminer dans le fossé. »

Des traces sinueuses couraient sur le flot de boue et marquaient le chemin sur une centaine de mètres.

« À votre avis, c'est récent ?

— On dirait, oui.

— C'est peut-être un taureau qui s'est foutu au milieu. »

Le commissaire ne répondit pas et osa un petit coup d'accélérateur pour fendre le brouillard. Ses mains serraient le volant, prêtes à changer de direction.

À un moment donné, la lumière bleue d'un gyrophare le fit ralentir.

« Un barrage de police », plaisanta Juvara, content de voir Soneri freiner.

En s'approchant, ils aperçurent une voiture en équilibre entre le fossé et l'accotement. C'était la Citroën du campement tsigane.

« Soirée pleine de surprises », commenta Soneri en descendant de voiture.

Un type âgé et en mauvais état se trouvait à côté du chef de bord.

« Il est bourré, l'avertit l'agent.

— Je m'en suis rendu compte, répondit le commissaire en faisant allusion aux traces de l'embardée, mais l'autre ne fit pas la relation. Qui est-ce ? s'informa-t-il ensuite en indiquant le vieux sans détacher ses yeux de ceux du policier.

— On est en train de vérifier », répondit ce dernier en indiquant à son tour son collège qui trafiquait sur les ondes.

L'homme se taisait, résigné au pire.

« C'est votre voiture ? » insista le chef de bord.

Pas de réponse. Son regard fixait un point dans le brouillard comme s'il cherchait à se perdre dans le néant.

« Ses papiers sont faux, annonça le second agent qui s'était approché d'eux après avoir transmis les coordonnées au commissariat central. Le véhicule est au nom d'Omar Manservisi, un sans-abri.

— Nous voilà bien ! déclara le chef de bord. On n'a plus qu'à le ramener à la Questure. »

Le comportement du vieux était déconcertant. Il resta quelques secondes sans bouger dans la même position, puis tourna son visage vers l'agent qui venait de le saisir par le bras et le regarda, étonné comme un enfant.

« Manservisi… Manservisi… Ça me dit quelque chose. Mais je ne me souviens plus d'où, réfléchit le policier.

— C'est un des Tsiganes installés près de la décharge de Cortile San Martino », l'informa Soneri.

L'autre s'étonna :

« Ceux du feu de camp ?

— Eux-mêmes, confirma-t-il. Manservisi est leur sorte de chef. Et tout à l'heure, le vieux lui a emprunté sa voiture.

— Emprunté ? Il aurait pigeonné des Tsiganes ? » ricana le policier, incrédule.

Le commissaire écarta les bras et se retourna vers le vieux. À en juger à son regard mélancolique, il devait avoir le vin triste.

« Et la voiture ? On ne peut pas la laisser là, quelqu'un pourrait l'emboutir », fit remarquer Soneri.

Le chef de bord releva sa visière en soupirant :

« Ah oui...

— Le vieux va venir avec nous, décida le commissaire. Vous, restez là et attendez la dépanneuse. »

Juvara saisit à son tour le vieux par le bras, toujours aussi stupéfait.

« Mets-toi derrière avec lui et tiens-le à l'œil. Je sens qu'il pourrait faire des bêtises », ordonna Soneri à l'oreille de son collègue.

Après un quart d'heure de route, ils retrouvèrent la clarté laiteuse des premières lumières de la ville. Et dix minutes plus tard, ils arrivèrent à la Questure.

« Alors, comment se fait-il que vous ayez volé la voiture de votre chef pour aller faire un tour avec des faux papiers ? » démarra Soneri d'une voix lasse en essayant de comprendre le comportement absurde de l'inconnu.

Le vieux détourna son regard et le posa sur un point au milieu de la pièce.

« *Dottore*, on ne devrait pas plutôt le laisser à Musumeci ? Il pourrait être là dans vingt minutes... Parce que, avec l'autre histoire... »

Le commissaire haussa les épaules.

« Le mieux serait qu'il se décide », dit-il en s'impatientant.

Un agent entra au même moment pour prendre les empreintes du vieux.

« Écoutez, on ferait mieux d'en finir avec cette histoire, hein, dit Soneri en élevant la voix, exaspéré par son indifférence. Bon sang ! Vous allez nous le dire, qui vous êtes ! s'exclama-t-il ensuite en balançant les faux papiers sur son bureau comme s'il s'agissait d'un as en pleine partie de *briscola*. Comme ça, c'est réglé : vous

vous prenez une plainte pour usurpation d'identité, vol et conduite en état d'ivresse, et vous vous en sortez avec une réduction de peine. »

Rien n'avait l'air d'atteindre l'homme, qui paraissait plongé dans une torpeur comateuse. Plus l'interrogatoire avançait, moins son attitude n'avait de sens. Le commissaire pensait qu'il avait affaire à un fou lorsque son téléphone sonna.

« Ici, je ne vois rien, démarra Nanetti.

— Je te crois, avec tout ce brouillard ! railla Soneri.

— Il n'y a pas de quoi rire : je ne peux rien identifier, c'est un moignon cramé. C'est comme si on l'avait passé sur le gril.

— Vous avez cherché autour ? Sur les bas-côtés ? reprit le commissaire.

— Oublie les bas-côtés : les secours les ont défoncés. On devra y retourner demain pour examiner le remblai. Les torches ne sont pas suffisantes, avec l'obscurité, expliqua Nanetti.

— OK, espérons qu'on en tire quelque chose », conclut le commissaire.

Il s'apprêtait à retourner à l'assaut du vieux quand Juvara entra, en compagnie de l'agent qui avait pris les empreintes.

« Commissaire, c'est un fugitif, annonça l'inspecteur. D'après les empreintes, il s'appelle Otello Medioli, et il a tué sa femme il y a vingt ans. On a vérifié sur l'ordinateur, il n'y a aucun doute possible.

— On n'est pas au bout de nos surprises », murmura Soneri.

Il se remit en face de l'homme afin de l'observer : son aspect souffreteux, ses yeux humides et la pâleur fanée de son visage le rendaient improbable en tant qu'assassin. Il avait plutôt l'air d'un retraité sans histoire, même si le commissaire savait combien les apparences pouvaient être trompeuses. Cela faisait partie des nombreux pièges de son métier. Et dans le cas de Medioli, vingt années s'étaient écoulées…

« Alors ? Vous vous décidez ? » lui lança le commissaire.

Soudain, le vieux se ranima. Il releva la tête et lui jeta un bref coup d'œil avant de regarder autour de lui comme s'il avait peur de se faire espionner.

« Tout est vrai ! s'écria-t-il en un soupir.

— Dieu merci ! commenta Soneri. On a fait le premier pas », ajouta-t-il en invitant l'autre à poursuivre d'un geste de la main.

Avec un étonnant sens de l'à-propos, Juvara avait branché le micro de son ordinateur et activé l'enregistrement.

« Commissaire, je suis fatigué de cette vie, reprit Medioli en ramenant en arrière sa tignasse blanche qui pleuvait sur son front.

— De la cavale ?

— Avec ces gens… Toujours en caravane, toujours en voyage… Se planquer… On n'a pas de vie. À bien y penser, je crois que j'ai purgé ma peine. Et je crois que j'aurais préféré la prison. »

En voyant Medioli sombrer dans l'affliction au fur et à mesure de ses propos, le commissaire tenta de l'imaginer vingt ans plus tôt : encore costaud, sûr de lui, pourquoi pas arrogant. Un rire faillit lui échapper devant ce que l'homme était devenu. Mais aussitôt après, il se dit que tout le monde partageait le même sort.

« Vous auriez pu partir avant, non ? Comme vous l'avez tenté ce soir. Sans le brouillard et sans l'alcool, vous auriez réussi. Après avoir attendu aussi longtemps… reprit le commissaire.

— J'avais nulle part où aller. Dans le monde normal, j'ai plus personne, et dans le monde des romanos, j'ai toujours été de passage.

— Vous n'avez pas d'enfants ?

— Si, deux grandes filles, mais elles ont plus voulu me voir, elles veulent plus rien savoir de moi. C'est ce qu'elles ont dit dans les journaux. Je connais même pas mes petits-enfants. »

Soneri le jaugea d'un regard méfiant. Quelque chose chez cet homme lui échappait. Tandis qu'il essayait de le déchiffrer, l'agent des empreintes revint des archives avec un vieux classeur dans lequel se trouvait le dossier Medioli. Le commissaire commença à le feuilleter : les pages, tapées à la machine, avaient déjà jauni.

« Mobile probable : jalousie, lut-il dans le rapport. Vous l'avez poignardée parce que vous pensiez qu'elle vous trompait ? » questionna tout à coup Soneri en continuant de tourner les pages.

L'homme avait de nombreux antécédents pour rixes, infractions contre le patrimoine et délits de rébellion.

Medioli acquiesça comme un enfant de chœur.

« C'était le cas ?

— J'en sais rien, répondit péniblement le vieux. J'ai du mal à repenser à cette époque. J'ai l'impression que c'est une autre vie.

— Eh oui, je comprends, marmonna le commissaire en songeant à son propre cas et à la vie de tout un chacun. Malheureusement, c'est la même, dit-il gravement en fixant l'autre dans les yeux.

Celui-ci lui répondit par un regard désespéré, un regard de vaincu.

« Je suis vieux et malade, j'ai plus rien à perdre, je veux seulement un endroit convenable pour mourir. Un vrai endroit, pas une caravane, et pas des lois différentes des miennes. Je veux une fin normale, je veux être comme tout le monde. Même si c'est en prison.

— C'est pour ça que vous avez mis en scène une fuite aussi grossière ? Pour éveiller nos soupçons ?

— J'ai eu comme un dernier sursaut. Oh, si j'avais réussi, pendant un petit moment, ça m'aurait excité. Mais j'aurais préféré me tamponner avec ceux de l'autoroute. Ça m'aurait plu comme fin normale. Je les ai entendus, les chocs, dans la nuit. On entendait que ça, en rafale, alors j'ai pensé : pourquoi que j'y suis pas ?...

— Rien ne dit que vous auriez eu une fin normale, objecta Soneri. On a trouvé un cadavre brûlé sur le remblai qui longe l'autoroute, juste en face du campement... Ça pourrait être une femme qui a perdu la vie à cause d'un homme comme vous. »

Medioli se tortilla en haussant les épaules.

« J'ai quoi à voir avec cette histoire, moi ?

— Je ne sais pas, lui répondit le commissaire volontairement énigmatique. Mais vous vous êtes enfui dès qu'on est arrivés. D'après vous, qu'est-ce que je devrais en penser ?

— Commissaire, je vous jure... »

L'homme ne termina pas sa phrase. Il se prit la tête entre les mains et se recroquevilla tout entier comme s'il voulait disparaître.

« Si ce n'était pas pour la naïveté dont vous avez fait preuve... tenta de le réconforter Soneri. Écoutez, je vous propose un marché : vous allez m'aider à trouver une autre piste. Vous allez me raconter ce que vous avez vu ou entendu dire au campement. Quelqu'un a peut-être remarqué des mouvements, une voiture s'arrêter...

— Si y a eu quelque chose, c'est Omar qu'est au courant. C'est lui qu'est aux manettes, il sait tout ce qui se passe, expliqua Medioli.

— Vous n'êtes plus en bons termes, tous les deux ? » se renseigna le commissaire.

Nouveau haussement d'épaules.

« Là-bas, tout va bien si vous leur servez.

— Là-bas comme ailleurs, constata Soneri.

— Peut-être... En tout cas, pour eux, j'ai toujours été de passage, et si on est pas de leur race...

— À quoi vous leur serviez ?

— Je suis mécanicien. Je sais y faire avec les moteurs et les voitures.

— C'est tout ?

— Oh, des petits boulots. Les hommes qui turbinent, ils se comptent sur les doigts de la main. C'est les femmes et les enfants qui se donnent du mal, avec la manche. Vous voyez ? »

Le commissaire acquiesça.

« J'en avais marre d'être à leur service, souffla Medioli avec rancœur. Et quand j'ai eu mes premiers pépins de santé, ils ont commencé à se plaindre que j'en faisais pas assez. Alors qu'il faut les voir, leurs voitures, dans quel état qu'elles sont, y en a, t'as beau les pousser, y a rien qui fonctionne. J'ai des fois travaillé avec des forains, mais là aussi, c'est des vies de chien...

— Ne me dites pas que vous avez passé vingt ans sur les routes... s'étonna Soneri.

— Bien sûr que si ! répondit le vieux en élevant légèrement la voix, comme s'il allait pleurer. J'ai foutu ma vie en l'air, croyez pas ?

— Vous l'avez foutue en l'air le jour où vous avez tué votre femme », constata le commissaire.

Medioli soupira et son regard se perdit à nouveau dans le vide.

« C'était vraiment par jalousie ? insista Soneri.

— Peu importe, murmura l'homme. J'étais une autre personne. Quand vous serez vieux, poursuivit-il, vous aurez peut-être plus d'indulgence pour les voyous, vous les comprendrez mieux. On peut jamais dire jamais. Hier, j'étais un délinquant, mais aujourd'hui, je pourrais être dans la police.

— Je les comprends aussi aujourd'hui, ne croyez pas ça, intervint le commissaire. Ou tout du moins, les raisons de leurs agissements. Ensuite, il y a la loi, mais c'est autre chose.

— Peut-être que ma femme me trompait pas… murmura le vieux avec une tête de somnambule. Mais elle me fuyait, c'était ça, le hic, elle était pas bien claire. Pour moi, elle pensait pas qu'à moi. Elle me faisait tirer la langue… Et ça, je supportais pas.

— C'est pourtant le meilleur moyen de se faire aimer, fit remarquer Soneri. Mais je comprends que ce soit dur à supporter pour quelqu'un qui veut tout dominer.

— À l'époque, c'était comme ça… fit Medioli en laissant tomber ses mains sur ses genoux en signe de capitulation, tandis que le commissaire continuait de le fixer en songeant à quel point la vie était grotesque, vaine et sans consistance.

— Pourquoi vous êtes resté avec ces gens pendant vingt ans ? demanda Soneri en reprenant son rôle de flic. Vingt ans à naviguer dans des campements boueux avec des gens qui ne vous ont jamais accepté…

— Je savais pas où aller, j'étais presque dans le rouge. À l'époque, je connaissais un gars qu'était forain. Alors je lui ai demandé de me planquer un petit moment, en attendant que les eaux se calment. Total, ça a duré jusqu'à hier, j'ai vadrouillé d'une tribu à l'autre, en courant là où y avait besoin. Je restais un peu ici, un peu là : c'était le seul moyen de ne pas me faire prendre. Vous le savez bien que les meilleures planques, c'est chez les romanos. »

Le commissaire médita cette affirmation, sans doute la chose la plus logique de toute cette soirée improbable. En revanche, l'histoire de Medioli ne détonnait en rien dans l'atmosphère surnaturelle. Juvara le ramena à la réalité en s'approchant discrètement de lui.

« Commissaire, si vous voulez, on pourrait commencer à vérifier la liste des disparus ? Je me disais que peut-être… » proposa-t-il en faisant allusion au cadavre brûlé.

Soneri approuva, perdu dans ses pensées.

« Les étrangers aussi ? ajouta Juvara.

— Bien sûr », répondit le commissaire.

Et par une sorte d'automatisme, il s'adressa au vieux :

« Il y avait beaucoup d'étrangers dans le campement ?

— Pas tellement, s'étonna Medioli. Mais y en a beaucoup qui circulent par ici. Hier encore, à la décharge, y avait des Roumains. Ils s'étaient fait chasser d'un autre patelin, alors on les a accueillis. Les places sur les décharges, y a que là qu'on peut rester. »

La porte s'ouvrit, c'était toujours le même agent.

« On est prêts, annonça-t-il, avant de s'approcher du vieux.

— Moi aussi », répondit Soneri en appuyant ses mains sur son bureau.

Il en avait terminé avec ses questions.

Medioli avait l'air perdu.

« Vous allez me coffrer ? »

L'agent regarda le commissaire avec stupéfaction.

« Demain, vous serez interrogé par une juge, l'informa Soneri.

— Je commençais à me sentir bien avec vous », murmura l'homme qui semblait éprouver un regret désespéré.

Soneri lui fit comprendre d'un geste que l'on ne pouvait rien contre la procédure. Il trouva à la scène un côté onirique.

Le vieux eut l'air une seconde hébété, mais quand l'agent le reprit par le bras, il retrouva son regard étonné du début de l'interpellation.

CHAPITRE 3

Angela et le commissaire se réveillèrent aux aurores, quand l'aube avait encore la couleur de la nuit. Soneri se plaisait à imaginer le brouillard toujours en place, et l'idée qu'au-dehors tout soit trempé lui faisait d'autant plus apprécier son petit nid sec et douillet. Angela allongea son bras et l'enfila sous son pyjama. La chaleur de son corps et sa caresse rassurante lui rappelèrent des voluptés d'enfant. Un agréable malaise l'envahit au contact de sa main. Il avait presque honte de s'abandonner à cette passivité, tellement à l'opposé de son rôle habituel, mais il se laissa aller et régressa vers des sensations enfouies loin d'être assoupies. À l'instant où elle le chercha avec plus d'insistance et où elle rapprocha son corps du sien, le commissaire réalisa à quel point les hommes retrouvaient leur mère perdue dans la figure d'une femme. De façon certes différente mais parfaitement reconnaissable. Il sut alors que l'âge adulte, sous ses airs assassins, ne portait jamais le coup de grâce.

Plus tard, le commissaire raconta sa soirée : le brouillard jaunâtre, les taureaux et les bêtes qui surgissent, les feux dans la nuit, la fuite et le récit de Medioli.

« Quelle euphorie ! dit-elle en riant. Tu as l'air fou. De moi, j'espère.

— C'est vrai qu'on dirait une histoire d'ivrogne, admit Soneri. C'est notre façon de penser qui nous égare : on croit que tout doit arriver selon une séquence prévisible et si ça se passe autrement, on s'étonne.

— Si tu commences à philosopher, tu vas broyer du noir, le coupa-t-elle en le prenant dans ses bras.

— Tu as déjà eu affaire à des Tsiganes ? lui demanda-t-il tout à coup.

— J'en ai défendu pas mal pour vol, en tant que commise d'office. Pourquoi ?

— Hier soir, on a terminé dans un campement, là où vivait Medioli. C'est un monde à part, avec ses propres règles.

— Nos lois sont écrites et sont liées à un territoire. Les Tsiganes n'en ont pas, expliqua Angela.

— Ni de lois écrites, ils marchent à la tradition », ajouta Soneri.

La sonnerie du téléphone les interrompit.

« En cas de panne de réveil, on ne risquerait pas d'être en retard », persifla Angela.

« Commissaire, je suis à la gare, annonça Juvara en prenant ses détours habituels.

— Bon voyage ! Tu aurais pu me prévenir que tu partais en vacances, plaisanta Soneri.

— Non, je voulais dire : à la gare routière…

— Tu pars en pèlerinage à Medjugorje ?

— *Dottore*, se décida-t-il enfin, il s'est passé quelque chose de bizarre, une affaire vraiment fâcheuse…

— Explique-toi, lui enjoignit le commissaire, soudain sérieux.

— Un vieil homme a été retrouvé mort dans un car en provenance de Bucarest.

— Homicide ?

— Apparemment, non. Mais on nous a quand même prévenus, au cas où. Vous savez comment c'est, dans ces cas-là…

— Juvara, dis-moi clairement ce que tu en penses : ça a l'air d'un meurtre ou pas ?

— Le médecin dit qu'à première vue il s'agit d'une mort naturelle. Sans doute un infarctus. Vous savez, il est né en 1931, il n'était plus tout jeune. Mais quelque chose laisse planer un doute… »

Soneri détestait les explications décousues de l'inspecteur.

« Quoi ?

— Sa mort remonte à plusieurs heures.

— Tu veux dire qu'il est mort pendant le voyage et que personne ne s'en est rendu compte…

— C'est même pire. En fait, ils ont voyagé de nuit, et tout le monde devait dormir, sauf que lui, il a fermé les yeux définitivement.

— Et quand ils se sont réveillés, ils n'ont pas arrêté le car ?

— Non, commissaire. Personne ne s'en est aperçu. Ils ont dû croire qu'il se reposait. Tous les voyageurs sont descendus, pour la plupart des aide-ménagères et des maçons, et quand le chauffeur est remonté pour aller se garer, il n'a pas fait gaffe au vieux. Il a dit qu'il ne l'avait pas vu. Ça peut se comprendre, quand on roule toute la nuit…

— Et qui l'a trouvé, pour finir ?

— Les passagers de ce matin, qui partent en Roumanie.

— Ça veut dire qu'il est resté toute la journée dans le car, sur le parking ?

— Exact. Et ce matin, comme une dame ne trouvait pas sa place, le chauffeur a recompté tout le monde, et c'est là qu'il s'est aperçu du passager en trop. Le vieux. Tout au fond du car, à l'arrière. Vous savez, là où tous les gosses veulent se mettre quand ils font une sortie scolaire. Mais quand ils l'ont secoué, il était déjà raide.

— Surprise de plus, murmura Soneri. D'accord. J'arrive. En attendant, appelle le médecin légiste, abrégea-t-il.

— Commissaire, ce n'est pas la peine de venir puisque j'y suis. À mon avis, le problème sera réglé dans une heure maximum, tenta d'exposer Juvara.

— Non, insista Soneri, je préfère venir jeter un œil. »

Il se leva et s'habilla rapidement. Au moment où il allait partir, Angela voulut savoir ce qu'il s'était passé.

« Je te raconterai ce soir le nouvel épisode de l'affaire improbable. »

À la gare routière, que les Parmesans avaient coutume d'appeler la *Pensilina* – la Marquise – la foule des Roumains en partance encombrait la salle d'attente. Le pullman était énorme et traînait derrière lui une remorque pour les bagages. La partie latérale laissait apparaître les étapes du voyage ainsi qu'une grosse mappemonde bleue.

« Commissaire, ils ont bientôt fini », lui annonça Juvara pendant que les secouristes de l'assistance publique essayaient de faire sortir le brancard en acier sur lequel le cadavre était allongé.

Le médecin légiste descendit juste derrière eux.

« Il a fait un infarctus, c'est quasi sûr à cent pour cent, expliqua ce dernier en reconnaissant Soneri.

— Il avait des bagages ? » s'informa le commissaire, peu intéressé par les causes de la mort.

Juvara, le médecin et les agents se regardèrent avec embarras : ils ne s'en étaient pas préoccupés.

« Vérifiez, s'il vous plaît, insista le commissaire. On connaît son nom ? »

Cette fois-ci, l'inspecteur s'avança promptement.

« Il s'appelle Igor Dondescu, on a trouvé sur lui un visa touristique de trois mois.

— On verra avec Interpol s'ils ont quelque chose. »

Juvara se montrait perplexe : il s'efforçait de comprendre quel intérêt Soneri trouvait à cette histoire.

« Je veux savoir où il est né, son métier, qui sont ses proches… »

Il s'étonna lui-même de sa fougue au vu du trouble et de l'incrédulité de Juvara et des agents. Il ne s'expliquait pas non plus la raison de son intérêt pour l'histoire de ce vieil étranger, mais elle lui faisait le même effet que lorsqu'il recevait un colis par la poste avec une balle à l'intérieur.

Au même moment, un autre agent se présenta et lui tendit un vieux sac en skaï plutôt défraîchi.

« C'est le sac du mort, l'informa-t-il. Je l'ai trouvé sous son siège. »

Le commissaire s'en empara. Il était usé et décousu par endroits, ses anses étaient rapiécées. On aurait dit une photographie de la pauvreté, et Soneri y reconnut la dignité des gens de peu côtoyés dans son enfance. Tandis qu'il examinait le sac, un groupe de Roumains s'approcha d'eux et les menaça.

« On peut partir ? » hurla une femme blonde, plutôt bien en chair.

Le policier qui avait trouvé le sac lui fit signe de se calmer, mais la femme, soutenue par une dizaine de voyageurs, resta où elle était et continua de regarder tout le monde de travers.

« Celui-là, mort, non ? Qu'est-ce que tu vas faire ? Si quelqu'un mort, mort ! » hurla un autre derrière la femme.

Le commissaire les toisa d'un regard fatigué et devina chez eux l'arrogance illusoire des vivants. D'agréables élans de plénitude les poussaient à profiter de l'instant présent. Ils avaient hâte de rentrer et de se retrouver : manger, faire l'amour, dormir dans la maison qui les avait vus naître. Aspirations humaines, et chaque seconde perdue leur semblait confisquée. Il sentit tout à coup qu'il ne parviendrait plus à tenir tête à cette armée d'instincts.

« C'est bon, si la juge est d'accord, laissez-les partir », décida-t-il en empoignant le sac.

Il tira sa révérence, monta dans son Alfa et songea à l'inhumanité de mourir dans l'indifférence générale, oublié sur le siège d'un pullman.

« Quelle histoire ! s'exclama Juvara après qu'ils se furent retrouvés à la PJ. Mourir comme un rat, dans son coin…

— Les pauvres ont trop d'emmerdes pour s'émouvoir devant la mort, et les riches ont la trouille d'y penser. »

L'inspecteur remâcha un moment ces propos avant d'émettre un grognement incompréhensible.

Soneri attrapa le sac, se mit debout et le vida sur son bureau.

L'autre s'approcha pour regarder. Ils remarquèrent tout d'abord le portefeuille. En tissu, il avait pris la courbe du fessier. Ils l'ouvrirent et trouvèrent à l'intérieur un billet de vingt euros ainsi qu'un peu de monnaie. Il y avait aussi plusieurs cartes, des factures, le billet aller du voyage et deux photos d'identité. Elles représentaient deux jeunes filles blondes aux yeux clairs qui se ressemblaient beaucoup. Elles étaient belles, malgré la mauvaise qualité des photos, prises sans doute dans le Photomaton d'un bureau d'état civil.

Soneri les retourna sous toutes les coutures et plusieurs angles de lumière. Il les fourra dans une enveloppe et les donna à l'inspecteur.

« Demande des agrandissements et fais-en des photocopies. Je voudrais savoir qui c'est. Essaye aussi de savoir si tu trouves des Dondescu en Italie. »

Une fois Juvara parti, le commissaire décrocha son téléphone et appela Nanetti.

« Vous êtes retournés à Cortile San Martino ? lui demanda-t-il sans préambule.

— J'ai passé ma matinée dans l'humidité... bougonna son collègue.

— Du nouveau ?

— Non, rien, désolé. Je pense qu'ils ont mis de l'essence, vu l'état du corps. Et je pense que c'est une femme.

— C'est déjà ça... À quoi tu l'as vu ?

— Soneri... D'accord, il est complètement brûlé, mais si le feu ne s'acharne pas au mauvais endroit... Enfin, il reste...

— Ça ne veut rien dire. J'ai connu de grosses bourdes avec ce genre de suppositions.

— On verra avec l'ADN, ça te va ? s'impatienta Nanetti. Et tu devras attendre un peu. Quoi qu'il en soit, ce n'est pas à ça que j'ai compris que c'était une femme.

— Alors dis-le tout de suite !

— Si je ne te connaissais pas, je t'enverrais te faire foutre… Alors, écoute-moi : un morceau d'étiquette a échappé aux flammes.

— Sous-vêtements féminins ? le coupa le commissaire.

— Exact.

— Comment c'est possible ?

— Eh, Soneri ! protesta Nanetti, près de perdre patience. C'est l'étiquette de sa culotte, et elle était coincée entre ses fesses, t'as compris ? Le feu l'a simplement noircie. Et je peux te dire que ce n'est pas de la camelote, plutôt de la came de luxe, spécifia-t-il avec malice.

— Ça y est, le maniaque rapplique, dit le commissaire en se foutant de lui.

— D'où le maniaque ? Tu ne savais pas que les culottes en racontent beaucoup plus sur ceux qui les portent que n'importe quel autre sous-vêtement ? Ce n'est pas pour rien qu'on parle de lingerie intime. »

Les révélations inattendues de Nanetti ne cessaient de le surprendre. Elles naissaient de son obsession pour les détails, observés inlassablement.

« Tu as raison, admit Soneri. (Puis, en regardant sa montre :) Pour me faire pardonner, je t'invite au *Milord.* »

* * *

Nanetti eut du mal à s'asseoir et grimaça de douleur.

« S'il te plaît, pas de champignons aujourd'hui, d'accord ? grommela-t-il. Ça me rappelle trop le temps qu'il fait.

— Tiens, bois donc ce médicament, rétorqua Soneri en lui servant un verre de gutturnio. Alors ? Parle-moi de cette culotte, le pressa-t-il.

— Je n'ai pas grand-chose à ajouter... répondit évasivement Nanetti. Article de luxe, je l'ai déjà dit... Avec tout ce qu'on peut en déduire, conclut-il, sibyllin.

— Une femme qui a les moyens... supposa le commissaire.

— Oui, du fric... Pour moi, quand une femme s'achète un ensemble de lingerie à deux cents euros, c'est qu'elle s'en sort plutôt bien.

— Comment se fait-il que tu sois autant informé sur la lingerie féminine ? insinua Soneri.

— Je me tiens au courant, qu'est-ce que tu crois ! OK, mon mariage a foiré, mais je ne suis pas non plus un curé... »

Alceste les interrompit, son carnet à la main.

« *Tortelli* de pommes de terre. Et tripes, commanda Soneri.

— Apportez-moi des *strozzapreti*, faut que j'étouffe du chrétien, répliqua Nanetti en ricanant et en défiant le commissaire du regard.

— Je ne donne pas dans ce genre de gnocchis, pour ça, allez à Cesena, répondit Alceste, piqué au vif.

— Mais non, rit Nanetti, je plaisante, expliqua-t-il en faisant un clin d'œil au commissaire. Apportez-moi la même chose que le maestro qui se trouve en face de moi.

— En tout cas, tu as raison, reprit Soneri plus sérieusement. Elle devait avoir du fric. Ça n'arrange pas nos affaires.

— Je sais, répondit son collègue. Gros poissons, pouvoir, individus d'un certain calibre... À première vue, peut-être une femme de la quarantaine, ou alors le genre de poupée de vingt ans qui met le grappin sur des industriels d'un certain âge. C'est sûr, ça nous aurait facilité la tâche si elle avait porté un slip de chez Upim.

— Bah ! s'exclama le commissaire. Ce n'est pas dit. Ça peut aussi être une fille aux revenus modestes qui a fait une folie et s'est mise sur son trente-et-un. Ou une prostituée. Mon métier m'a appris à ne jamais rien tenir pour acquis.

— Et l'histoire du vieux qui est mort dans le car ? questionna Nanetti.

— Étrange affaire… commenta brièvement Soneri.

— C'est en train de te travailler, c'est ça ?

— Comme toujours quand je ne comprends pas, c'est-à-dire presque tout le temps, murmura le commissaire. À ton avis, pourquoi un vieux prend un car en Roumanie pour venir en Italie avec vingt euros en poche, un sac usé rempli de babioles et deux Photomaton ?

— Qu'est-ce que tu veux que j'en sache ! Il avait peut-être quelqu'un ici.

— C'est l'explication la plus logique. Reste à savoir qui. »

Pendant ce temps-là, un couple assis à côté d'eux s'était levé en plein milieu de leur repas en se disputant à mi-voix.

Alceste arriva avec leurs plats fumants.

« Ça, ça va te réchauffer les os, assura Soneri à son collègue en reniflant ses *tortelli*.

— J'espère, lui répondit Nanetti, je suis trempé comme une soupe. »

Ils mangèrent en silence. À la moitié de leur plat, un monsieur distingué au visage délicat vint s'asseoir de manière absolument naturelle à la table que le couple venait d'occuper. Il avait pris la place de la femme et semblait absorbé par la lecture des résultats de la Bourse écrits en chiffres minuscules sur la page repliée de son journal. Soneri mastiquait en le tenant à l'œil. Quelques minutes s'écoulèrent, et l'homme attaqua les restes du rôti que la femme avait à peine touché. Le commissaire et Nanetti échangèrent un regard entendu. L'inconnu paraissait totalement à son aise, un client on ne peut plus normal. Ses gestes, son allure et sa façon de se tenir à table avaient la marque des aristocrates. Il se versa le reste de vin, le huma en faisant tourner son verre et reprit à manger d'un bon coup de fourchette, l'air toujours aussi détaché.

« Tout aurait fini à la poubelle… » le défendit Nanetti en baissant la voix.

Sans dire un mot, Soneri continua de lorgner avec une grande perplexité cet étrange personnage.

« Et voilà, siffla son collègue, tu te remets à gamberger. Autant se bouffer un sandwich au comptoir en face d'un mur. Parlons au moins du cadavre brûlé.

— J'étais justement en train d'y penser, marmonna le commissaire en se retournant pour continuer d'observer l'homme.

— OK, d'accord… se résigna Nanetti.

— Je me demande, reprit Soneri, si ce corps de femme dévoré par les flammes n'aurait pas des points communs avec ce type, dit-il enfin en indiquant l'homme d'un léger signe de tête.

— Mouais, soupira son collègue avec scepticisme.

— Dans le sens : des bonnes manières et une autorité qui cachent sa vraie nature.

— Je ne trouve pas qu'il la cache.

— À la majorité des clients du restaurant, si. Je te rappelle qu'on est flics et qu'il est assis à côté de nous. Il avait une chance sur un milliard de tomber sur cette combinaison. Et pour ce qui est de l'autorité, pour moi, c'est évident : il a tout d'un homme d'affaires.

— Bon acteur… admit Nanetti, mais explique-moi l'autorité d'un moignon cramé ?

— Les morts en imposent toujours. Ils appartiennent à un monde qui nous fait peur, ils nous invitent au respect », répondit le commissaire.

Son collègue n'eut pas l'air convaincu. En attendant, l'homme de la table voisine avait quasiment fini les restes de rôti et passait à présent aux légumes grillés, restés intacts dans leur plat. De temps à autre, il jetait un œil aux tranches de charcuterie dans l'assiette de l'accompagnateur de celle dont il avait pris la place, mais il n'y touchait pas.

Nanetti ne put s'empêcher de rire de la curiosité quasi obsessionnelle du commissaire.

« Même avec une femme… » gronda-t-il.

Soneri le regarda une seconde en s'excusant et lorsqu'il se retourna une nouvelle fois pour mieux étudier l'homme, celui-ci le fixa à son tour en souriant.

« Avez-vous vu la créature qui était assise ici ? » demanda-t-il avec le plus grand naturel.

Le commissaire acquiesça à sa question inattendue. Il se sentait pris en faute comme s'il avait lorgné un décolleté avec trop d'insistance.

« N'auriez-vous pas eu envie de l'embrasser ? poursuivit l'autre aimablement.

— Si, peut-être…

— C'est comme si je l'embrassais. »

Soneri dodelina de la tête tandis que Nanetti l'observait d'un œil amusé.

« Je ne comprends pas…

— Malheureusement, manger avec sa fourchette et boire à son verre ne sont pas des gestes aussi intimes, soupira l'homme.

— Il vaudrait mieux une bonne grosse pelle », laissa échapper Nanetti.

Le commissaire lui jeta un regard plein de reproche pour cette vulgarité qu'il jugeait déplacée, mais l'inconnu ne se troubla d'aucune façon. Il fronça discrètement ses lèvres en un sourire de circonstance.

« Si l'on prend la chose d'un point de vue strictement hygiénique, le baiser est infiniment plus compromettant, expliqua-t-il. Dans tous les cas, jamais je ne toucherai aux restes d'un homme », finit-il par déclarer en indiquant l'assiette de charcuterie qu'il avait devant lui.

Soneri trouva la conversation aussi surréaliste que tout ce qui lui arrivait depuis le soir précédent. Ou était-ce sa vision qui altérait les choses ? Malgré sa confusion, il remarqua le bord usé de la veste de l'homme et la date de la veille écrite sur le journal.

« Je peux dire que je mange comme un roi, avec le parfum que laissent les femmes sur leurs serviettes… reprit l'homme. J'ai presque l'impression de faire l'amour avec elles. D'abord, je déjeune et je dîne en leur compagnie. Ensuite, mon imagination fait le reste. Il m'en faut beaucoup, mais c'est justement ce qui me plaît. Le sexe est une fonction cérébrale. »

Ni Nanetti ni Soneri n'en rajoutèrent. Ils en avaient profité pour se lever de table, et l'étrange personnage les salua d'un petit geste de la main résumant à lui seul son élégance naturelle.

« Tu aurais pu lui offrir un dessert », plaisanta Nanetti au moment de passer à la caisse.

Le commissaire ne lui répondit pas.

Alceste avait toujours besoin de s'assurer que ses clients étaient contents.

« Tout s'est bien passé ?

— Oh que oui ! dit Nanetti dans un grand sourire. On a eu droit au spectacle.

— C'est qui, ce type qui s'attable pour manger les restes ? » demanda Soneri à brûle-pourpoint.

Alceste fit une moue et baissa le regard.

« Je sais, bredouilla-t-il, je devrais le mettre à la porte, mais il me fait de la peine.

— Arrête, le coupa aussitôt le commissaire, je me fous complètement de l'étiquette, c'est le personnage qui m'intéresse.

— C'est un vieux marquis déchu, un type né dans de la soie et qui s'est tout mangé. Il était propriétaire de trois immeubles dans le centre-ville, précisa-t-il, et il s'est fait avoir, il a été négligent. »

Nanetti écarta les bras pour dire que c'était souvent le cas.

« Tout le monde le surnomme *Sbarazza*, “Ramasse-Miettes”, les informa Alceste. Il fait le tour des restaurants, mais il paraît qu'ici c'est meilleur qu'ailleurs. Je lui ai souvent proposé de venir manger en cuisine, mais il refuse de recevoir l'aumône. Il est comme ça. Il veut encore donner le change, être acteur de sa vie, de son univers. On est très peu à le savoir, qu'il mange les restes. Vous avez vu la classe qu'il a ? Il s'assoit à une table, et c'est comme s'il avait toujours été là. Il termine les assiettes des autres, ou plutôt, celles des femmes. Avant, il les observe et ensuite, il choisit sa place. Moi, ça ne me gêne pas, mais certains collègues ne supportent pas son comportement. Ils ne tolèrent pas qu'un type mange ce que les autres ont payé. Ils préfèrent tout jeter, alors qu'on pourrait nourrir la moitié de la ville, avec les restes. Mais personne ne veut le faire, même pas pour les chiens. »

Soneri et Nanetti avaient écouté assez stupéfaits les propos d'Alceste. En sortant du restaurant, ils gardèrent le silence et ne firent aucun commentaire. Une espèce de douleur lancinante les tourmentait sans qu'ils ne parviennent à l'identifier.

« Quelle histoire ! finit par s'exclamer Nanetti. C'est incroyable !

— Pas tant que ça, dit le commissaire en secouant la tête. La misère fait scandale et préfère se cacher. »

CHAPITRE 4

Quand Soneri retraversa la cour de la Questure, l'après-midi rendait l'âme en une brève agonie. Des rafales de brouillard recouvraient la dernière lumière, et les néons dans les bureaux annonçaient la soirée.

« Tu as trouvé quelque chose sur la liste des disparus ? demanda-t-il à Juvara.

— Non, répondit aussitôt l'inspecteur. À part les noms habituels, déjà connus. J'ai aussi vérifié les plaintes déposées récemment, mais je n'ai rien trouvé non plus. J'ai bien peur que ce soit un clandestin.

— Comme la misère », marmonna Soneri pour lui-même.

Il avait réfléchi. Un type meurt loin de chez lui… personne ne sait où le trouver, aucun annuaire où le chercher. Le vieux du car avait tout de même un semblant de visa. De nombreux rapprochements se bousculèrent dans son esprit, et l'image du pullman sur le départ à la *Pensilina* réapparut. Le mort venait de Roumanie, le campement de la décharge de Cortile San Martino avait accueilli des Roumains… Le cadavre brûlé ne serait-il pas celui d'un étranger clandestin ?

Il bondit d'un seul coup de son siège sous le regard surpris de l'inspecteur. Mais le téléphone le coupa dans son élan. C'était Pasquariello.

« La *bassa* se transforme en réserve de chasse, à ce que je vois, annonça-t-il avec assurance.

— Le questeur a donné l'ordre de tirer sur ces pauvres taureaux ?

— Mais non, le questeur se fout des taureaux. Un employé de la boîte qui transportait les animaux à l'abattoir est passé me voir pour me signaler qu'ils avaient entendu des coups de feu, ce matin, en allant récupérer les bêtes.

— Peut-être que la peur a fait tirer quelqu'un ? supposa Soneri.

— Va savoir... J'ai envoyé deux patrouilles, mais avec la purée qu'on a... Les vétérinaires n'ont pas réussi non plus.

— C'est déjà compliqué de les prendre par beau temps, affirma le commissaire. Il va falloir être patient et attendre qu'ils se décident à paître.

— D'accord, mais j'ai préféré t'en parler, à cause de l'homicide...

— On a prévu d'y aller maintenant, l'informa Soneri, soucieux du mur de brouillard gris qui les attendait. Prêt pour une nouvelle partie de campagne ? » annonça-t-il à Juvara après avoir raccroché.

Ils quittèrent à nouveau la ville dans les embouteillages. Les routes étroites de la *bassa* les obligèrent à éviter des voitures trop rapides à plusieurs reprises ou, au contraire, à lambiner derrière celles qui ne roulaient pas assez vite.

« Y a de ces dingues... grommela l'inspecteur.

— Ils fuient la nuit, ça les angoisse », dit Soneri dans un souffle.

Tout ressemblait au soir précédent : le brouillard jauni par les lumières de la station-service, la musiquette du Luna-Park, les difficultés à trouver la route. La seule nouveauté venait des coups de feu. Le premier résonna comme ils longeaient l'autoroute. Soneri freina et baissa sa vitre. On entendait le ronron régulier de la circulation défiler sur les voies parallèles, pareil à la traînée de la détonation qui s'était propagée dans la mélasse épaisse. Au moment de redémarrer, un nouveau coup de feu retentit.

« Fusil de chasse, décréta le commissaire. Je dirais calibre douze.

— Vous vous y connaissez, souligna Juvara.

— Fut un temps, on s'entraînait au centre de tir. Aujourd'hui, on n'a même plus d'argent pour acheter des balles.

— *Dottore*, j'envie votre expérience. Moi, je ne sais pas très bien me servir des armes, regretta l'inspecteur.

— Laisse tomber, abrégea Soneri. Si tu envies mon expérience, ça veut dire que je suis vieux. »

Un fourgon surgit tout à coup du brouillard et s'approcha de la voiture. Un type en bleu et aux manières expéditives se pencha et les défia du regard, un rictus aux lèvres.

« Police ou carabiniers ?

— Police. Comment vous avez deviné ? ricana Soneri.

— Y a que vous pour vous balader dans le coin avec un temps pareil, répondit l'homme qui n'avait pas saisi le trait d'humour. On est là pour les taureaux. Mais pour l'instant, on fait chou blanc. Vous feriez mieux de coffrer les Roms, leur suggéra-t-il en indiquant la direction de la décharge. Ils sont en train de dégommer nos bêtes.

— Vous êtes sûr de ce que vous avancez ?

— Et qui d'autre, d'après vous ? Dès qu'il a fait nuit, ils ont recommencé à tirer dans le tas.

— Et vous, vous en avez capturé, des bêtes ?

— Une vache et trois cochons, mais les taureaux… Y a bien une équipe de rabatteurs qu'a essayé de les repousser contre la clôture du remblai de l'autoroute, mais ils ont pas réussi. »

Un autre convoi rempli de passagers arriva, probablement les rabatteurs en question.

« On y va, dit l'homme en prenant congé. On reviendra demain matin, en espérant qu'il reste quelque chose. »

Soneri redémarra et repartit de son côté. Quelques minutes plus tard, ils aperçurent la lueur du feu de camp et, trois cents mètres plus loin, le panneau de la décharge. Il régnait parmi les caravanes un calme suspect. La carcasse du cochon avait disparu, le feu crépitait faiblement. Le commissaire klaxonna et des gamins déboulèrent en courant autour de la voiture. Deux vieilles posèrent le pied sur le seuil de leur caravane et reculèrent à l'intérieur aussitôt après.

On entendit alors un brouhaha de voix excitées : un groupe d'hommes s'avançait rapidement. Ils avaient l'air de porter un fardeau. À mesure qu'ils s'approchaient, Soneri et Juvara découvrirent qu'ils soutenaient un homme blessé. Le commissaire descendit prestement de la voiture et se dirigea vers le petit cortège, mais personne n'y prêta attention, et Soneri fut bousculé par les sauveteurs qui s'emportaient. Au même moment, une vieille et une femme plus jeune les rejoignirent sur l'esplanade et se mirent à piailler.

« *Dottore*, demanda Juvara à voix basse, vous pensez qu'il est mort ? »

Soneri fit une grimace pour signifier qu'il n'en avait pas l'impression, à l'instant où il aperçut le Borsalino de Manservisi.

« Qu'est-ce qui s'est passé ?

— Il s'est pris un coup de corne.

— Alors c'était vous, les coups de feu ? en déduisit le commissaire.

— Vous voyez ? Vous nous accusez tout le temps. Vous feriez mieux de regarder autour de vous. Ici, y a pas d'armes, abrégea Manservisi.

— Et comment l'un des vôtres a pu se prendre un coup de corne ? »

L'homme haussa les épaules.

« Il est saoul. Tous les soirs, faut qu'il aille faire son tour… Quand il boit, l'envie lui prend d'aller se promener. On n'est même pas sûrs que c'est un taureau. Il est peut-être bien tombé tout seul. Un jour, il s'est fait renverser par une voiture, et le brave conducteur n'a même pas pris la peine de s'arrêter. »

Les cris des femmes s'étaient transformés en complainte monocorde. Quelqu'un jeta de nouvelles bûches au feu qui se ranima en crépitant.

« C'est grave ? s'informa Soneri.

— Je ne crois pas. Il est en caoutchouc, Mariotto.

— Il vaudrait mieux appeler une ambulance…

— Laissez tomber. Quand il aura cuvé, y aura plus que des bleus. »

Une voiture de police arriva sur ces entrefaites et le chef de bord Esposito en descendit.

« On vous avait dit de rester tranquilles, et vous chassez du gros gibier ? les menaça-t-il d'emblée avant de s'apercevoir de la présence du commissaire. Pardon, *dottore*, mais ils deviennent fous.

— Ils disent que les coups de feu ne viennent pas de chez eux.

— Ils peuvent bien vous mythonner ce qu'ils veulent, ricana Esposito.

— Dans ce cas, on va ouvrir une enquête et dès qu'on aura la signature du juge, on fouillera tout le campement », décocha Soneri.

Manservisi commença à s'agiter.

« Je vous l'ai déjà dit… Pourquoi que vous n'allez pas fouiller les maisons des alentours ? Ils sont armés jusqu'aux dents…

— Ne t'en fais pas, ils seront traités de la même façon, lui répondit le commissaire. Ici, c'est moi qui m'en occupe », poursuivit-il en s'adressant à Esposito.

Ce dernier remonta dans sa voiture et les menaça une dernière fois :

« Je vous préviens, au moindre coup de pétard, faudra serrer les fesses ! » dit-il avec un geste éloquent.

Manservisi n'avait pas l'air effrayé pour un sou. Malgré son regard hostile et indifférent, le commissaire s'approcha de lui et le prit sous le bras pour l'emmener près du feu. Juvara comprit la situation et resta à l'écart.

« Tu le sais qu'en cas de perquisition ça peut vous attirer des ennuis, non ?

— Personne n'a dit le contraire…

— Écoute, Manservisi, vous, vous savez qui on est, et nous, on sait qui vous êtes. Et tous les deux, on sait qu'on n'est pas des saints. Je me fais bien comprendre ? »

L'homme le toisa d'un regard fier, mais semblait disposé à négocier sur un pied d'égalité.

« Qu'est-ce que vous voulez ?

— Que tu me parles du cadavre brûlé. »

Manservisi se tut quelques secondes. On entendait la musique des manèges et le va-et-vient permanent de l'autoroute cachée sous le brouillard.

« C'est seulement des paroles… » mâchonna l'homme.

Un mugissement détourna une seconde leur attention.

« Ça me va quand même… l'encouragea Soneri.

— Paroles d'ivrogne », ajouta l'autre.

Le commissaire fronça le front.

« Mariotto ? »

Manservisi acquiesça.

« Qu'est-ce qu'elles valent ?

— Elles en valent bien d'autres. Le vin délie les langues, c'est bien connu…

— De ce qu'il m'a dit, la nuit d'avant l'accident, il a vu quelqu'un dans une voiture noire qui s'est arrêté sur l'autoroute et qu'a balancé quelque chose sur la digue. Il l'a vu ouvrir la portière droite et sortir un paquet. Ensuite, la personne a marché le long du remblai, peut-être qu'elle ne voulait pas se montrer, elle a vidé le sac et elle est repartie.

— C'était quoi comme voiture ?

— Une BMW décapotable. Ça, vous pouvez être tranquille, Mariotto connaît tout des voitures, c'est un fana. Pour le reste… termina l'homme avec un geste sceptique.

— Comment il a atterri là-bas ? Il était quelle heure ?

— Qu'est-ce que j'en sais ! Il avait bu, comme d'habitude… Vous ne savez pas le nombre de fois où qu'on a été le sortir du fossé pour pas qu'il crève de froid ! Quand il boit, faut toujours qu'il aille faire un tour et qu'il braille ses chansons cochonnes.

— Rien d'autre ?

— Rien d'autre, m'sieur le commissaire », répondit Manservisi en écartant les bras.

Soneri fit demi-tour et retourna à la voiture. Mais au moment d'ouvrir sa portière, un coup de feu résonna, tout proche, suivi d'un mugissement. Il tendit l'oreille, mais le silence retomba. Il monta en voiture et remit le contact.

« On sait d'où il venait, le vieux, dans l'autocar ?

— De Bucarest, répondit Juvara distraitement, davantage tracassé par la vitesse avec laquelle Soneri traversait le brouillard. On ne devrait pas plutôt s'occuper du cadavre à temps plein ? suggéra-t-il, un peu gêné.

— Je ne sais pas par quel bout commencer, reprit le commissaire. Medioli est encore chez nous ? se renseigna-t-il ensuite, comme s'il venait de trouver le fil.

— Je crois que la *dottoressa* Marcotti est en train de l'interroger.

— Je voudrais lui poser des questions, précisa Soneri.

— Je ne vois pas le rapport avec l'affaire… fit noter l'inspecteur.

— Il y en a un, lâcha le commissaire. Ce gros ivrogne de Mariotto qui s'est soi-disant pris un coup de corne a vu une BMW noire s'arrêter sur la bande d'arrêt d'urgence, et un type vider un sac, pourquoi pas un cadavre, sur la digue. Mariotto était là. Plein comme une outre, mais il l'a vu.

— C'était quand ?

— La nuit d'avant l'accident.

— Une BMW... réfléchit Juvara. C'est un peu léger...

— Modèle décapotable, il ne doit pas y en avoir tant que ça...

— Commissaire, ça se voit que vous ne fréquentez pas les boîtes de nuit. Les gens qui ont de l'argent sont beaucoup plus nombreux qu'on ne pense...

— Riches à crédit...

— Vous êtes sûr que le type n'a pas rêvé ? Si c'est un sac à vin... constata l'inspecteur.

— Dans ce monde, les ivrognes disent plus souvent la vérité que les gens qui ne boivent pas. Or, Mariotto est un mordu de voitures et Medioli, mécanicien...

— Vous pensez qu'ils en ont parlé ?

— Je ne sais pas. J'espère, trancha Soneri. Vu que je n'ai rien en main, je vais suivre mon instinct : c'est une méthode comme une autre, non ? »

Juvara le regarda avec perplexité et acquiesça, peu convaincu. Ils s'engagèrent enfin via Ventidue Luglio, tournèrent borgo della Posta et rentrèrent à la Questure. L'inspecteur descendit dans un mouvement libérateur comme s'il débarquait d'une caravelle. Ils traversèrent la cour et trouvèrent Nanetti qui les guettait près de la porte vitrée.

« Tu étais inquiet, avoue ? se moqua Soneri.

— Ne vous voyant pas arriver, j'étais sur le point d'appeler les carabiniers, railla-t-il en retour. J'ai du nouveau. »

Le commissaire l'invita à poursuivre de son cigare éteint qu'il tenait à la main.

« Il s'agit bien d'une femme, déclara Nanetti avec une certaine solennité. Résultat des premiers examens. Pour moi, c'est un tapin qui s'est mis dans son tort et qui s'est fait punir. On lui a défoncé le crâne avant de la faire cramer. Méthodes typiques de la pègre. »

Soneri fixa son collègue une seconde avant de lui faire une œillade.

« Tu le savais déjà ?

— Intuition plus expérience, esquiva Nanetti. Confirmées par la science. »

Le commissaire grogna quelque chose.

« Ils lui ont défoncé le crâne ? » insista-t-il.

Son collègue acquiesça.

« Elle était déjà morte quand ils l'ont fait cramer.

— Hypothèse sur l'arme du crime ?

— Fracture en forme d'étoile, donc un objet sans pointe, ni lame. Sans doute un bâton, une barre, un objet métallique…

— Âge ?

— Moins de trente ans. Sûrement plus proche des vingt.

— Rien d'autre ?

— On doit continuer les examens ces jours-ci, répondit Nanetti, peut-être qu'on trouvera des éléments supplémentaires.

— Espérons-le, bredouilla Soneri.

— Tu sais quoi ? reprit son collègue en se retournant deux pas plus loin. Ils ont mis la fille dans la même chambre froide que Dondescu, le vieux du car. Pas d'identité pour l'une, pas de famille pour l'autre – personne ne l'a encore réclamé. »

Soneri médita ce détail en parcourant le couloir qui le menait à son bureau. Curieux, en effet…

« La Marcotti en a fini avec Medioli ? s'enquit-il auprès de Juvara.

— Elle est en train de boucler. Elle a dit que vous pouviez y aller », répondit l'inspecteur.

La *dottoressa* Marcotti était une femme efficace. Son visage encore jeune tranchait avec sa chevelure blanche et vaporeuse.

« Il est persuadé qu'il a assez payé comme ça, expliqua-t-elle à Soneri en indiquant la pièce où se trouvait Medioli, et quand on voit la tête qu'il a, on ne peut pas lui donner tort. Il m'a l'air terrorisé, ou alors il regrette déjà d'avoir quitté le campement. J'espère qu'il n'a pas subi de menaces en prison. »

En prenant place en face de lui, le commissaire eut la confirmation de ce que venait de lui dire la juge : son visage était davantage creusé, et son corps, recroquevillé. Une journée de prison avait suffi à le vieillir de dix ans.

« Vous connaissez bien Mariotto, je me trompe ? » commença Soneri.

L'autre haussa les épaules.

« Tout le monde le connaît, au campement.

— C'est vrai qu'il se balade et qu'il chante toute la nuit quand il a bu ?

— C'est sa spécialité.

— Il dit que le soir de l'accident, il a vu une BMW noire décapotable s'arrêter sur la bande d'arrêt d'urgence et décharger quelque chose qui ressemblait à un cadavre avant de repartir… Il ne vous en aurait pas parlé, par hasard ?

— Non, il m'a rien dit. Mais si Mariotto a dit que c'était une BMW, vous pouvez le croire. Il connaît tout sur les cabriolets sportifs.

— Vous parliez souvent moteurs ?

— On parlait que de ça. Il connaît tout par cœur, tous les détails techniques d'un sacré tas de bagnoles.

— Vous pensez qu'il serait capable de reconnaître cette voiture s'il la revoyait ? »

Medioli acquiesça. Il semblait très embarrassé.

« Bien sûr qu'il la reconnaîtrait. Mais maintenant qu'on en parle… Un jour, y a peut-être bien des mois de ça, il m'avait dit qu'il avait vu une BM traîner dans les parages.

— Du même genre ?

— Va savoir ! Celle que je dis avait les jantes en alliage et les pneus surbaissés avec un cheval au galop dessiné sur l'aile gauche. »

Medioli paraissait avoir épuisé toutes ses forces, mais peut-être qu'il s'agissait d'une feinte pour mettre un terme à l'entretien. Il était avachi sur sa chaise, on aurait dit un tas de chiffons.

« Vous allez m'accorder une remise de peine ? » demanda-t-il au moment où Soneri s'en allait.

Le commissaire écarta les bras.

« On pourrait le faire si vous collaboriez…

— Je suis pas sûr de pouvoir vous aider… murmura l'homme avant de passer à tout autre chose. Qui sait si je vais réussir à revoir mes filles et à connaître mes petits-enfants… Vous savez pas le plus terrible ? l'interpella Medioli d'une voix fébrile. De voir changer quelque chose ou quelqu'un qui t'appartient et que toi, t'y sois pour rien. De te sentir étranger à tout ce que tu connais. De savoir qu'on peut rien rattraper. »

Le commissaire songea à la jeune fille brûlée et à la femme de Medioli : au moins, cette douloureuse lucidité leur avait été épargnée. Mais toutes ces considérations l'embarrassaient et le rendaient de mauvaise humeur.

« Réfléchissez à ce que je vous ai dit, lui conseilla Soneri en se levant.

— À quoi ?

— Aux remises de peine pour ceux qui collaborent.

— Je vais y penser », promit le vieux.

Le commissaire prit brusquement congé et préféra se replonger dans le casse-tête d'un homicide découvert au hasard d'une nuit brouillardeuse.

CHAPITRE 5

Angela était très nerveuse. Ses gestes, d'habitude pleins d'allant, n'étaient plus qu'un rituel répété machinalement tandis que l'esprit est ailleurs.

« On te croirait au tribunal », lui reprocha Soneri.

Elle ne répondit pas et tenta de faire diversion en le prenant dans ses bras, mais son geste avait été froid et maladroit. Le commissaire se détacha d'elle.

« Arrête. »

Ils restèrent silencieux un court moment, puis Angela se leva du canapé et tira une chaise de sous la table, comme pour marquer ses distances.

« Un homme me court après », lui annonça-t-elle enfin, en toute franchise.

Une décharge le glaça tout entier et coupa l'un après l'autre tous les interrupteurs de son cerveau. Il essaya de se contrôler, mais il vit qu'il tremblait. Cette révélation inattendue l'avait sonné.

« Je suppose qu'il te plaît », réussit-il à dire, la voix chancelante.

Elle soupira avec embarras. Elle cherchait les mots qui feraient le moins mal.

« Je n'y suis pas allée, murmura-t-elle en s'efforçant d'amortir le coup, mais le ton de sa voix n'avait rien de rassurant.

— Tu es en train de me dire que tu vas le faire ?

— Je ne sais pas, peut-être pas. Je me fais peut-être des films… Mais quand je le vois, je me rends compte qu'il me trouble.

— Je ne te trouble plus ?

— C'est différent… » bredouilla Angela, en donnant au commissaire l'impression de n'éprouver que de la peine et de la pitié à son égard.

Il sentait tout lui échapper, exactement comme le jour où Ada et son fils étaient morts. Ou comme ces autres fois, pour des sujets moins importants, quand il avait senti le même tranchant chirurgical, l'amputation de quelque chose qu'il tenait pour acquis. On ne pouvait rien contre la vie, son exercice était fragile. Avec Angela, il avait cru à du définitif ; c'était précisément la cause de leur rupture. L'incertitude des premiers temps avait été un propulseur qui les avait tenus ensemble et poussés l'un vers l'autre : sans plus de crainte ni de curiosité, sans le désir, leur relation s'était usée.

« Tu es toujours en vadrouille, au mieux on se voit deux heures dans la soirée quand on est tous les deux crevés… » confirma-t-elle.

La voix manqua au commissaire. Il n'arrivait même plus à s'extirper du canapé, la peur l'avait paralysé. Une peur profonde, ancestrale, de celle que l'on doit éprouver lorsque l'on vient au monde. C'était ainsi qu'il se sentait, comme un enfant qui vient au monde, sans Angela pour l'accueillir.

Elle quitta sa chaise et le rejoignit pour le prendre à nouveau dans ses bras. On aurait dit le geste attentionné d'une infirmière qui se penche au-dessus d'un corps raidi par la douleur. En la regardant, le commissaire fut assailli par un mélange inédit d'attirance et de rancœur, une tempête magnétique de sentiments effaçant tous les points cardinaux. Le visage qu'il aimait était aussi celui de son bourreau. Il resta immobile, tourmenté par l'angoisse. Plus que jamais, il comprit à ce moment-là certains comportements humains, les passions qui emportent et les bêtises commises sur lesquelles il avait enquêté tant de fois. L'espace d'un éclair, il comprit le court-circuit mental qui avait accablé Medioli.

Angela l'embrassa, mais il resta sans réaction. Il aurait aimé la cribler de questions sur l'autre, mais il trouvait puéril d'exhumer l'habituel arsenal de phrases toutes faites sur le sujet. Au vrai, il avait peur de la confrontation.

Elle le prit par la main, le fit se relever et l'emmena dans sa chambre.

« Ne crois pas que je te quitte, lui susurra-t-elle, c'est toi que je veux. »

Soneri la laissa faire malgré l'angoisse, toujours intacte. Il vit qu'il était excité, mais de façon morbide, comme l'érection du pendu. C'était par peur qu'il avait envie d'elle, par peur qu'il empruntait cette route pour sortir du tunnel. Alors, il serra Angela dans ses bras et il s'y cramponna comme s'il se noyait.

Le lendemain, il se sentit aussi épuisé qu'un convalescent. En marchant vers la Questure, il éprouva subitement une étrange sensation de deuil. Il avait demandé à Angela si elle irait voir l'autre, et elle avait souri en haussant les épaules. « N'y pense plus », avait-elle répondu. Mais il n'avait toujours pas été rassuré par le ton de sa voix et il savait que l'angoisse et les doutes le rongeraient durant la longue journée qui l'attendait. En franchissant le porche de la Questure, une immense lassitude lui donna envie de foutre le camp, mais il se contrôla.

En le voyant, Juvara saisit au vol toute la tension qui se lisait sur le visage du commissaire.

« La police roumaine nous a confirmé que le vieux du car venait de Bucarest, l'informa-t-il.

— Et à part ça ?

— Rien, pour l'instant. Mais ils m'ont assuré qu'ils allaient chercher s'il avait de la famille. À l'heure qu'il est, ils n'ont trouvé personne.

— La chute du régime a tout fait foirer », commenta Soneri à mi-voix.

Il était touché par ce pauvre diable, le coup sévère de sa compagne l'avait sans doute fragilisé.

« Il y a un sacré paquet de Roms qui se retrouvent dans les banlieues de Bucarest, vous le saviez ? reprit Juvara. Ils arrivent de leur campagne et ils s'installent aux marges de la ville. Ça doit être pour ça qu'ils ont du mal à trouver. »

Ce vieux sans famille, sans la moindre personne pour se rappeler son nom, lui allait droit au cœur. Il lui semblait soudain si proche qu'on aurait dit que leurs destins se confondaient. Tous les deux seuls au monde.

« Il faut qu'on trouve les Roumains qui se sont installés sur la décharge de Cortile San Martino, décréta Soneri. Commence à enquêter, au besoin, fais-toi aider par Pasquariello. »

Mais avant même que l'inspecteur ne décroche son téléphone, le commissaire parlait déjà au commandant.

« Est-ce que tu sais par hasard où les Roms de Cortile San Martino ont fini ?

— Évaporés sous le brouillard, comme les taureaux, lui répondit son collègue.

— Tu es sérieux ?

— Ils se baladent, ils ne sont pas nomades pour rien.

— J'ai besoin de les retrouver.

— S'ils ont quitté la région… les pandores sont peut-être au courant. Si j'étais toi, j'irais jeter un œil sur le parking du Palasport : c'est là qu'ils se rencontrent, deux soirs par semaine. Beaucoup d'habitants nous appellent parce qu'ils ont peur de leurs allées et venues, mais ils sont tranquilles. Ils viennent parler leur langue, ils font un peu de commerce, ils envoient des affaires chez eux : ils ont encore le sens de la communauté », conclut Pasquariello, une pointe de nostalgie dans la voix.

Soneri comprit à quoi son collègue faisait allusion mais, plutôt que d'approfondir, se concentra sur l'endroit qu'il lui avait indiqué.

« Ce n'est pas le parking de l'hypermarché ? crut-il se rappeler.

— Pas seulement. Il est tellement immense qu'il le partage avec le Palasport.

— Je savais qu'il y avait des Ukrainiens et des Polonais…

— Le soir, c'est un vrai marché oriental, ricana Pasquariello. Samarcande-sous-brumes. »

En raccrochant, emporté par l'imagination que cette vision avait provoquée, il entendit Juvara parler anglais au téléphone. De toute évidence, la personne à l'autre bout du fil ne connaissait pas bien la langue, car l'inspecteur répétait régulièrement les mots en les prononçant d'une voix forte. Il semblait harassé en raccrochant le combiné.

« J'avais demandé qu'on me passe quelqu'un qui parle anglais…

— C'était qui ?

— Un fonctionnaire de la police de Bucarest, répondit l'autre tout en relisant les notes qu'il avait prises.

— Qu'est-ce qu'il t'a dit ?

— Eh ! Bonne question ! soupira Juvara. Faut deviner… J'ai réussi à comprendre que Dondescu a eu des précédents pour mendicité et petits larcins, qu'il était connu pour alcoolisme et qu'il était sans domicile fixe… Des parents… ajouta l'inspecteur en continuant d'éplucher ses notes, non. Apparemment, il n'en avait pas.

— C'est tout ?

— De ce que j'ai compris, s'excusa Juvara. J'essaierai de les rappeler, en espérant qu'ils me passent quelqu'un avec plus de vocabulaire. »

Angela retraversa l'esprit du commissaire juste au moment où il se levait. L'embuscade lui coupa les jambes et le fit retomber dans son fauteuil, mais une seconde après, son téléphone, impitoyable, sonna à nouveau.

« *Dotto'*, je voudrais pas vous faire chier… » attaqua Esposito tandis que le commissaire se retenait de souffler contre cet appel inopportun.

Esposito poursuivit de manière implacable :

« Vous savez pour ce dingue ? L'encorné, le cocu…

— Le Tsigane chantant, dit Soneri en pensant à Mariotto.

— Voilà, lui, confirma Esposito, il est en réanimation.

— On m'avait dit que ce n'était pas grave.

— *Dotto'*, je vous l'ai dit que c'étaient des mythos. Ils sont aussi fourbes que Judas. Le type s'est pas du tout pris un coup de corne.

— Tu as parlé aux médecins ?

— Non, mais un collègue du poste de police a parlé tout à l'heure avec le médecin-chef : c'est un coup dans la tête ! Mais à moi, un taureau, ça me paraît difficile.

— C'est vrai, ça paraît difficile. Mais ce n'est pas impossible.

— C'est comme vous voulez, *dotto'*, moi, je vous mets au parfum. Après, mes doutes, vous en faites ce que vous voulez, hein ! »

Cette fois, il réussit à se lever, prit son manteau et se mit en route sans dire un mot. Dehors, il alluma son cigare en poursuivant sa marche. La ville avait toujours le même aspect et défilait devant lui comme les paysages par la vitre d'un train. Ses lourds coups d'œil distraits accentuaient son indifférence et glissaient sans jamais se fixer. Il arriva enfin à l'hôpital et retrouva l'effet anesthésiant de son enquête qui mettait en sommeil le reste de ses pensées. Le dossier du poste de police parlait d'une blessure à la tête et d'une probable hémorragie interne. Il rejoignit le service, et l'infirmière le pria de patienter quelques instants, le temps de trouver le médecin. Un homme en blouse verte se présenta enfin, le masque baissé sur la poitrine.

« Vous voulez des nouvelles du Tsigane ? s'enquit-il de manière expéditive.

— Mario…

— Vous demanderez son nom à l'infirmière en chef,

le coupa l'autre qui ne s'était même pas présenté et semblait très pressé.

— Comment va-t-il ? s'informa Soneri.

— On s'en est occupé à temps, mais un peu plus, il y laissait sa peau. On nous l'a apporté dix heures trop tard.

— Qu'est-ce qui s'est passé, d'après vous ?

— Je suis chirurgien, pas policier, s'impatienta le toubib. Je ne peux rien vous dire d'autre.

— Je vous demande ça, parce qu'on nous a dit qu'il s'était pris un coup de corne…

— À mon avis, ses corridas, il les fait plutôt au bistrot, répondit le médecin d'un ton cassant. Son taux d'alcoolémie était trois fois plus élevé que la moyenne. »

Soneri était tellement à plat qu'il subissait l'agressivité de l'homme sans réussir à la contrer.

« Je veux seulement savoir si, d'après vous, un coup de corne a pu le mettre dans cet état, insista-t-il d'une voix trop basse.

— Apparemment, le taureau l'a poursuivi pendant qu'il s'enfuyait, vu le coup qu'il s'est pris dans la nuque. Ce qui n'est pas très honorable, pour un torero, glosa le médecin avec sarcasme.

— Improbable, donc ?

— Voyez vous-même », termina l'autre en s'en allant.

Soneri évita de justesse un chariot poussé par deux infirmiers. Il se sentait comme une épave portée par le courant. Il avait besoin d'entendre la voix d'Angela, envie de mots rassurants, mais le portable de sa compagne était éteint. Il quitta l'hôpital en songeant qu'à cinquante ans une rupture peut marquer la limite entre un homme vivant et un homme résigné. Et lui n'avait pas l'intention de se rendre. Il fallait qu'il agisse. Son travail avait toujours cet avantage de lui en donner l'illusion.

Dans les jardins de l'hôpital, il aperçut un groupe de Roms au milieu des allées, sans doute en route pour une visite à Mariotto, mais n'y vit pas Manservisi. Il s'engageait pour les rejoindre lorsque son téléphone sonna.

« Tu vois les photos des deux filles ? Celles qui étaient dans le sac du vieux qu'on a retrouvé dans le car ? annonça Nanetti.

— Bien sûr, je les ai sur moi, confirma le commissaire.

— Eh ben, c'est la même personne.

— Elles se ressemblent, mais je pensais qu'elles étaient de la même famille, des sœurs, ou alors…

— Je te dis que c'est la même. La Scientifique a numérisé les visages et elle vient de m'envoyer les résultats. La seule différence, c'est la période où les photos ont été prises. La première à l'adolescence, la deuxième un peu plus tard, mais il s'agit bien de la même personne. »

Le commissaire scruta les photos qu'il venait de sortir de la poche de son Montgomery et grogna quelque chose.

« Si tu regardes bien, poursuivit Nanetti, le visage le plus jeune n'est pas maquillé et ses cheveux ne sont pas coiffés alors que sur l'autre, il est beaucoup plus soigné : c'est ça qui nous a foutus dedans.

— Ça peut vouloir dire beaucoup de choses, fit noter Soneri sans bien savoir lesquelles.

— En attendant, ça dit surtout que le vieux ne l'avait pas vue depuis un bon bout de temps. Et si elle était de sa famille, soit ils ne se fréquentaient quasiment jamais, soit elle avait quitté la Roumanie depuis un moment, en déduisit Nanetti.

— Ouais... marmonna le commissaire, la tête ailleurs. Y avait le nom d'un photographe au verso ? s'informa-t-il ensuite précipitamment.

— Dimitriescu, répondit son collègue. On s'en est aperçu en scrutant les photos.

— Il est d'où ?

— Tu penses que si je le savais, je ne te le dirais pas ? » lui balança un Nanetti agacé.

Le commissaire ne répondit pas. Il se trouvait des accointances avec ce petit vieux : à la recherche de la jeune fille, avec un peu d'argent en poche et deux photos pour seul indice. Sa situation avec Angela l'avait rendu hypersensible, il se sentait la chair à vif.

« De toute façon, reprit Nanetti, ce n'est qu'un premier résultat. Aujourd'hui, on doit faire l'autopsie du rôti, j'espère que ça nous dira quelque chose. »

Dès qu'il raccrocha, Soneri essaya de rappeler Angela, mais elle était toujours aux abonnés absents. Sa frustration et son angoisse s'accrurent et le tendirent tout entier, mais enfin, il sentait que la vie circulait de nouveau. Il se dressait contre l'idée du renoncement, contre cette sensation d'approcher de la fin, alimentée par les années qui passent. Abandonner voudrait dire mettre un pied dans la tombe.

Il retourna à la PJ et trouva l'inspecteur en train de parler anglais au téléphone avec davantage d'aisance que tout à l'heure. Mais, à peine assis à son bureau, il entendit la sonnerie de son portable au fond de la poche de son Montgomery et bondit sur ses pieds.

« J'étais en audience, l'informa Angela. J'ai vu que tu avais essayé de me joindre à plusieurs reprises... »

Il s'étonna de donner autant d'importance à une phrase aussi banale.

« J'avais besoin de t'entendre, lui avoua-t-il.

— Tu as la voix d'un gamin qui vient de se faire engueuler.

— Il y a du monde autour de moi, s'excusa Soneri en tentant de masquer ses états d'âme.

— Ah. C'est pour ça ? insinua-t-elle malicieusement.

— Non. Je voulais aussi te dire...

— Ne le dis pas, coupa-t-elle, avant d'ajouter en susurrant : Ça ne sert à rien. Je l'ai compris au son de ta voix, ça me suffit.

— Oui, il vaut sans doute mieux que je me taise, admit-il. Je n'ai jamais su trouver les mots pour ce genre de situation. Je me sens ridicule et je finis par tout gâcher.

— Justement, reprit Angela. Puisqu'on sait tous les deux ce qu'il veut dire, ce coup de fil. »

L'espoir renaissait. Il releva la tête et surprit Juvara qui l'observait d'un air pantois. Il lui adressa un sourire et l'inspecteur revint à lui.

« On en sait beaucoup plus sur Dondescu, annonça ce dernier. Il a travaillé dans une tourbière avant de tomber malade et de recevoir une pension d'invalidité de l'État. Après la chute du régime, il s'est fait expulser de son logement, et pendant un temps, il a trouvé refuge dans un institut, ensuite, il s'est retrouvé sans domicile et il a navigué dans plusieurs campements roms, en vivant d'expédients et en buvant beaucoup. Il y a quelques mois, on lui a supprimé sa pension : apparemment, c'est ce qui l'aurait décidé à venir tenter sa chance ici.

— De quoi regretter le régime, marmonna Soneri.

Au moins, tout le monde avait de quoi subsister, soupira-t-il. De la famille ? demanda-t-il dans la foulée.

— Une sœur. Beaucoup plus jeune que lui, une danseuse, mais aujourd'hui, on ne sait pas où elle vit. »

Soneri eut un mouvement d'impatience. Il ouvrit le journal et tomba sur les photos que le vieux avait sur lui.

« Capuozzo n'a pas traîné à vendre la nouvelle, à ce que je vois », maugréa-t-il.

Sur la page d'à côté, on pouvait lire l'article sur la découverte du cadavre.

« Ça doit le faire jouir, les journalistes et les caméras.

— *Dottore*, je ne comprends toujours pas le rapport… Une mort naturelle et une femme brûlée… avoua Juvara d'un air perplexe.

— Moi non plus, je ne comprends pas, reconnut le commissaire, mais j'ai envie de croire aux coïncidences. »

CHAPITRE 6

« Le destin existe, pas les coïncidences », rectifia Sbarazza.

Il avait parlé de lui, de sa journée favorable dont il était certain qu'elle se trouvait écrite dans quelque mystérieux horoscope. Il s'était assis à la place d'une femme d'âge mûr, plantureuse et sensuelle : sûrement une directrice de banque. Il avait dégusté ses *anolini* au bouillon et son reste de jambon.

« C'est rare, pour moi, de pouvoir manger une entrée, lui confia l'homme, d'habitude, il ne me reste que la fin des plats de résistance. »

Il était habillé avec élégance, mais son aspect paraissait peu soigné, comme s'il portait des vêtements oubliés dans une malle.

« Quelle femme ! reprit Sbarazza d'un air songeur. La quintessence de la féminité. Des cheveux magnifiques, une poitrine opulente, des formes rondes et harmonieuses, une voix chaude… et une façon de bouger… Que c'était bon de m'imaginer lui faire l'amour en sentant son parfum flotter autour de moi…

— Une femme par jour », s'amusa Soneri.

Ils se trouvaient devant l'église de la Steccata, sous le monument du Parmigianino qui les toisait de son ironie marmoréenne.

« Elle a même laissé le journal d'aujourd'hui », lui dit l'homme en le lui montrant.

Soneri jeta un coup d'œil sur la page avec les deux photos.

« Ce n'est pas celles que vous recherchez ? demanda Sbarazza.

— Par monts et par vaux, répondit Soneri.

— Cette femme en connaissait une des deux. C'est ce qu'elle disait à l'homme qui mangeait avec elle. »

À cet instant, une trouée dans le brouillard laissa paraître un soleil pâle. Soneri la reçut comme une nouvelle coïncidence. Ou un signe du destin, comme disait Sbarazza.

« Je dois retrouver cette femme, déclara le commissaire.

— Je ne sais pas qui elle est, mais si je la revoyais, je la reconnaîtrais : une femme comme elle, qui pourrait l'oublier ? répondit l'homme, perdu dans son rêve.

— Vous ne l'aviez jamais vue ?

— Non, jamais. J'espère qu'elle reviendra ici s'il est écrit que nous devons nous revoir, dit encore l'autre, toujours en pleine extase.

— Mais si, ce jour-là, elle a grand appétit et n'en laisse pas une miette ? dit Soneri en se moquant de lui.

— De grâce ! implora Sbarazza. Épargnez-moi ces réflexions grossières. Ayez le courage de rêver, il n'y a plus que ça pour nous sauver. Regardez-moi. Que deviendrais-je si je ne rentrais pas tous les jours dans un rôle ? Un bon policier doit avoir de l'imagination, il doit immédiatement sentir ce qu'il peut se passer.

— Si c'est pour ça, tout un tas de gens cherchent à montrer ce qu'ils ne sont pas, nota Soneri.

— Ne vous y trompez pas, lui reprocha l'autre. Tout un tas de gens veulent être quelqu'un d'autre, mais la plupart ne sont qu'une piètre imitation de leur modèle. Tandis que le rêve, c'est la vie ! Un monde parallèle autrement plus élevé que le monde des objets et de tous ces faussaires en circulation. Le restaurant d'Alceste est rempli de cette sorte d'individus. De la roupie de sansonnet… couronna-t-il d'un geste léger et irrévérencieux.

— Et vous, quel est votre rêve ?

— Être moi-même. Jouer le rôle de celui que je fus et que je ne suis plus. Je me sens comme une marionnette au fond de son panier. Pauvre et magnanime au pays des riches et des vulgaires. Belle farce, vous ne trouvez pas ? »

Le silence du commissaire approuvait implicitement.

« Vous la retrouverez, cette femme, vous verrez. J'aimerais bien la revoir, moi aussi, mais je crains d'être déçu. C'est nous qui rendons certains moments magiques, pas ce que nous avons sous les yeux. La même réalité peut nous offrir joie ou tristesse », acheva-t-il en prenant gracieusement congé.

Soneri l'observa s'éloigner lentement sous la lumière souffreteuse que le ciel laissait percer. Il s'empressa quant à lui de rejoindre le *Milord*, tel un limier dont les narines seraient enflées par l'odeur forte du gibier.

« Un peu tard pour déjeuner, lui dit Alceste en guise d'accueil.

— Pas grave…

— Il me reste quelque chose…

— Tu m'as pris pour Sbarazza ? rit le commissaire.

— Aujourd'hui encore, il a joué son rôle avec une telle distinction que personne ne s'en est rendu compte.

— Je viens te voir à cause de lui, figure-toi. »

Alceste devint sérieux.

« Il a fait une bêtise ? »

Soneri secoua la tête.

« Non, il a entendu parler de quelque chose qui m'intéresse de près.

— Ici ? s'étonna Alceste en égouttant une portion de gnocchis.

— Tu sais… cette femme dont il a pris la place…

— Superbe, confirma l'aubergiste.

— Elle connaît la fille de la photo, dans le journal.

— Trouvée sur le vieux du pullman ? »

Soneri acquiesça.

« J'ai besoin de savoir qui est cette cliente.

— Je ne connais pas son nom, lui répondit le patron en assaisonnant les gnocchis. Elle vient chez moi de temps en temps, mais…

— Si elle a payé avec sa carte bleue, on peut la retrouver, insista le commissaire.

— C'est le type qui l'accompagnait qui a payé.

— C'est pareil. »

Alceste s'essuya les mains et crut que le commissaire allait repartir.

« Et mes gnocchis ? lui demanda-t-il d'un air déçu.

— Depuis quand je dis non à tes gnocchis ? Sers-les-moi à la même table que Sbarazza », le rassura Soneri en indiquant la salle vide.

« J'ai trouvé quelqu'un qui connaît la fille de la photo », annonça-t-il ensuite en revenant au bureau.

Juvara releva un visage étonné.

« Comment vous avez fait ?

— Je t'ai dit que je croyais aux coïncidences. Ou alors, appelle ça un coup de bol, comme tu voudras.

— *Dottore*, j'ai quelque chose à vous dire…

— D'accord, mais pour le moment, je voudrais essayer de joindre le type qui déjeunait ce midi avec la femme qui a reconnu la fille de la photo. Il s'appelle Giulio Pianfiorini, il a payé en carte bleue, son nom est sur le reçu. »

Excité par sa découverte, il en oublia le reste : le cadavre brûlé, l'état dans lequel il se trouvait, et surtout, Angela. Mais à peine lui revint-elle à l'esprit que son enthousiasme retomba et qu'une peur insidieuse le pénétra.

« Voilà, *dottore*, le surprit Juvara, il habite via Montebello 15, et ça, c'est son numéro de téléphone. »

Il tendit son papier d'un geste négligent dans lequel Soneri cueillit un zeste d'impatience.

« Ensuite, c'est quand vous voulez, pour parler, insista l'inspecteur.

— Oui, oui… » fit le commissaire en composant le numéro.

Une voix rauque de fumeur lui répondit.

« Commissaire Soneri, s'annonça-t-il. J'ai besoin de joindre de toute urgence la femme avec qui vous avez déjeuné aujourd'hui au *Milord*… Non, non, écoutez, rien de grave… C'est juste pour une information… Vous savez, les jeunes filles en photo, dans le journal… Vous pouvez compter sur ma discrétion, ne vous inquiétez pas. »

En raccrochant, il constata que Juvara continuait de se désintéresser de ses investigations.

« On va au moins pouvoir résoudre une énigme, dit le commissaire en se justifiant. Je vais aller voir cette Robutti, elle est directrice marketing d'une entreprise d'agroalimentaire. Je veux savoir pourquoi elle connaît cette fille.

— À propos des jeunes filles… décida d'intervenir l'inspecteur malgré son embarras, celle qui est morte avait dans les vingt et un ou vingt-deux ans, et elle était enceinte de trois mois. »

Une sensation aussi désagréable que les symptômes d'une maladie chronique prit d'assaut le commissaire.

« Enceinte ? bredouilla-t-il.

— C'est Nanetti qui me l'a dit tout à l'heure. Il a dit que votre téléphone devait être déchargé. »

Soneri sortit son portable de sa poche et en effet, comme souvent, il n'avait plus de batterie. Après qu'il l'eut rebranché, une symphonie de notes répétitives annonça des messages en rafale. Parmi eux, un texto d'Angela : *Je vois que tu as déjà oublié ce qu'on s'était dit…* Ce fut comme un deuxième coup de poignard en l'espace de quelques minutes. D'autant qu'en apprenant la grossesse de la jeune femme, la douleur de sa blessure s'était ravivée. Car cette jeune femme, c'était Ada, cet enfant jamais né, le sien, ces restes de cadavre, l'irréversibilité des choses : de la première saison à jamais disparue, de ce qui aurait pu être mais n'avait pas été. L'émotion l'étreignit et bientôt la colère. Il n'avait plus qu'un seul moyen d'exorciser la douleur : retrouver l'assassin.

« Tu as raison, admit-il à la fin, il faut qu'on s'occupe de ce cadavre : il doit devenir notre principal objectif. »

L'inspecteur fixa Soneri tandis qu'il se laissait tomber pesamment sur son siège. Il était tellement blême qu'on aurait pu penser qu'il allait s'évanouir. La sonnerie du téléphone le ranima.

« Ça fait des heures que je te cherche… lui reprocha Nanetti.

— Juvara vient de me le dire…

— Je crois que ça change la donne. Même si sa grossesse n'exclut pas qu'elle pouvait faire le trottoir. Mais, à première vue…

— Je dirais qu'elle ne le faisait pas, trancha Soneri. Les putes font gaffe.

— Quelle femme ne fait pas gaffe ?

— À plus forte raison si elles font ce métier… Tu as découvert autre chose ?

— Des confirmations. Elle a été tuée en recevant un gros coup sur la tête, ou à la suite d'un choc violent. Elle a quatre dents cassées, la mâchoire arrachée, son crâne est défoncé, elle est morte sur le coup. Le corps a dû être brûlé et abandonné une heure après au maximum.

— Son corps a donc été brûlé vers l'endroit où on l'a retrouvé ?

— Dans la campagne aux alentours, oui. Avec cette température, elle s'est vite refroidie, mais on a quand même pu récupérer de minuscules petits bouts de sac collés sur sa peau.

— Et l'enfant ? demanda Soneri en se rendant compte aussitôt de l'absurdité de la question qui lui était sortie naturellement de la bouche.

— Arrête, le sermonna Nanetti qui avait tout compris. Tu vas seulement réussir à te faire du mal. Apparemment, c'était une fille. »

Le commissaire dut à nouveau chasser cette mêlée de sensations, confuses et oppressantes.

« La Marcotti a décidé quelque chose ?

— Pour l'instant, pas de sépulture, l'informa son collègue, personne ne s'est encore présenté. Pour l'autre non plus d'ailleurs, le vieux. Ce n'est pas pour rien qu'on les a mis côte à côte.

— Cela dit, j'ai peut-être retrouvé une des filles des photos, lança Soneri.

— Ah bon ? Qui est-ce ?

— Je dois bientôt interroger quelqu'un qui la connaît. Grâce à Sbarazza, tu imagines ? On s'est croisés par hasard, et il m'a raconté qu'il s'était assis à la place d'une femme qui avait parlé de la fille en la reconnaissant sur le journal.

— Si tu es si curieux que ça, contacte-la », termina Nanetti avec scepticisme.

Le commissaire tenta d'abord de joindre Angela, mais elle n'avait pas rallumé son portable.

L'angoisse le saisit à nouveau, et Juvara, en le voyant rougir sans en connaître le motif, se dit qu'il reprenait des couleurs.

L'irruption de Musumeci sur le seuil du bureau les empêcha toutefois d'échanger sur les dernières nouvelles du crime.

« Une dame demande à vous voir », dit-il à Soneri.

Il avait espéré une seconde que ce soit Angela, mais en entrant dans la pièce réservée d'habitude aux interrogatoires, il se retrouva nez à nez avec une femme splendide et fit directement le lien avec celle que lui avait décrite Sbarazza.

Elle se présenta avec un sourire professionnel :

« Serena Robutti.

— Je vous aurais téléphoné… répondit Soneri.

— Giulio m'a dit que vous cherchiez à me joindre, et j'ai voulu tout de suite mettre au clair cette histoire, le coupa-t-elle.

— J'avais seulement besoin d'une information…

— Oui, d'accord, mais je voudrais mettre au clair… » s'entêta la Robutti.

Le commissaire l'invita à poursuivre d'un geste.

« Cette jeune femme s'appelle Ines Iliescu, elle est roumaine, et quand j'ai fait sa connaissance, elle était clandestine. Vous voyez ce que je veux dire ? »

Soneri s'y arrêta un bref instant.

« Vous lui avez donné du travail ? »

La femme acquiesça.

« Comme employée de maison. Vous savez, je suis souvent à mon bureau, ou bien en déplacement… Je lui ai même offert où dormir à un moment donné, ensuite elle s'est arrangée. Mais je vous assure, poursuivit la femme, que j'allais l'embaucher. Concrètement, je ne pouvais pas mettre son dossier en règle, mais je cherchais le moyen de stabiliser sa situation.

— Vous devez savoir que tout le monde dit ça, non ? Dans les chantiers aussi : dès qu'un clandestin y laisse la peau, ils déclarent qu'ils allaient l'embaucher le lendemain, insinua le commissaire.

— Je vous jure que je l'aurais fait. C'est juste que je ne pouvais pas, tant qu'elle n'était pas en règle.

— Et ensuite, qu'est-ce qui s'est passé ?

— Je ne sais pas… Un jour, elle n'a plus donné signe de vie. J'ai essayé de l'appeler sur son portable, mais rien… Disparue, vous voyez ?

— Vous êtes sûre que c'est la même que sur la photo ?
— À cent pour cent.
— Quel genre de fille ?
— Une très belle fille. Les photos ne lui rendent pas justice : elles sont affreuses.
— Oui, mais je voulais dire… Vous ne savez rien d'elle ?
— Je sais qu'elle dansait. Des danses folkloriques, des danses traditionnelles roumaines.
— Rien d'autre ?
— On ne parlait pas beaucoup, notamment à cause de la langue. Mais pour moi, c'était une fille bien, qui voulait gagner sa vie, sortir de sa condition. Peut-être aussi fonder une famille… »

Soneri eut l'impression d'avoir ingurgité une tasse de café bouillant. Il retrouvait toujours chez les victimes ce sentiment de frustration commun aux destinées humaines. C'est ce qui les rendait proches du commissaire. Le plus souvent, sa compassion dépassait les circonstances. Mais pas dans cette affaire. Dans cette affaire, quelque chose de personnel était en jeu.

« Si je savais où elle a fini, je pourrais vous aider, dit la femme en baissant la voix.
— J'aimerais bien le savoir, moi aussi », marmonna Soneri en se levant dans l'un de ses brusques élans.

Il estimait n'avoir plus rien à lui demander, pressé par une espèce d'agitation sournoise.

La Robutti se leva elle aussi avec brusquerie.

« J'espère que ce que je vous ai dit n'entraînera… Enfin, vous comprenez, pour mon travail… »

Le commissaire la rassura d'un geste.

« Vous m'avez dit qu'elle aimait danser, ajouta-t-il alors, vous avez une idée des endroits qu'elle fréquentait ? On aurait au moins un point sur lequel s'appuyer…

— Je ne crois pas qu'elle allait en discothèque. Je vous l'ai dit, c'étaient des danses folkloriques. Tsiganes, je crois, de la tradition tsigane. »

L'entretien s'arrêta là. Soneri serra la main de la femme et l'accompagna du regard le long du couloir qu'elle parcourut sans se retourner. Il revint à son bureau, nota le nom de la Roumaine sur un papier et le tendit à Juvara.

« Cherche-la chez tes amis de Bucarest », lui ordonna-t-il.

Il composa encore et sans succès le numéro d'Angela. Après l'agitation, ce fut l'appréhension, et de nouveau la peur. Mais ce n'était pas la peur qui fait monter l'adrénaline, celle-là fouillait dans les entrailles comme un ver sous la peau. Angela était son point d'ancrage. Son clou au mur le retenant à la vie et qui, subitement, ne veut plus le porter. Il voulait lui parler, elle était injoignable. Chez elle aussi, son téléphone sonnait dans le vide, et chaque fois qu'il la rappelait, le commissaire retenait son souffle, luttant contre l'absence hostile plus forte qu'un courant. Il la pensait déjà perdue, il se voyait tourner la page. Sauf qu'aujourd'hui, ça n'était pas comme pour Ada : car aujourd'hui, il était vieux. Recommencer serait plus difficile. Le temps lui était désormais compté… Il décida de se remettre à son enquête et d'aller faire un tour sur le parking du Palasport, probablement déjà grouillant de fourgonnettes et d'étalages, et résonnant d'un chœur de langues inconnues aux parfums de nénies ou de lamentations. La vie lui apparut sous mille et une facettes, avec ses innombrables petites illusions indispensables à sa progression inexorable. Il fit alors le choix de s'y jeter sans hésiter et de se dépouiller de son désenchantement.

CHAPITRE 7

Ils avaient choisi la partie du parking la plus éloignée, invisible depuis la route. La mairie tolérait cette occupation parce que, ici, les étrangers ne dérangeaient personne les soirs de fermeture. Les véhicules étaient disposés comme dans tous les campements : une rangée extérieure marquait la frontière en séparant la zone destinée au marché et, côté intérieur, les fourgonnettes formaient des allées qui conduisaient à une placette centrale. Coincée dans le brouillard et à l'écart des lampadaires, la petite communauté était plongée dans l'obscurité, clandestine, extraterritoriale. Quelques stands proposaient des produits roumains à peine débarqués tandis qu'on chargeait et déchargeait des paquets, sans doute aussi quelques passagers sans permis. Bien qu'il parût impossible de se reconnaître dans ce lieu privé de lumière, tout se passait comme en plein jour. Les gens se saluaient et se parlaient de loin, rappelant à Soneri la vie dans ses campagnes durant les hivers sombres et interminables ou quand, l'été, le crépuscule compatissant mettait fin au labeur.

Il s'arrêta au milieu du va-et-vient pour s'allumer un cigare. Pasquariello avait vu juste : ici, le sens de la communauté était toujours présent, et pas seulement à cause des femmes en habit traditionnel qui vivaient ce rendez-vous comme une sorte de fête patronale. Le commissaire se laissa entraîner par la foule qui s'égaillait et vit apparaître un décor plus éclairé. On avait installé une petite scène sur la placette, plusieurs groupes électrogènes alimentaient une dizaine de projecteurs ainsi qu'une sono toute branlante d'où sortaient des musiques aux couleurs orientales. La lumière au centre, les véhicules qui protégeaient le noyau dur de la communauté : tout suggérait les campements des ancêtres, avec leurs charrettes défensives et les feux allumés pour repousser les loups dans les vastes prairies recouvertes de neige. La signature de liens anciens jamais brisés. Quelque chose qui sentait le vécu, les longs voyages silencieux, les pères et fils au coude à coude. Sur scène, plusieurs filles dansaient en costume, admirées et applaudies par une trentaine de personnes.

Soneri se rappela la passion d'Ines pour la danse et demanda spontanément à la voir. Un type plutôt méfiant le dévisagea et lui indiqua d'un signe de tête un gros individu qui observait dans un coin. Le commissaire s'approcha.

« Je cherche Ines.

— Ines ?

— Iliescu.

— Elle à Craiova, répondit l'autre dont la mémoire avait l'air de s'être rafraîchie.

— Mais ici, elle est déjà venue ? » poursuivit Soneri.

L'homme répondait sans le regarder, les yeux rivés sur la petite scène.

« Elle va, elle vient. Beaucoup comme ça, ici.

— Vous la connaissez bien ?

— Oui, tous ici connaître. Tous de Roumanie. Demander Roman, beaucoup de voyages, allers-retours », termina l'homme.

Le commissaire s'éloigna de cette espèce de foyer lumineux et replongea dans la pénombre du marché. Il trouva Roman en train de négocier un voyage avec une famille devant un minicar assez vétuste d'une quarantaine de places. Tout autour, l'animation battait son plein. On déchargeait des marchandises, on en renvoyait d'autres : réfrigérateurs, radiateurs, fours, lave-linges, sans compter les colis fourre-tout. Un type, le calepin à la main, contrôlait les cargaisons. Le nom du destinataire était inscrit sur chacun des paquets, et les pourparlers au sujet du prix ne commençaient qu'après leur chargement, ou déchargement. Pas très loin, des femmes faisaient la queue devant un étalage de produits alimentaires du cru.

Roman avait déjà croisé Ines.

« Je l'ai emmenée à Craiova il y a deux mois, annonça-t-il dans un italien correct. Je m'en rappelle, c'est une fille très belle, ajouta-t-il.

— Et après ? Elle n'est plus revenue en Italie ?

— Qui peut savoir ? Il n'y a pas que moi comme transport… En plus des lignes régulières, on est nombreux à faire ça : quatre, rien qu'ici. De toute façon, précisa Roman, ça fait deux mois que je ne la vois plus, ni elle ni sa sœur.

— Elle a une sœur ?

— Aussi belle, confirma l'homme. Un an de différence.

— Ines danse… reprit Soneri en indiquant derrière lui le pauvre rond de lumière délavée de la scène.

— Oui, toutes les deux. Mais pas ici, expliqua l'homme, laissant entendre de plus grandes ambitions.

— Où ? »

L'autre devint prudent. Le commissaire se rendit compte qu'il avait un peu trop forcé sur les questions, Roman devait avoir déjà connu les méthodes policières. De fait, il haussa les épaules sans rien dire.

« Vous travaillez beaucoup ?

— Je coûte moins cher, répondit Roman. Avec les lignes régulières, c'est deux fois plus. Et si j'ai personne, je prends des marchandises. »

Dans la pénombre, le commissaire distinguait des silhouettes se déplacer entre les fourgonnettes, chargeant et déchargeant.

« Tout ça, ça coûte moins cher que chez vous », conclut l'homme après avoir répondu à quelqu'un qui l'appelait.

Puis il s'éclipsa furtivement sans prendre congé.

Soneri ralluma son cigare et se sentit tout à coup comme étranger au lieu. C'était curieux de se sentir étranger dans sa propre ville. Mais les prénoms qu'il entendait crier, les parlers aux diphtongues inconnues, les vêtements, les visages surgissant de l'obscurité lui exprimaient sa non-appartenance.

Ce sentiment d'isolement s'ajouta à la profonde solitude qu'il endurait déjà et que son portable réveilla. Le texto d'Angela disait simplement : *J'ai un interrogatoire.* Des mots froids et distants, sans aucune affection.

Soudain, tout s'anima. Un prénom courut dans la foule, d'abord inintelligible aux oreilles du commissaire, puis de plus en plus net, tel un écho qui se précise à force de se répéter : « Gortan, Gortan… » Au même instant, les phares d'une grosse BMW braquèrent sur les véhicules et, peu après, un type corpulent descendit de la voiture, suivi d'une fille plus jeune que lui.

Soneri s'écarta au moment où d'autres phares s'allumèrent à côté d'une camionnette. C'est alors que l'homme apparut dans toute son équivoque. On aurait dit un marchand de femmes accompagné de sa favorite. Tandis qu'un rang s'était formé et attendait d'être reçu, une dizaine de larbins semblaient crever de trouille. Le type avait dû faire fortune et distribuait maintenant des faveurs et du travail. *Sûrement le plus mesquin et le plus impitoyable*, songea Soneri en le regardant passer et monter dans le car qui accueillerait les quémandeurs. En une seconde, l'illusion de la communauté heureuse s'envola : les pratiques habituelles avaient repris leurs droits dans ce coin de brouillard. La sonnerie de son portable évita au commissaire de se laisser emporter par de mauvaises pensées.

« *Dottore*, cette Ines n'est pas à Parme, annonça Juvara, étonnamment concis.

— Je sais, répondit Soneri, un chauffeur vient de me dire qu'il l'avait ramenée à Craiova, il y a deux mois.

— Un chauffeur ? »

L'inspecteur ne comprenait pas.

« Sur le parking, entre l'hyper et le Palasport, où les Roumains se retrouvent une fois par semaine. Ils envoient des marchandises au pays, ils en reçoivent, ils mangent, ils dansent, ils cherchent du boulot, ils trafiquent… Ils reconstruisent un peu de leur vie avant de se séparer. On en est tous un peu là, non ? »

Juvara ne captait toujours pas.

« Mais si cette Ines n'est pas en Italie, le vieux est venu pour qui ?

— C'est bien la question que je me pose. D'après toi, pourquoi je m'intéresse à cette histoire ?

— *Dottore*, je ne sais pas, moi… bredouilla Juvara.

— Parce que je crois aux coïncidences ! s'exclama Soneri. Un type qui décampe grossièrement d'une décharge, ce vieux qui meurt en venant trouver quelqu'un… Ces deux histoires ont un décor précis, j'aimerais bien vérifier si les acteurs sont les mêmes. On ne sait jamais. »

Comme l'inspecteur ne réagissait pas, le commissaire continua :

« Ines a une sœur. D'un an de moins, ou de plus, on n'en sait rien. Le plus logique, c'est de les imaginer s'échanger leurs identités. On le sait, non ? Les immigrés jonglent souvent avec plusieurs noms…

— J'ai trouvé un collègue qui parle anglais, à Bucarest, intervint Juvara, je vais lui demander de m'en dire un peu plus sur la sœur.

— Renseigne-toi aussi à Craiova, la famille vient de là-bas, l'encouragea Soneri, avant d'ajouter : Trouve-moi aussi ce photographe, Dimitriescu. S'il fait autre chose que les mariages, il parlera peut-être anglais. »

Des lumières s'étaient allumées dans l'autocar. On y voyait le boss et sa favorite entourés de personnes aux petits soins. Les deux buvaient tranquillement, d'autres attendaient à l'écart.

Le commissaire quitta les lieux en rasant les tables installées sur les côtés des camionnettes devant lesquelles les gens mangeaient debout et se réchauffaient en buvant du vin, mais une fois à l'extérieur, le brouillard le désorienta. Il décida alors de suivre les lignes blanches du parking. À intervalles réguliers, un lampadaire éclairait quelques mètres à la ronde en jaunissant un halo de vapeur. Enfin, une lueur plus intense lui fit croire à une route, mais à défaut de voitures, il entendit des gens parler et, par instants, hausser la voix. Il passa par-dessus une plate-bande et se retrouva à l'arrière de l'hypermarché : un petit groupe de pauvres diables fouillait dans les poubelles à la recherche de nourriture. Deux d'entre eux s'étaient fourrés à l'intérieur d'un container et refourguaient de la marchandise à d'autres personnes qui l'entassaient par terre. D'autres encore la partageaient et la rangeaient dans de vieilles valises à roulettes.

Soneri distingua sur le côté une silhouette familière et reconnut Sbarazza à mesure qu'il se rapprochait.

« Le destin nous fait souvent nous rencontrer, commenta l'homme qui endossait un paletot démodé.

— Vous êtes moins élégant qu'au *Milord*, constata Soneri.

— Sans aucun doute, en convint l'autre. Mais ici, nous avons l'assurance de trouver ce que nous cherchons. Le *Milord* était bondé ces derniers temps, il m'était devenu compliqué de saisir l'occasion... Alors qu'ici je trouve toujours de quoi manger.

— Mais ce sont des déchets... murmura le commissaire.

— Bien entendu, sinon ils ne seraient pas ici, reprit Sbarazza dans un sourire. Ça ne veut pas dire qu'ils ne sont pas comestibles. On trouve tous ces produits dans les rayons, à la différence que ceux-là ne sont plus des marchandises. »

Soneri le fixa d'un œil perplexe, tira une bouffée et la recracha sans rien dire.

« Autrefois, on ne faisait pas la différence entre nourriture et marchandise, reprit l'homme. Une chose se mangeait ou ne se mangeait pas. Aujourd'hui, c'est différent. Vous voyez ces boîtes de thon empilées ? C'est de la nourriture, mais ce n'est plus de la marchandise. Personne ne l'achèterait. Pareil pour ces paquets de gâteaux un peu déchirés ou ces barquettes de fruits un peu trop mûrs, ces bananes noircies, ces légumes dont le bord des feuilles sera trop fané pour demain, ou ces boîtes périmées depuis aujourd'hui mais tout à fait mangeables. Voilà, acheva Sbarazza en désignant le groupe de misérables, notre grande chance. »

Certains étaient sur le départ et traînaient leurs valises. Un type s'approcha de Sbarazza et lui en remit une déjà remplie.

« Monsieur le marquis, celle-là, c'est pour vous », dit-il avec égards.

Sbarazza le remercia d'un geste solennel de grand seigneur. Puis, en baissant la voix :

« Ce soir, il y a les Roumains, on doit se dépêcher, autrement, ils nous chassent.

— Eux aussi… dit Soneri en montrant les poubelles.

— On la sent de loin, la nourriture, quand on a faim. Je m'en suis vite rendu compte. Pourtant, dans ces poubelles, il y en a pour tout le monde. Vous n'imaginez pas tout ce qui est jeté, de quoi nourrir toute une armée. Ces Roumains nous chassent pour tout rafler et tout revendre. Aucune solidarité entre pauvres, qui l'eût cru ? On s'étripe pour une boîte de maquereaux », se désola l'homme.

On entendit murmurer sous la brume.

« Ils arrivent », signala-t-il avec inquiétude en traînant sa valise pour la mettre à l'abri.

Une vingtaine de Roumains se dirigea vers les poubelles et s'empressa de les vider en jetant tout par terre.

« Le barouf attire les veilleurs de nuit, un jour ou l'autre, ils nous foutront dehors, présagea Sbarazza. Déjà que la direction de l'hypermarché ne veut pas qu'on se serve dans les poubelles.

— Pourquoi ?

— Ça va peut-être vous étonner, mais je crois qu'on leur donne de sacrés scrupules, sourit tristement l'homme. C'est une coopérative, vous savez ? Ça doit les tracasser de savoir que des gens n'ont rien à manger alors qu'ils leur avaient promis de leur remplir la panse. Ils continuent de prôner la solidarité, mais ce ne sont plus que des marchands. Ils ne veulent pas s'avouer qu'ils gâchent la nourriture, ils se souviennent de la misère. Alors pour être tranquille, ils préfèrent dire que la marchandise est pourrie. Notre présence leur rappelle un péché mortel.

— Mais vous vous faites servir, vous n'allez pas fouiller… lui fit remarquer Soneri.

— Je remplis d'autres fonctions, spécifia Sbarazza. Disons que je défends les intérêts de ces pauvres bougres en m'occupant de leurs affaires administratives. C'est qu'il en faut, des connaissances, du savoir-faire, des compétences. Je parle subsides, aides, hospitalisations, soins… Ils s'adressent à moi, et moi, je fais en sorte qu'ils soient traités comme les autres. J'ai ainsi la possibilité d'entretenir la flamme de celui que je fus. Grâce au ciel, je suis toujours marquis pour bon nombre de fonctionnaires, mon image est intacte. Personne ne sait que je viens fouiller dans les poubelles et que pour me nourrir j'ai besoin d'expédients raffinés tels que ceux du *Milord*. On me prend pour un philanthrope ayant cure de son prochain, un homme charitable. Ainsi, en plus d'être un homme riche, je passe pour un bon chrétien, acheva l'homme en ricanant.

— Seule l'apparence a de l'importance, constata Soneri, il n'y a même que ça qui compte. Au moins, vous la pratiquez avec style.

— Ces malheureux, reprit Sbarazza, n'ont même plus un morceau de trottoir propre où dormir depuis que ces étrangers sont arrivés. Des gens jeunes, qui manient le couteau. Pour une place au dortoir, ils vous le planteraient dans le ventre. »

Ils firent le tour de l'hypermarché en longeant le mur et se saluèrent une fois sur la route. Puis, en traînant sa valise, Sbarazza s'évapora dans le brouillard.

Le commissaire reprit la direction du centre et se retrouva via d'Azeglio, sans toutefois réussir à se débarrasser de cette sensation d'exclusion qui l'avait assailli sur le parking au milieu des Roumains. Il tenta de la chasser en téléphonant à Juvara :

« Ce n'est pas Ines sur la photo, l'informa-t-il sans se présenter, je pense que c'est sa sœur. »

C'était son instinct qui parlait, mais de bons indices nourrissaient son hypothèse.

« J'ai rappelé le collègue roumain, lui répondit l'inspecteur, il a envoyé la photo par mail à ce Dimitriescu, il m'a promis de me tenir au courant.

— Tu verras qu'il reconnaîtra la sœur », pronostiqua

le commissaire en mettant brusquement un terme à la conversation.

Quelque chose l'avait ramené à lui en le projetant dans un torrent de nostalgie. Il s'était retrouvé nez à nez avec la *Latteria numero 51*, l'un des rares troquets survivants du centre-ville. Le QG le moins cher des étudiants fauchés d'autrefois : café au lait et politique, malvasia et révolution. Depuis quelques jours, il résistait à la tentation de retourner dans la patrie perdue de ses espoirs de jeunesse, mais devant la *Latteria*, il décida d'y céder. Dès qu'il baissa la poignée ornée de la porte vitrée, ce fut en une fraction de seconde comme un retour à la maison. Surtout quand il revit la Jole trôner derrière son bar en dépit de son âge, et le visage bronzé et sillonné de rides de Libero Manicardi – dit Picelli, en hommage au héros historique des barricades, à sa table habituelle. Irréductible, théoricien pétri de contradictions, il était le parfait symbole de ce mélange d'anarchie et de communisme qui avait enflammé la ville jusque dans les années 70. Camarade de lycée du commissaire, il avait ensuite été un ami irrégulier au détour de ses haltes entre un voyage et l'autre.

« Franco ! » s'exclama-t-il en le voyant.

Il était l'un des rares à appeler Soneri par son prénom.

Ils s'embrassèrent en se donnant l'accolade sous le regard fatigué mais ravi de la Jole.

« Je crois qu'on aurait eu dix fois plus de chances de gagner au *Totocalcio*[1] que de se rencontrer ici par hasard, fit remarquer le commissaire.

1 Loto sportif.

— Et dix fois plus de chances que je n'embrasse jamais un salopard de flic ! » ajouta Picelli.

Ils s'assirent à une table et se regardèrent aussi intensément que deux amoureux. Un sourire triste apparut sur leurs visages, et chacun constata combien l'autre avait vieilli. Libero venait tout juste de rentrer d'un voyage à Cuba, bien qu'ayant cessé de rêver aux paradis lointains du socialisme. Il était passé de la période révolutionnaire, marquée par la rébellion violente latino-américaine, à la méditation orientale pour finalement atteindre une sorte de détachement cynique du monde. Il disait beaucoup de mal de Castro, tout allait à vau-l'eau.

« L'amour est mon unique consolation, proclama Picelli en levant son verre. Je vis avec une fille qui a vingt ans de moins que moi, confia-t-il, j'ai l'impression de rajeunir. »

Soneri le dévisagea. Son visage marqué de baroudeur, ses longs cheveux blancs lui tombant sur la nuque, ses yeux clairs ressortant sur sa peau tannée devaient fasciner les jeunes femmes, tel un héros de bande dessinée.

« Eh bien moi, je suis en train de le perdre », marmonna le commissaire.

Picelli se rembrunit.

« C'est grave, ça, Franco. Très grave. Tu dois tout faire pour le sauver. Et si tu n'y arrives pas, accorde-toi des perspectives. On n'est pas si vieux que ça, c'est encore possible.

— Peut-être. Mais à notre âge, après toutes nos désillusions, je ne suis pas sûr d'être capable de croire à une nouvelle histoire, répondit Soneri.

— Alors, ça voudrait dire qu'on a vraiment vieilli.

Autant en finir. Tu veux faire quoi, seul au monde ? Je préfère me mettre une balle.

— Ça tombe bien, j'ai un flingue, plaisanta Soneri.

— Je repense souvent au lycée et à nos engueulades avec les profs et les fachos… Tu t'en souviens ? Si on faisait les comptes, on aurait de quoi déposer le bilan. Il n'en est rien resté. Regarde ce qu'est devenue la politique : des partouzes un peu partout, droite et gauche main dans la main, ou presque. Pensée unique et conformiste, interdit de ne pas être d'accord, et cette masse d'abrutis complètement gagas dès qu'ils pensent au week-end. »

Soneri regarda la Jole s'affairer avec sérénité : une femme d'une autre trempe, de la dernière génération avec des couilles. Sachant ce que misère veut dire et qui, pendant la guerre, a côtoyé la mort. Pour des personnes comme elles, toutes ces années de vide devaient paraître bien futiles.

« Tu n'aimes pas les week-ends ? sourit le commissaire.

— J'ai autre chose. Je vis avec quelqu'un qui veut m'épouser et avoir des enfants, tu imagines ? Un peu plus de la trentaine, catholique et décidée à vivre avec moi. Je suppose qu'elle me voit comme une conquête, je lui ai dit que j'étais athée, elle rêve de me convertir.

— Elle va réussir ?

— Je suis amoureux, ça me suffit. Tout le reste, allez vous faire foutre. Avec elle, je suis enfin sorti de ma solitude. Chose que je n'avais jamais réussi à faire avec les camarades, pendant toutes ces années. Avec eux, je n'ai jamais réussi à partager une véritable intimité. Franco, dit soudain Picelli en se redressant avec un visage dramatique, personne n'y a vraiment cru : la plupart ne pensaient qu'à leurs petites affaires.

— C'est aussi ce que j'ai fait, répliqua Soneri, dans le sens où j'ai suivi ma route. J'ai toujours détesté les troupeaux.

— Je t'ai souvent critiqué à cause de ça, je t'ai même laissé tomber longtemps à cause de ça. Mais c'est toi qui avais raison de garder tes distances.

— En tout cas, aujourd'hui, on ne possède rien, la moitié de notre vie est derrière nous et nos petits désespoirs nous tiennent par les couilles », résuma le commissaire en contemplant la via d'Azeglio noircie par le brouillard.

La *Latteria* l'enveloppait d'une chaleur rassurante, comme les bras d'une mère. Mais au-dehors, la solitude guettait. Cette solitude qui lui donnait le sentiment d'être étranger à tout. Ce qu'il serait vraiment s'il perdait Angela. Picelli l'avait dit, il ne restait que ça : deux âmes qui se désirent et ne se sentent vivantes qu'en étant côte à côte. Dans ce geste secret venu du fond des âges qui cherche dans l'étreinte la perte de soi-même. Il se leva sans prévenir, quasiment foudroyé par cette nouvelle prise de conscience. Il salua Picelli sans se retourner, d'un simple signe de main. Sans même savoir s'ils se reverraient… Seule la Jole le comprit, habituée qu'elle était à accepter le monde et le destin d'autrui sans le moindre regret.

CHAPITRE 8

La confirmation arriva une demi-heure plus tard : la jeune femme de la photo n'était pas Ines, mais sa sœur Nina.

« Le bureau des étrangers a vérifié les données du ministère, et apparemment Ines a obtenu plusieurs permis de séjour ces deux dernières années, l'informa Juvara au téléphone en s'interrompant devant le silence du commissaire.

— Continue, l'invita ce dernier.

— Sauf que, dans le même temps, Ines est restée en Roumanie.

— Donc le vieux venait voir Nina, en déduisit Soneri. Et Ines, elle fait quoi ? interrogea-t-il dans la foulée.

— D'après ce qu'ils savent, elle travaille dans des bars à Bucarest, des bars pour touristes, répondit Juvara. Mon policier ne s'est pas étalé, mais tout le monde sait ce que les Occidentaux vont faire dans ce genre de bars de nuit, à l'est… Ines est belle… »

Le commissaire pensa subitement à Angela et s'angoissa de voir l'heure qui tournait. Il fouilla dans sa poche et en tira le papier avec le numéro de la Roumaine que lui avait donné la Robutti.

« Nina a laissé ce numéro de téléphone, dit le commissaire en le dictant. J'ai appelé plusieurs fois, mais il est toujours coupé. Essaye de voir quels contacts on trouve dans ses fadettes. »

Il raccrocha et se mit en chemin vers le tribunal. Il avait décidé d'y attendre Angela, malgré les précautions dont il devrait faire preuve pour ne pas rencontrer les avocats ou magistrats qui pourraient le reconnaître.

À commencer par la Marcotti, qui s'occupait du cadavre brûlé. Et si Angela sortait au bras de l'autre ? Chaque fois qu'il y pensait, il était tellement mal qu'il ressentait le besoin d'entendre le son de sa voix. Mais chaque fois, son téléphone était éteint.

Après avoir envoyé deux textos qui restèrent sans réponse, il se résigna à passer quelques heures sous les corniches ou à l'abri d'un porche, tandis qu'autour de lui le brouillard avançait calmement à vitesse de croisière. Il se sentait coupable, mais aussi ridicule. Ridicule de penser qu'Angela changerait d'avis à cause de ses assauts tardifs. Coupable de l'épier au lieu de s'occuper du cadavre brûlé. Et par-dessus le marché, au pied du tribunal qu'il était chargé d'informer. Par chance, à cette heure, la ville sommeillait sous la brume et chacun était libre de passer la soirée comme il le désirait.

Il attendit presque deux heures en arpentant les ruelles désertes où régnait un silence de mort. Vers vingt-trois heures, la porte du tribunal s'ouvrit et un groupe de personnes en sortit parmi lesquelles il reconnut Angela, la juge et un avocat. Les deux derniers s'éloignèrent en direction du piazzale Boito, tandis qu'Angela et un autre homme, grand, empruntèrent le vicolo Politi en direction de la via Farini. Ce devait être lui.

Soneri les suivit jusqu'à ce qu'ils entrent dans un bar à vins. Il sentait qu'il était capable de faire une bêtise, mieux valait l'éviter pour ne pas tout compromettre définitivement. Il ne pourrait rien faire de plus, son enquête s'arrêtait là. Il se sentit tellement perdu qu'il préféra rentrer chez lui, le seul endroit qui lui semblât encore familier. Il l'imaginait au lit avec ce type. Ou à l'arrière d'une voiture, sur un chemin charretier. Il se fit rire lui-même, puis il réalisa qu'il y perdait sa dignité. Alors, son ironie laissa place à la rage impuissante.

Angela surgit à l'improviste, comme lors d'un guet-apens. Soneri s'était endormi sur le canapé et la découvrait à présent penchée au-dessus de lui. Elle lui parlait, mais il n'entendait pas ce qu'elle disait. Son regard était doux et lui fit oublier la scène à laquelle il avait assisté. Quand il se la rappela, une sensation de froid endolorit son corps.

« Viens au lit », lui susurra-t-elle en lui tendant la main.

Soneri la suivit, se déshabilla et se glissa sous les couvertures. Elle le rejoignit et prit l'initiative de manière presque agressive. Bien qu'un peu perdu, le commissaire se sentait agréablement piégé par ses sens. Lorsqu'elle lui sauta dessus, il rangea ses doutes au panier et se laissa aller.

Il repensa ensuite à leurs ébats fougueux et croisa le regard d'Angela à quelques centimètres du sien sur l'oreiller.

« C'est parce qu'on ne veut pas se quitter ? la questionna-t-il en pensant davantage à son état qu'à celui de sa compagne.

— Tu crois que ça peut produire ce genre de miracle ? ricana-t-elle.

— Parfois, les adieux savent être très intenses. »

Angela hocha la tête sans prononcer un mot.

Soneri avait un besoin désespéré de confirmations. Il aurait voulu qu'elle le rassure. Il sentait qu'il se liquéfiait, comme s'il perdait tout son sang et qu'il en frissonnait de peur.

« Dis-moi ce que tu veux faire, se décida-t-il enfin. Même si c'est dur, je veux savoir. Je n'arrive plus à vivre dans l'incertitude.

— Si je savais ce que je veux, je te le dirais. Mais c'est trop confus, il faut que je comprenne, répondit Angela.

— Si tu restes avec moi ou si tu choisis l'autre ? insista Soneri.

— Je ne peux pas rester avec un homme par habitude. J'essaye de comprendre si notre relation est solide. Et pour ça, je dois la remettre en question. Comme toi dans tes enquêtes, quand tu penches pour une thèse : pour savoir si elle est bonne, au début, tu l'attaques. Et si elle fait de la résistance, ça veut dire que ses fondations sont solides », expliqua Angela d'une seule traite.

Il connaissait les méthodes de sa compagne, il l'avait souvent vue à l'œuvre dans ses plaidoiries. Il s'attendait au pire.

« Tu oublies qu'une relation n'est pas une enquête, objecta-t-il. La rationalité n'a rien à voir avec les sentiments. On ne peut jamais savoir à quel point l'autre souffre, et ça ne me console pas de savoir que tu es en train de vérifier où nous en sommes. »

Sa façon de remuer la tête sur l'oreiller laissa entendre qu'elle en avait conscience.

« Je sais. Je te demande de supporter mon incertitude et d'accepter mes doutes, même si c'est dur. Mais pour moi aussi, ça l'est. Après tout, ajouta-t-elle avec une ironie chagrine, tu devrais avoir l'habitude de la fragilité des convictions, avec le métier que tu fais.

— Justement, j'en ai marre. J'ai besoin de solidité dans ce monde de plus en plus liquide. Avec toi, j'avais un point d'ancrage… Aujourd'hui, reprit le commissaire en changeant de sujet, j'ai rencontré Picelli, tu t'en souviens ? Il m'a fait de la peine. Il a tout lâché, lui qui était l'intransigeance même. Il vit avec une trentenaire, une catholique fervente avec laquelle il veut avoir des enfants. »

Angela recula sa tête en affectant l'étonnement.

« Pour lui, il n'y a plus que les sentiments qui comptent. À part ça, qu'est-ce qu'il te reste ? Tout ce qu'on a pu penser a foutu le camp, seul cet obscur amas de sensations qu'on appelle les sentiments demeure. Peut-être parce que notre esprit ne peut pas y comprendre grand-chose, justement : l'amitié, l'amour, l'art…

— Il n'a pas forcément tort, murmura Angela.

— Possible. En attendant, nous, on risque de les perdre », constata Soneri en espérant qu'elle le démente, qu'elle lui dise que ce n'était pas vrai.

Mais Angela se tut.

Ils gardèrent le silence, songeurs, leurs deux têtes sur le même oreiller.

« Ça ne sert à rien de pleurnicher, finit par lâcher le commissaire, la précarité fait partie de la condition humaine. La seule différence, c'est qu'on n'est pas beaucoup à le dire, et que la plupart des gens font comme si de rien n'était, acheva-t-il en sentant sa colère prendre le dessus sur sa tristesse, exactement comme tout à l'heure devant le bar à vins.

— Mais moi, c'est toi que je veux ! s'exclama Angela. Ça, au moins, j'en suis sûre ! »

Sa réponse le soulagea un peu et lui donna la force de continuer son interrogatoire. Enquêter sans relâche, c'était le seul moyen de découvrir le mal. À la Questure comme dans la vie.

« Dis-le-moi, tu as couché avec lui ? »

Angela ne répondit pas. Elle le fixa avec gravité, et le commissaire n'eut pas besoin de davantage d'explications. Il n'aurait jamais cru qu'elle soit capable de le blesser à ce point. Ses fantômes prenaient corps et raclaient brutalement le fond de son inconscient. Son esprit dérailla et ses pensées quittèrent les quais de la rationalité, elles devenaient incontrôlables, il avait honte de voir jusqu'où elles l'entraînaient. Il crut devenir fou. Les gradations de son vieil instrument de mesure s'étaient évaporées. Rien ne pouvait mesurer la douleur ou le désespoir. Rien ne pouvait le sauver de la chute, à part l'impact libérateur. Toute tentative d'explication, tout dialogue était inutile. Angela ne disait toujours rien, et sa caresse ne fut qu'un antidote partiel. Sa main qui passait sur sa joue, descendait sur son cou et glissait sur son torse ne laverait sa souffrance que pour quelques instants.

« C'est arrivé deux fois, dit-elle enfin après un long silence. Je ne sais pas si ça se reproduira. »

Son « je ne sais pas » augmenta l'angoisse de Soneri. L'ambiguïté d'Angela le consumait minute après minute. Ce jeu permanent d'affirmations et de démentis provoquait de nouveaux chaos.

Il laissa son esprit vaguer, mit ses pensées en suspension et déposa les armes. Angela était trop indécise, il était impossible d'exiger d'elle des paroles rassurantes. Il la regarda, mais ne la reconnut plus. Pour la première fois, sa compagne lui parut impénétrable, étrangère. Il n'aurait pu imaginer pire sensation.

« Cet homme te plaît, il t'attire, il est peut-être ton avenir », lui balança Soneri en se relevant dans un mouvement de colère.

Elle essaya de le retenir sur l'oreiller, mais ne parvint qu'à le renverser légèrement sur le côté.

« Il est beau, c'est quelqu'un d'intelligent, mais tu es plus important. Il n'est pas au courant de notre relation, je ne lui en ai pas parlé. Avant tout, c'est toi et moi qui sommes ensemble, c'est à nous de décider », lui expliqua-t-elle avec une clarté impitoyable.

Le commissaire s'assit contre la tête de lit : l'enquête était bouclée et assortie d'aveux complets, mais pour finir, c'était lui qui prenait la peine la plus lourde. Il était conscient de ses erreurs, en particulier d'avoir tenu leur relation pour acquise. Peut-être n'avait-il jamais réussi à sortir de lui-même et à s'ouvrir pleinement à l'autre, comme Picelli l'avait dit à propos des camarades. Il sentit comme une boule lui monter dans la gorge, il serait incapable de la moindre parole. Alors, il fit appel au langage du corps. Il se rapprocha d'elle, et tous deux s'étreignirent, s'agrippant l'un à l'autre pour garder l'équilibre.

Curieusement, il se sentit physiquement mieux en sortant de chez lui. Il avait peu dormi, tout un tas de pensées se bousculaient dans son esprit, mais ses jambes étaient souples, son pas, délié et sa respiration, profonde, malgré l'épaisse vapeur qui enveloppait la ville. Juvara devait avoir raison de croire au biorythme. Ou bien le corps décide-t-il de répondre à la vie en se foutant de tout, y compris du psychisme ?

À la Questure, il trouva sur son bureau la fadette du portable de Nina. On n'y relevait rien d'important : les numéros d'une société de taxis, de pizzas à emporter, ceux d'un loueur de voitures et d'un institut de beauté, celui de la Robutti. En revanche, la liste des appels reçus était plus intéressante : elle occupait une feuille entière et faisait apparaître tout un tas de numéros récurrents.

« Plutôt désirée… commenta Soneri.

— Ils disent tous qu'elle était sublime, intervint Juvara. Mais aussi que c'était une filoute. »

Le commissaire lui adressa un regard interrogatif.

« Ils viennent de me dire qu'elle est recherchée en Roumanie pour trafic de voitures volées, elle n'est sûrement qu'un tout petit poisson. Et elle aurait servi de prête-nom, l'informa l'inspecteur.

— Tu as fait de nouvelles vérifs dans les déclarations de disparition ? dit brusquement Soneri en ramenant la conversation sur le cadavre brûlé.

— Aucune déclaration, *dottore*, répondit Juvara. Mais la Scientifique tente de reconstruire son visage pour fournir un portrait-robot digne de foi. Vous savez ce que disent les criminologues au sujet des cadavres brûlés ? »

Soneri secoua la tête en ôtant son cigare éteint de sa bouche.

« Que ce sont des personnes que l'assassin connaissait et avec lesquelles il entretenait une relation.

— Une histoire, un amour… commenta le commissaire en tombant sans le vouloir dans le cloaque de ses ennuis personnels.

— Oui, confirma Juvara, ou un lien familial. »

Angela traversa son esprit l'espace d'un éclair, et il se surprit à éprouver de la rancœur. Il avait tout ensemble envie de la prendre dans ses bras et de s'en éloigner. Tandis qu'un autre avait choisi de se débarrasser définitivement d'une femme en la détruisant par le feu. Tout était flou dans cette affaire. Un jeu d'apparences et de réalité, une danse impalpable de silhouettes de fumée. Ou plutôt de brouillard : la chape ne lâchait pas et continuait d'écraser la ville. Soneri tourniqua dans la pièce tandis que l'inspecteur semblait sur le point de lui dire quelque chose. Le commissaire s'en aperçut et le fixa soudainement.

« *Dottore*, je me demande si cette Nina…

— Ne serait pas la femme brûlée, acheva Soneri.

— Mais peut-être que je me trompe. Peut-être qu'on a un peu trop vite mis les deux affaires en relation et qu'elles ont fini par se superposer. »

Le commissaire hocha la tête et observa par la fenêtre le va-et-vient des patrouilles dans la cour.

« Je ne crois pas, marmonna-t-il ensuite en soupirant. Tu comprends, maintenant, pourquoi j'ai voulu suivre l'affaire du vieux ?

— *Dottore*, vous avez un de ces flairs…

— Mais non, le corrigea-t-il avec amertume, j'ai quelques années de plus, c'est tout.

— Si ça suffisait…

— Fréquenter les délinquants te fait comprendre l'humanité. J'en viens même à me dire qu'on ne se rend pas compte à quel point la bassesse fait partie de notre ADN », développa le commissaire.

En se retournant, il vit Juvara le regarder d'un air éberlué.

« Toi et moi, un jour ou l'autre, on pourrait très bien s'apercevoir qu'elle n'est pas si loin de nous, poursuivit-il. Enfin, en général, on s'en rend compte quand elle se manifeste. Et là, c'est trop tard. »

Le commissaire s'écarta de la fenêtre et changea de sujet :

« Si le cadavre brûlé est bien celui de Nina, on le saura dès qu'on aura le portrait-robot : ce n'est plus qu'une question d'heures. »

Le téléphone sonna au même moment et Soneri se précipita sur le combiné. Il espérait un appel d'Angela et fut déçu d'entendre la voix de Pasquariello :

« On vient d'interroger ce Mariotto… le Tsigane…

— Il dit quoi ?

— Il continue de répéter qu'il est tombé et qu'il s'est cogné la tête, mais personne ne le croit, même si, techniquement parlant, c'est possible…

— D'après toi, qu'est-ce qui s'est passé ?

— La promiscuité entre Roms italiens et roumains était compliquée. Il y a des histoires de vols… Pour moi, c'est un règlement de comptes, mais si Mariotto ne dit rien, on ne va pas s'en dépêtrer. »

La sonnerie du portable de Soneri interrompit leur conversation. Pasquariello le salua rapidement :

« Je te tiens au courant. »

Mais ça n'était pas Angela. Nanetti, devinant la déception du commissaire, plaisanta :

« Imagine si ç'avait été Capuozzo.

— Je n'y pense pas non plus tout le temps… se justifia Soneri.

— Tu crois que je ne comprends pas. Mais toi, tu peux encore jouer ta dernière carte, avec Angela. Alors que moi, j'ai tout perdu. Remarque, je n'ai pas non plus l'intention de renoncer. En attendant, je m'occupe de lingerie.

— Tu ferais partie des collectionneurs de petites culottes ?

— Tu m'as pris pour qui ? Écoute-moi bien, collègue : tu te souviens de l'étiquette coincée entre ses fesses qui s'est sauvée des flammes ? Eh bien, elle vient d'une boutique de lingerie monomarque, via Garibaldi. La marque de la culotte, tu vois ce que je veux dire ?

— Tu penses qu'elle l'a achetée là-bas ?

— Ils ne sont pas les seuls à vendre cette marque, mais au niveau des probabilités, le calcul est plus simple.

— C'est vrai. Vu que tu t'y connais, tu pourrais y faire un saut…

— T'as peur de passer pour un travelo ? le railla Nanetti. Ce n'est pas à moi d'enquêter, moi, je dois seulement fournir des preuves.

— Je plaisante.

— C'est ce qu'on dit, commissaire. En ce qui me concerne, j'ai déjà donné. J'appelle ça le syndrome du veuf : une espèce de rancœur qui t'éloigne de tout ce qui est féminin.

— Je suis veuf, riposta Soneri, subitement exécrable.

— Pardon, dit Nanetti en baissant la voix, j'ai appuyé sur la mauvaise touche. »

L'esprit du commissaire voguait déjà ailleurs, dans un monde onirique où le passé et le présent se confondaient.

Entre la perte irréversible d'Ada et la perte probable d'Angela. C'était cela, vieillir : voir mourir des parties de soi, des instants de vie partagée. Tandis qu'il repensait au crime, les souvenirs de la mort de sa femme et de celle de son fils se soudèrent à l'image de Nina et soulevèrent son indignation.

« Tu as bien fait de me donner ce tuyau, lâcha le commissaire en esquivant les excuses d'usage, je vais aller y faire un tour », conclut-il pour couper court.

Nina avait provoqué en lui un tourbillon de sentiments en le ramenant au traumatisme de la mort d'Ada et au tournant brutal que sa vie venait de prendre. Cette enquête se mêlait trop à son vécu. Il s'agaçait de constater que les existences des uns et des autres soient si peu différentes et qu'elles se superposent. Les solitaires de son espèce n'avaient même plus la possibilité de revendiquer l'originalité.

« Qu'est-ce que tu penses de Nina ? » demanda-t-il ensuite à Juvara.

L'inspecteur n'eut aucune réponse à lui donner et le commissaire envia son détachement. Il était jeune et pouvait se permettre de ne pas se poser de questions : il lui suffisait de se laisser porter, il avait tout son temps.

« Le photographe, Dimitriescu, m'a rapporté qu'elle était très timide et qu'elle vivait sa beauté quasiment comme une contrainte, dit enfin Juvara.

— Il a confirmé que c'étaient bien ses photos ?

— Oui, il se souvient même de l'époque où il les a prises : la première à la fin du lycée et la deuxième, deux ans plus tard.

— On dirait deux filles différentes.

— Le photographe a eu l'impression qu'elle avait changé de vie, mais il n'a rien su me dire de plus. »

Soneri resta silencieux et retourna à la fenêtre. Il régnait dans la cour une frénésie insolite par rapport au rythme somnolent d'une ville comme Parme. Nina avait tout l'air d'une fille naïve dont la beauté attirait l'attention. Peut-être l'avait-on leurrée, attirée dans de sales affaires ? Son sort lui faisait penser à celui des chiens abandonnés, l'été, sur l'autoroute : qu'on débarque aux premiers dégâts après les avoir pris pour des nounours en peluche.

« C'est quoi tout ce bordel ? s'informa le commissaire en changeant à nouveau de sujet.

— C'est à cause du maniaque, répondit Juvara. Un type agresse des femmes dans les jardins ou sous les porches, dans les parcs… Il a déjà commis trois viols, elles ont dit que ce n'était pas quelqu'un d'ici. Musumeci s'en occupe.

— Il ne va quand même pas se mettre à l'œuvre en plein jour ? constata Soneri en regardant le ciel gris.

— En ville, c'est la psychose. Les gens ne parlent que de ça et passent leur temps à appeler la police. Ils voient des maniaques partout », lui raconta l'inspecteur.

Soneri s'étonna de ne pas être au courant et pensa qu'il n'avait plus toute sa tête.

« Ça va faire comme avec les taureaux, marmonna-t-il, mais celui qu'on recherche va moins se faire remarquer. »

CHAPITRE 9

« Il paraît qu'ils l'ont coincé, annonça Alceste en apportant au commissaire ses *anolini* au bouillon.

— Qui donc ? dit Soneri en sursautant, absorbé dans ses pensées.

— Comment ça, qui donc ? Si vous-même, vous n'êtes pas au courant... le maniaque, non ? Un extra-communautaire, qu'ils ont dit.

— La chasse à l'étranger va commencer », grogna Soneri au-dessus des vapeurs de son bouillon de viande.

Il entendait d'ici le couplet monotone ressassé à l'infini : la droite hausserait la voix contre l'immigration, la gauche dénoncerait l'amalgame, les fascistes menaceraient d'exhumer les matraques. La réalité était toujours ailleurs, les faits, toujours niés. Lui, en revanche, devait les prendre en considération.

Heureusement que la table le réconfortait : le rare plaisir qu'il lui restait avec les balades sous la brume et les lectures en solitaire, les soirs d'automne. Tout à ses méditations, les yeux rivés sur les yeux du bouillon, le commissaire ne prêta pas attention à l'arrivée de Sbarazza. Sa discrétion, sa manière de se déplacer sans bruit, échappait même à l'œil expert de Soneri.

« Content de vous voir, commença par dire l'homme, sans quoi j'aurais jeûné. Toutes les places sont occupées et les gens font la queue. »

Dans le même temps, trois femmes s'étaient levées d'une table voisine et Sbarazza en profita pour attraper une assiette où trônait une entrecôte à peine entamée. Il s'empara de la bouteille à moitié pleine avec autant d'agilité et la posa devant Soneri.

« Dolcetto di Ovada, proclama-t-il. Pas mal. »

Soneri jeta un regard gêné autour de lui, mais personne ne semblait leur prêter attention.

« Ne vous inquiétez pas, commissaire, le rassura Sbarazza, l'important est d'être sûr de soi et de faire preuve de désinvolture. De cette façon, même le geste le plus grossier ne suscite aucune objection. Au reste, pour réagir, il faut un minimum d'estomac. Et ici, ajouta-t-il en balayant la salle du regard, qui en a, d'après vous ? »

La fille brûlée vint à l'esprit du commissaire, elle n'avait pas dû en manquer.

« Une denrée rare, confirma-t-il. (Puis il se renseigna :) Une femme vous plaisait parmi celles qui viennent de partir ?

— Chaque femme nous attire dans un univers différent. C'est ça, au fond, la séduction : nous mettre en face de notre part manquante, expliqua Sbarazza.

— On ne peut plus manquante, en ce qui me concerne, révéla le commissaire d'une voix sourde.

— Il nous manque toujours quelque chose, reprit l'homme. Pour ce qui me concerne, c'est le temps. Et pour notre agresseur de femmes, d'une compagne à ses côtés. Mais in fine, ce ne sont que des passions insignifiantes et passagères. Comme de se plaindre de la faim face au peloton d'exécution. »

Il raisonnait avec douceur et légèreté. Soneri l'écoutait, presque apaisé.

« Je ne vous envie pas, vous savez, poursuivit Sbarazza. Ce doit être tellement frustrant de reconstruire les faits et gestes des voleurs et des assassins si l'on pense à l'absurdité de notre existence... Si nous prenions la peine de réfléchir, nous devrions tous être bons, dans la mesure de toute chose... mais voilà, nous sommes des êtres profondément irraisonnables et gouvernés par les passions. Notre bestialité prévaut toujours. L'homme sage réussit à s'affranchir de ses passions et rend sa raison victorieuse.

— Si c'était aussi simple... marmonna Soneri. D'ailleurs, vous aussi, avec les femmes...

— Fantaisies purement intellectuelles, avança l'homme. Jouissance purement esthétique. Je suis aidé par mon âge, admit-il en clignant de l'œil. Je peux le dire, car cela n'a pas toujours été ainsi. J'étais un garçon fougueux, et c'est ce qui m'a ruiné. Mais je ne changerais rien. Même si elles nous jettent sur le pavé, les passions font aller de l'avant. C'est pour elles que l'on se donne du mal. Elles font bouger les choses ; elles ont beau transformer le monde en foutoir, quelquefois répugnant, on trouve toujours dans ce marasme l'élan vital pour nous frotter à un avenir dont on ne sait rien. La sagesse, ajouta Sbarazza en approchant son visage de celui du commissaire, n'est qu'un fourbi de vieillards. Ne croyez pas à la conquête du temps, il ne s'agit que de décrépitude. »

Au fond de lui, Soneri était définitivement soulagé. Après tout, s'il souffrait, c'est qu'il était encore vivant. Deux voitures de police passèrent avec leur gyrophare, et Soneri se dit que Sbarazza avait sans doute raison : le monde était mû par les passions.

« Ils l'ont coincé ? interrogea l'homme d'un air distrait.

— Il semblerait », répondit le commissaire sans conviction avant de se lever subitement comme s'il voulait s'enfuir, sans laisser au vieux le temps de lui poser d'autres questions sur le violeur.

Regonflé par la conversation, il fila droit vers la boutique de lingerie de la via Garibaldi. Sur le chemin, il appela Juvara :

« Alors, le maniaque s'est fait serrer ?

— Même pas ! Ils ont arrêté un Marocain, mais ils l'ont relâché deux heures après parce qu'il n'avait rien à voir. Il s'engueulait avec sa petite amie, du coup, quelqu'un a cru qu'elle se faisait agresser.

— Dis-m'en un petit peu plus. Elle date de quand, cette histoire ?

— Hier soir, une femme s'est fait agresser via San Leonardo et sa description de l'assaillant ressemblait à celle d'une autre victime, agressée deux jours plus tôt via Solferino. On pense qu'il s'agit du même type qui a tenté de violer une jeune fille viale Toschi. »

Telle était la réalité : les passions et les instincts guidaient les individus. Et quand ils transgressaient la loi, c'était à lui de s'en occuper. On entendait des sirènes traverser le brouillard tandis que la ville se raidissait, comme si un virus insidieux se répandait en elle, prêt à frapper au hasard et à n'importe quel moment.

La gérante de la boutique de lingerie où il entra peu après avait dû croire son tour venu, car elle scruta Soneri avec prudence et ne se détendit qu'après que le commissaire se fut présenté.

« Une jeune fille roumaine vient souvent chez vous… amorça-t-il en s'interrompant pour lui montrer la photo.

— Ines ! Bien sûr. Une fille splendide. »

De toute évidence, Nina se faisait passer pour Ines.

« Elle vous achète des sous-vêtements ?

— C'est une cliente extrêmement fidèle. Si toutes les clientes étaient comme elle…

— Elle achète quel genre de choses ?

— Oh, de tout. Ses goûts ne sont pas arrêtés. Elle peut vous choisir un ensemble très féminin en dentelle et ruban, et deux jours après, quelque chose de plus sage. Parfois, elle va choisir de la lingerie absolument sexy, tout en transparence, et d'autres jours, des ensembles de gamine avec des petits anges imprimés. Ça va de l'article le plus coûteux à l'article le moins cher. Elle n'a pas de règles, en fait.

— Une cliente à part… conclut Soneri, saisissant ce que la femme laissait entendre.

— En général, mes clientes ont des goûts précis, elles choisissent toujours le même genre d'articles. J'arrive toujours à tomber plus ou moins juste si j'essaye d'interpréter leur désirs, mais avec Ines… Une fille tellement belle, en plus… À mon avis, elle doit rendre les hommes fous.

— Elle n'est jamais venue accompagnée ?

— Les femmes n'achètent jamais leurs dessous avec les hommes. Ça gâcherait la surprise, le sermonna la femme avec coquetterie. Mais maintenant que vous me le dites, un jour, j'ai vu Ines arriver en voiture, une voiture noire, et ça m'avait surprise, précisément à cause de ce que je viens de vous dire. Un homme attendait au volant, il n'est pas descendu. Je ne l'ai pas vu de face.

— Vous vous souvenez de la voiture ?

— Je suis désolée, mais je n'y connais rien. Je me souviens seulement d'un petit cheval dessiné, sur le côté de la voiture. »

Le commissaire fit le rapprochement avec l'histoire de Manservisi, il devait s'agir du même autocollant.

« Vous connaissez l'adresse d'Ines ? s'informa-t-il.

— Elle habite à côté, via Felice Cavallotti, mais je n'ai pas l'adresse exacte. Elle n'est pas du genre à se confier, et si on veut en savoir plus, elle change tout de suite de sujet. »

La femme raccompagna le commissaire jusqu'à la porte.

« Vous allez l'arrêter ? » lui demanda-t-elle avec appréhension.

Il parcourut d'un œil sa forte corpulence, ses gros mollets, ses pieds gonflés qui débordaient sous les lanières de ses chaussures et pensa qu'elle ne courait pas grand risque de se faire agresser. Il se contenta d'écarter les bras et sortit du magasin.

Une centaine de mètres plus loin, il s'engagea via Cavallotti, déserte en ce milieu d'après-midi. Tel un facteur débutant, il étudia les étiquettes des interphones, mais il manquait tout un tas de noms, et ceux qu'on y trouvait étaient tous d'origine étrangère. Arabes, moldaves, russes, albanaises, indiennes : à les lire rapidement de haut en bas, les sonorités des noms ressemblaient à l'appel matinal d'une brigade de la légion étrangère.

Au numéro 12, dans un immeuble fraîchement rénové, il ne trouva aucun nom, mais uniquement des numéros d'appartements… Il sut d'instinct qu'il s'agissait de l'immeuble de Nina : quelque chose dans son apparence luxueuse et mystérieuse, protégée par un porche sévère en châtaignier sur lequel rutilaient des anneaux de laiton. Il fut tenté d'entrer, mais préféra d'abord réclamer un mandat de perquisition à la Marcotti. Il en profiterait pour lui annoncer qu'il était convaincu que le corps calciné et Nina ne faisaient qu'un, avec toutes les conséquences qui en découlaient.

La lumière se retira devant l'avance d'un front de brouillard qui prit en enfilade la via Garibaldi en soufflant depuis les arcades de la Pilotta, comme si le torrent s'était brusquement évaporé et s'échappait des parapets. Un coup de pinceau teignit le ciel de noir et plongea la cité dans une semi-obscurité. Il composa à nouveau le numéro d'Angela, cette fois encore sans résultat. Une seconde après, son portable sonna et le commissaire répondit plus vite que l'éclair.

« Tu es déçu, ricana Nanetti.

— Lâche-moi, maugréa Soneri dans sa barbe.

— Je sais que tu attends un coup de téléphone. »

Le commissaire grogna quelque chose, il commençait à perdre patience. Il n'aimait pas le chemin qu'empruntait son collègue, ni sa façon de jouer les guides touristiques et de marquer l'étape. Soneri n'avait pas renoncé à Angela, il la voulait encore.

« Du nouveau ? l'interrogea-t-il, histoire de changer de conversation.

— On a enfin le portrait-robot de la fille, elle

ressemble beaucoup à la photo. Je dirais qu'il n'y a aucun doute, annonça Nanetti.

— Je vais envoyer Juvara chez la Robutti et chez la mercière pour lui faire reconnaître Nina, trancha le commissaire.

— La mercière ! Tu parles comme dans les années 60 ! Le magasin s'appelle *Intim Shop*, et elle ne vend pas de culottes, mais de la lingerie ! D'ailleurs, on ne dit pas magasin, tu n'as pas vu sa marchandise ? On dit *boutique*[1] !

— Va te faire foutre ! » lui balança Soneri, tandis que d'autres sirènes déchiraient l'atmosphère.

Il raccrocha sans autre forme de procès tandis qu'une voiture freinait brusquement sous l'un des platanes séculaires du piazzale della Pace. Esposito en descendit comme dans un film américain et piqua un sprint sur la pelouse en direction du bassin et du monument en hommage à Verdi. Le commissaire le suivit et s'aperçut de son manque d'entraînement au bout de quelques foulées. Le cuir de ses semelles glissait sur l'herbe humide, il perdait la moitié de ses élans. Ses kilos en trop le mettaient sur les genoux. Malgré tout, il rejoignit assez vite le chef de bord qui reprenait son souffle.

« Vous l'avez vu ? haleta Esposito.

— Et qui j'aurais dû voir ? C'est toi que je suivais, répondit Soneri en riant.

— Punaise ! Le salopard ! jura Esposito tandis que d'autres agents surgissaient du brouillard. On nous a téléphoné que le maniaque avait sauté sur une fille…

— En tout cas, plaisanta le commissaire, si tu ne perds

1 En français dans le texte.

pas de poids, tu vas continuer à te prendre les mottes. Je t'ai mis cent mètres dans la vue.

— Ho, commissaire ! Avec cette vie de merde, vous voudriez en plus que j'arrête de bouffer ?! »

Des badauds avaient envahi la pelouse, mais ils semblaient déçus.

« Quand est-ce que vous allez l'arrêter, ce salaud de Marocain ? » hurla une dame exagérément maquillée avec un sac en croco.

Les Marocains étaient élevés au rang de bouc émissaire, on leur faisait payer tout le mal que d'autres étrangers avaient pu accomplir.

« C'est la psychose, ici, bougonna Esposito en retournant à sa voiture. Je suis bien content de ne pas être de permanence cette nuit ! s'exclama-t-il. Tout le monde voit le monstre, mais dès que la lumière s'éteint… »

Ils restèrent un moment silencieux et calmèrent leur respiration après de longs soupirs.

« Bon, allez, commissaire, on a quand même fait un peu de sport », déclara finalement Esposito en remontant dans sa voiture.

Les pneus crissèrent et le portable de Soneri sonna. Il essuya une nouvelle déception en entendant la voix de Juvara :

« *Dottore*, vous êtes au courant pour le portrait-robot ?

— Oui, Nanetti me l'a dit. Tu devrais faire un saut chez la Robutti pour voir si elle la reconnaît.

— D'accord, mais je voulais juste vous dire qu'on a les détails des appels reçus par Nina, annonça l'inspecteur.

— Tu as reconnu quelqu'un ?

— Ils sont pleins, que des hommes, pratiquement.

— Pas possible ? le charria Soneri.

— Je voulais dire des hommes qui n'ont pas l'air d'avoir son âge, des hommes mûrs.

— C'est écrit sur les fadettes ?

— Non, mais si le type est installé en libéral avec un cabinet en prime, je pense qu'il a plus de vingt ans…

— Tous de ce genre ?

— Il y a aussi le numéro d'une entreprise. J'ai regardé sur Internet, c'est une orfèvrerie : production et vente d'objets en or.

— Laisse-moi la liste sur mon bureau, abrégea le commissaire. J'arrive dans pas longtemps, je me regarderai tout ça. »

Quelque chose commençait à bouger. Rien qui puisse se prouver, mais toutes ces impressions, sensations ou familiarités au détour de petits indices composaient dans son esprit un contexte plausible. Quant à analyser cette chose aussi humaine que l'on appelle le mal, la routine et son imagination s'en chargeraient.

Son téléphone portable n'arrêtait pas de sonner. Il décrocha cette fois machinalement, pensant tomber sur la Marcotti ou Capuozzo, avec coup d'étrille en bonne et due forme de n'avoir pas donné de nouvelles, ni consigné de rapport.

« Je vois que tu as essayé plusieurs fois de me joindre, démarra Angela d'une voix chaude.

— Ton téléphone est toujours éteint…

— En ce moment, assez souvent, répliqua-t-elle. Les clients m'appellent au cabinet… Il n'y a que toi et quelques autres à avoir mon portable…

— Tu veux dire *un* autre… »

Il entendit un léger souffle, ce n'était peut-être qu'un soupir. Angela évita les explications :

« J'ai envie de te voir maintenant. Pourquoi tu ne passes pas au cabinet ? Je suis seule… »

Il la désira sur-le-champ, mais son silence au sujet de l'autre réfréna son élan. Elle tentait de l'attirer par des flatteries galantes, mais il était blessé qu'elle ne le rassure pas et ne lui donne aucun espoir. Angela le laissait mariner dans des limbes angoissants. Il ne supportait pas cette attitude dont elle était parfois capable, et les propos de Sbarazza sur l'asservissement imposé par les passions ne lui semblèrent jamais aussi proches de la vérité.

« Je ne te sens pas très enthousiaste, insista Angela.

— Si, mais on m'a appelé au bureau…

— Tu vois ? Pour toi, ton travail est plus important.

— Mais non. Si tu savais… bredouilla le commissaire.

— Et alors ? Tu décides quoi ? Je ne voudrais pas trop insister et perturber le travail d'un serviteur de l'État.

— Je viens », décida Soneri avec une fougue inhabituelle avant de raccrocher.

Angela se jeta sur lui avant même qu'il n'ait enlevé son manteau, agressive comme au premier jour, quand la passion se nourrit de la découverte de l'autre. Il y répondit avec la même urgence insolite, qu'Angela sembla beaucoup apprécier. Une sorte de corps à corps excitant entre fauteuil, divan et table de travail. Une parade nuptiale d'insectes au printemps.

Ils se laissèrent ensuite retomber, épuisés et comblés, un peu surpris de l'éclat juvénile qui brillait dans leurs yeux. Malgré son euphorie, Soneri ne pouvait s'empêcher de penser aux raisons de l'excès de leurs réactions et il s'assombrissait, puis replongeait dans le bain chaud et doux-amer de sa précarité. Ces étreintes n'arrivaient pas à le défaire du parfum d'été finissant, de ce parfum d'ultime folie.

« Cet homme te plaît, il t'excite. C'est lui que tu désires, pas moi, murmura le commissaire.

— Et alors pourquoi j'ai envie de faire l'amour avec toi ?

— Je suis ta routine rhabillée de neuf. L'autre t'a allumée et tu projettes ton désir sur moi.

— Non, répondit-elle en secouant la tête d'une façon qui relevait davantage de la volonté que de la conviction, sinon c'est lui que j'appellerais. Or, c'est toi que j'appelle.

— C'est la peur qui te lie à moi. La peur de changer.

— Moi, j'aurais peur de changer ? rétorqua Angela en un sursaut d'orgueil.

— Si de la rancœur existait entre nous, on aurait la force de se quitter. Tout serait beaucoup plus simple. Au lieu de ça, une profonde complicité nous lie, et on pense qu'à notre âge ça ne se reproduira plus. C'est pour ça qu'on a peur. Mais en même temps, poursuivit le commissaire en tournant tout à coup son visage pour plonger son regard dans celui de sa compagne, on voudrait l'émotion qu'on ne sait plus se donner, et on la cherche ailleurs. Toi, tu l'as trouvée chez cet homme, mais ton excitation t'aveugle, tu ne sais pas où elle va te mener, et ça te fait peur. Tu reviens vers moi électrisée et tu essayes de transférer sur l'homme qui t'offre la sécurité les frissons que tu éprouves avec ton amant. Si tu étais jeune, tu n'y réfléchirais pas à deux fois : tu m'aurais déjà quitté parce que tu aurais eu du temps devant toi pour remédier à une erreur. Avec l'âge, on est plus prudent. »

Angela resta silencieuse et son mutisme le blessa profondément. Soneri avait exagéré pour arracher une réaction à sa compagne qui lui confirme son amour.

« Il ne sait rien de toi, insista-t-elle.

— Ça me paraît évident. L'adultère ou les trahisons sont basés sur la tromperie.

— À toi, je l'ai dit. »

Angela avait une expression maussade et lui répondait par phrases brèves. Elle aussi avait besoin d'être rassurée. Mais aucun des deux n'était capable de soutenir l'autre.

« Tu dois prendre une décision, Angela, trancha le commissaire. Tu dois choisir entre l'incertitude excitante de la nouveauté et la stabilité rassurante de ce que tu possèdes. Il y a des risques dans les deux cas. »

Puis il se leva pour s'en aller.

Angela l'accompagna jusqu'à la porte et l'enlaça pour le saluer, sans prononcer un mot.

CHAPITRE 10

Il se sentait vidé et retourna en hâte à la Questure en longeant les trottoirs de la ville déjà plongée dans le noir. Des appels de Capuozzo et de la Marcotti arrivèrent en rafale. Tous les deux le soumirent à un interrogatoire, le premier redondant, geignard, horripilant, celui de la juge, d'une impatience névrotique.

« Où en sommes-nous ? dégaina la Marcotti sans préambules.

— La victime s'appelle Nina Iliescu », l'informa Soneri.

La femme émit un murmure d'assentiment, elle avait dû interroger Juvara.

« Je pense avoir trouvé son adresse, mais j'aurais besoin d'un mandat…

— Vous l'aurez. Dans ce genre d'affaire, c'est une procédure classique, non ? Elle était propriétaire ?

— On n'en sait rien. La vie de cette fille reste un mystère à explorer. Pour l'instant, on a des fadettes, un appartement à perquisitionner et une voiture noire avec un cheval collé sur le flanc, répondit Soneri.

— Un cheval ?

— Collé sur la voiture qui a servi à balancer le corps sur le remblai de l'autoroute. La vendeuse de lingerie et Manservisi, le chef du clan tsigane qui s'est installé à la décharge du côté de la station-service de Cortile San Martino, ont, eux aussi, vu la voiture. Or, il se trouve que Mariotto, le seul témoin qu'on ait, vient justement de ce camp… »

De vigoureuses protestations l'interrompirent.

« Ouh là là, quelle confusion, commissaire ! Je vous téléphone pour venir aux nouvelles et vous vous lancez dans une tirade incompréhensible », lui reprocha-t-elle.

Il réalisa que son récit n'avait été qu'une sorte de résumé personnel. Jusqu'ici, il n'avait accumulé que des sensations et des fragments épars : parler avec la Marcotti lui avait donné l'occasion de les rassembler.

« Non, ne recommencez pas, le pria-t-elle dès qu'il voulut reprendre. Écrivez-moi un rapport, je me lirai ça au calme. »

La conversation s'acheva sur cette phrase absurde. Qu'est-ce qu'un rapport pouvait raconter de plus ? Au point où en était l'enquête, un compte-rendu ne serait, au mieux, qu'une photo sans légende. Comme lui, du reste, errant parmi la foule qui remplissait les bars ou qui se dispersait avant d'aller se coucher. Il avait par moments l'impression de perdre son équilibre intérieur et de glisser vers une sorte de léthargie qui réduisait ses sentiments à de l'indifférence. C'était un bon moyen d'éviter la douleur. Mais à d'autres, il s'accrochait à son passé, à ses années vécues avec Ada, à cet enfant perdu qu'il continuait d'imaginer et de comparer à des jeunes gens rencontrés au hasard de ses pérégrinations. Alors, Nina lui revenait à l'esprit. Les visages des deux femmes se superposaient, et leurs histoires finissaient par se confondre. C'était sans doute pour cette raison qu'il prenait cette affaire à cœur.

En franchissant le seuil de la Questure, le silence d'Angela lui fut insupportable. Il renonça toutefois à lui téléphoner, n'ayant aucune envie de tomber pour la énième fois sur son répondeur. Il fila jusqu'à son bureau.

« *Dottore*, la Marcotti… amorça Juvara, aussitôt interrompu par le commissaire.

— Déjà fait. Personne n'a demandé après la fille ? Signalement de disparition, j'entends ? se renseigna-t-il en parlant de Nina.

— Non, personne, répondit l'inspecteur en secouant la tête.

— Avec tous ces appels… constata Soneri en parcourant la fadette dans le détail. Quand elle était vivante, tout le monde voulait la joindre… Tu as vu tous ces noms… »

Il songea aux deux cadavres, à ce vieux et à cette jeune femme, côte à côte, à la morgue. Deux fantômes que personne ne réclamait et qui seraient sans doute jetés dans la tombe anonyme du carré des pauvres d'un cimetière de village.

Il sentit sa curiosité se raviver, le monde éveillait à nouveau son intérêt. Il reprit la fadette et composa le premier numéro du haut de la liste. D'après les notes de Juvara, il correspondait à celui du notaire Federico Paglia. Plusieurs sonneries, puis une voix lasse le pria de se présenter.

« Commissaire Soneri, j'aurais besoin de parler à Nina.

— Nina ?

— Ou Ines ? Sous quel prénom la connaissiez-vous ? »

Le notaire se tut quelques secondes, puis :

« Passez dans une demi-heure. »

Soneri empocha la fadette et sortit du bureau. Il s'était préparé à passer sa soirée à écouter des hommes parler de la jeune femme, à faire sa connaissance au travers de ceux qui l'avaient désirée et, pourquoi pas, aimée.

Le cabinet de Paglia se trouvait borgo del Parmigianino. Un homme corpulent mais un peu flasque apparut, avec un visage de vieil angelot aux grosses lèvres charnues.

« Pourquoi voulez-vous que je vous parle d'Ines ? s'informa-t-il d'abord, légèrement inquiet.

— Elle a été assassinée, on a brûlé son corps », répondit sèchement Soneri.

L'autre encaissa sans dire un mot, comme tout à l'heure au téléphone.

« Celle…

— De l'autoroute, acheva le commissaire. Vous l'avez appelée, précisa Soneri en lisant son papier, deux jours avant sa mort. Pendant exactement dix-sept minutes, à quatorze heures vingt.

— On s'appelait… reconnut Paglia, le visage sombre. Ce n'est pas facile d'oublier une fille comme elle.

— C'était votre maîtresse ?

— Pendant presque un an.

— C'est elle qui vous a quitté ? »

L'homme acquiesça.

« Difficile de la retenir, dit-il en hochant la tête. Le genre de fille avec le feu à l'intérieur… Impossible de l'oublier. J'ai perdu la tête. Cette fille savait y faire comme personne. D'ailleurs, pour rester avec elle, il faut la perdre, la tête, suivre son instinct, assouvir ses désirs, renoncer à son quotidien. Je n'ai pas tenu, elle avait trop d'énergie pour moi.

— C'est pour ça qu'elle a rompu ?

— Je serais devenu fou. Mais à ce moment-là, c'était exactement ce que je voulais. Ines m'offrait tout ce que j'ai toujours désiré d'une femme.

— Vous n'avez pas eu l'impression de vous faire exploiter ?

— Non. Ou bien c'était une excellente actrice. Je me suis toujours senti aimé », souligna Paglia.

Le temps qu'il se demande ce qu'être aimé voulait dire, le silence pesant d'Angela s'abattit sur le commissaire.

« Je sais à quoi vous pensez, reprit Paglia. Oui, au lit, Ines était une merveille. Mais ce n'était pas seulement parce qu'elle savait s'y prendre. J'ai toujours cru, dans ces moments-là, qu'elle y mettait du cœur. Déchaînée, mais bourrée d'attentions. Je suis tout à fait conscient de ce qu'un homme de mon âge cherche chez une jeune femme, poursuivit-il, mais quand ça dure un an, ce n'est pas seulement une histoire de sexe. J'ai de l'argent pour ça. De quoi m'en payer une par semaine.

— Ines vous en réclamait ?

— Jamais. Elle voulait du nouveau, elle voulait de l'aventure, qu'on fasse des voyages. Si elle s'émerveillait devant une bague dans une vitrine, je finissais par lui offrir. Mais elle ne réclamait jamais rien directement. »

Le commissaire observa encore un peu la prononciation lente du notaire. Tout semblait ralenti chez lui, à commencer par ses gestes pataauds de morse. Seul son regard étincelait au souvenir de sa maîtresse. On sentait chez cet homme un fond de frustration. Il avait dû être un adolescent malheureux à cause de son physique peu attirant, et Ines avait su le rendre désirable.

« Vous pensez qu'elle vous a aimé ? » demanda Soneri en se levant.

Paglia y songea un instant.

« Oui », répondit-il avec un fond d'incertitude, comme s'il s'efforçait d'y croire.

Après avoir quitté le cabinet, le commissaire trouva la ville davantage vide et silencieuse. Il l'appréciait toujours quand elle se calmait au moment du dîner, mais il fallut que des voitures de police en suspendent à nouveau la quiétude. Il croisa deux agents à pied qui patrouillaient dans les rues les plus écartées du centre et capta sur leur radio les phrases excitées d'une filature. Il distingua « via Cavestro », puis entendit parler d'une étudiante qu'un homme avait suivie jusque via Mazzini. L'un des deux agents, une belle fille avec une queue-de-cheval, reconnut Soneri.

« On en est à combien de maniaques, dans la ville ? s'informa le commissaire.

— C'est la troisième alerte depuis dix-neuf heures, répondit-elle. Les deux premières étaient fausses, celle-là semble sérieuse. »

On entendait des voix essoufflées régulièrement coupées par les trois notes métalliques de la radio. Une voiture passa en trombe avec son gyrophare et fit crisser ses pneus dans la portion piétonnière de la via Cavour. La ville palpitait sous la mélasse avec de sourds gargouillis de boue thermale. Le charme était rompu, la nuit ne récupérerait plus son inertie enchanteresse : le grésillement des réverbères, le froufrou des rayons d'un vélo, les gouttes qui tombent des branches.

Soneri tira la fadette de sa poche et composa le deuxième numéro, d'un certain Sebastiano Goretti. Dans la marge, Juvara avait précisé : « Artisan fabricant de châssis ». Un homme très embarrassé lui répondit, sa femme devait être à l'écoute. Ils se donnèrent rendez-vous piazza Garibaldi, au pied de la statue du général.

Goretti était un type très différent de Paglia. Trapu et musculeux, l'air assez agressif.

« Comme je vous l'ai dit au téléphone, je voulais vous parler de cette jeune fille roumaine, Ines », débuta le commissaire.

Il se trouva en face de la même expression étonnée que celle du notaire.

« Je ne sais pas qui c'est.

— Nina ? Disons, la jeune fille à qui vous téléphoniez régulièrement, coupa Soneri.

— Doina, rectifia Goretti. Elle avait d'autres prénoms ? le questionna-t-il avec un regard soupçonneux.

— Nous avons eu du mal à l'identifier, esquiva le commissaire. Vous êtes sorti avec elle, n'est-ce pas ? risqua-t-il.

— Quelques mois, répondit l'autre sans s'étaler.

— Et ensuite ? Vous vous êtes quittés ? Je vois que vous avez continué d'essayer de la joindre… »

Goretti n'avait pas l'air à l'aise. Puis son visage se fit moins hargneux et il se détendit.

« J'ai perdu la tête pour cette fille, dit-il à mi-voix comme s'il en avait honte.

— Vous n'arrivez pas à l'oublier ? »

L'homme acquiesça.

« J'ai perdu la tête, je suis devenu jaloux jusqu'à l'obsession, elle a fini par se barrer. »

Soneri se voyait courir le même risque. Mais comment faire pour ne pas l'être ?

« Je comprends, acquiesça-t-il d'un ton si entendu que Goretti en tressaillit.

— J'ai une femme et deux enfants, une entreprise, je ne pouvais pas tout le temps être derrière elle, reprit l'homme. Dès qu'elle me quittait, je la soupçonnais d'aller voir ailleurs, alors je l'appelais en continu. Je ne pouvais pas supporter… »

Goretti s'interrompit, mais l'évidence avec laquelle le commissaire le comprenait rendait les choses presque pénibles. Cette histoire réveillait à tel point ses angoisses qu'il en vint à se dire que toutes les vies reproduisaient le même schéma.

« Ensuite, qu'est-ce que vous avez fait ? » voulut-il savoir.

L'autre le dévisagea et lui jeta un coup d'œil perplexe. Il trouvait sa question un brin inquisitrice, même si le ton du commissaire ne laissait transparaître qu'une simple curiosité.

« C'est elle qui a pris les devants : elle a disparu pendant une semaine, et puis elle est revenue pour me dire qu'elle était désolée, mais qu'elle n'arrivait plus à vivre comme ça, expliqua Goretti.

— Vous pensez qu'elle avait déjà rencontré quelqu'un ? C'était une femme assez torride, d'après ce que j'ai compris… insinua Soneri.

— Je ne sais pas. Elle ne donnait pas l'impression d'avoir envie d'un tableau de chasse, c'est pour ça qu'elle me plaisait, reprit Goretti. Je suis jaloux, je pète vite les plombs : je ne pourrais jamais rester avec une femme qui se fait remarquer. Doina avait tout pour me plaire : belle et discrète, passive, très réservée…

— Pourtant, une fille aussi belle… objecta le commissaire.

— Elle ne prenait jamais l'initiative, même en tête-à-tête, vous voyez ce que je veux dire ? J'adore les femmes qui se laissent faire, voire même un peu farouches. J'aime bien l'idée de les dominer. Rien de pervers, hein ! se justifia Goretti. Tout dans la nature des choses entre un homme et une femme. C'était ma petite poupée… Ma petite ingénue…

— Vous l'aviez vue récemment ? Je veux dire, avant qu'elle se fasse assassiner ? insista encore le commissaire.

— Ne me dites pas que c'est la fille… murmura l'homme, avant d'ajouter : Qui a pu… ? J'étais furieux qu'elle me quitte, mais j'ai toujours gardé espoir. »

Soneri aussi gardait espoir, malgré le silence d'Angela qui évoquait plutôt la fin.

Il essaya de lui téléphoner après avoir quitté Goretti, mais elle n'avait toujours pas rallumé son portable. Il se heurta ensuite aux répondeurs respectifs de son cabinet et de son domicile. En pleine agitation, il pensa qu'il devait faire quelque chose, mais rien ne lui vint à l'esprit. Il prit alors la direction du bar à vins de la via Farini et découvrit son rival en train de manger dans un coin de la salle. Il avait commandé une *piadina*[1], sans doute avait-il eu besoin de se restaurer après sa journée de travail. Il était seul, qui sait s'il attendait quelqu'un. Soneri choisit

1 Fine fouace de froment sans levain farcie au gré du cuisinier, cuite sur une plaque de pierre brûlante, typique de la Romagne.

une place assise où il pourrait l'avoir à l'œil. L'autre, en revanche, n'avait pas du tout l'air intéressé par ce qui l'entourait et ne levait que très rarement les yeux vers le comptoir. Le commissaire sortit sa liste et composa le troisième numéro sans être sûr de pouvoir supporter une nouvelle histoire de frustration amoureuse.

D'après les notes de Juvara, il s'agissait d'un chef d'entreprise, un certain Ernesto Greci. Avec lui, Nina se faisait appeler Monia, comme il le révéla au commissaire en mentionnant la jeune femme.

« Eh bien, c'est de Monia que je dois vous parler de toute urgence, lui annonça Soneri. Je peux venir chez vous ? Ou vous préférez ailleurs ?

— Je préférerais ailleurs. Dites-moi où », répondit l'homme, un peu inquiet.

Le commissaire fit une pause afin de regarder autour de lui et de situer son rival, puis répondit :

« Retrouvons-nous au bar à vins de la via Farini. »

Tandis qu'il l'attendait, les odeurs du bar lui rappelèrent qu'il n'avait pas dîné. Il commanda une assiette de charcuterie accompagnée de *torta fritta*[1], ainsi que du *grana* en copeaux et un demi-litre de rouge. Le climat étant à la trahison, il opta pour un barbaresco plutôt qu'un vin local.

L'autre continuait de manger tandis que le commissaire le scrutait de son œil de flic. Il était grand, distingué, la mise extrêmement soignée. Ses traits possédaient la finesse typique des gens qui ont de l'argent depuis plus d'une génération. Il s'attendait à voir débarquer Angela

1 Petits rectangles de pâte à pain accompagnant la charcuterie, frits traditionnellement dans du saindoux, typique de l'Émilie.

d'une minute à l'autre. Il était curieux de voir sa réaction s'ils se retrouvaient face à face. Lui dirait-elle bonjour comme à n'importe lequel de ses amis ou ferait-elle semblant de rien ? Il savait qu'il risquait de mettre un terme à leur histoire, mais dans ce moment, le commissaire était trop en colère.

Greci arriva le premier. C'était un monsieur dans la cinquantaine, avec les cheveux blancs, une paire de lunettes rondes et un nœud papillon. À première vue, le type était plutôt bizarre, mais dès qu'il commença à parler, Soneri se retrouva devant une nouvelle et prévisible histoire d'abandon.

« Moi et Monia, on jouait au couple marié, lui raconta l'homme. Elle savait que j'avais envie de la vie normale que je n'ai jamais eue. J'ai toujours beaucoup voyagé et je n'ai réussi qu'à collectionner des histoires précaires. Maintenant, j'aurais envie d'une famille, mais c'est sûrement trop tard. »

Soneri l'écoutait, la même tristesse reparaissait, probablement inguérissable. Il maudissait à part soi cette enquête, mais il sentait que la souffrance qu'il endurait pouvait aussi le soulager, comme dans certaines médications.

« Monia était une bonne épouse ? demanda-t-il en lançant une œillade rancunière à son concurrent, deux tables plus loin.

— J'ai vécu avec elle les mois les plus beaux de ma vie, répondit l'homme, perdu dans ses rêves. Tous les soirs, quand je rentrais à la maison, je la trouvais à la cuisine. La table était déjà mise, elle portait un tablier… J'étais heureux… On sortait parfois au cinéma, sinon, on restait assis sur le canapé devant la télévision. Le samedi soir, on dînait dehors et on revenait à la maison comme deux amoureux. Monia savait quelle attitude adopter dans toutes les circonstances : on aurait dit une vraie dame, elle faisait plus que son âge. Même si dans l'intimité, elle avait certaines pudeurs... pour ça, je l'adorais », acheva Greci, toujours songeur.

En l'écoutant, et malgré son angoisse, le commissaire s'apaisait un peu. Mais dès qu'il se retournait et voyait son rival, le virus reprenait le dessus et réactivait le mal.

« Comment ça s'est terminé ? demanda-t-il encore pour éviter de penser à ses problèmes personnels.

— Je ne le sais pas moi-même, murmura l'homme. Un jour, elle m'a dit qu'elle devait partir de toute urgence pour la Roumanie parce que sa mère avait eu un accident, et je ne l'ai plus jamais revue. Je l'ai eue plusieurs fois au téléphone, mais quelque chose s'était brisé : elle était froide, évasive, seulement polie. J'ai alors compris que c'était fini et tout s'est écroulé : mon rêve avait duré aussi longtemps que le saut d'un chat. »

Cette expression toute parmesane pinça le cœur du commissaire.

« Les rêves ne durent jamais longtemps, constata-t-il. (Il aurait voulu dire la vie, mais il se retint.) Qu'est-ce qui s'est passé, selon vous ? questionna-t-il en revenant à son enquête.

— Je n'en sais rien, répondit sombrement Greci. Elle a peut-être trouvé quelqu'un d'autre, elle s'est peut-être lassée. Je comprends que la routine conjugale puisse être d'un ennui mortel pour une jeune femme. Mais elle faisait ce qu'elle voulait de ses journées, je ne prétendais pas connaître son emploi du temps. Enfin, ajouta-t-il l'air résigné, je me doutais que tôt ou tard... Trente ans d'écart, ça n'est pas rien. J'ai cru qu'en étant nées si pauvres, ces filles pouvaient se contenter de jouer à la dame. Elle me répétait souvent qu'ici elle menait une vie de reine, que je ne savais pas comment c'était, chez eux, en Roumanie, que dans le village où elle était née, il n'y avait que des vieilles baraques, de la boue. Je croyais que ça suffisait pour qu'elle reste avec moi : en fin de compte, je ne lui refusais rien.

— Il y a une forte concurrence… insinua cyniquement Soneri en continuant d'observer son rival qui mangeait avec calme et avec assurance.

— Je sais, soupira l'homme, des hommes beaux et riches, il y en a des tas par chez nous, et bien plus jeunes que moi. C'est un marché, et il y en a toujours qui offrent plus, ou mieux.

— Eh oui… » soupira Soneri à son tour, agacé par le ton pleurnicheur de Greci.

En réalité, le commissaire savait que lui non plus ne valait rien sur le marché, et de s'imaginer battu par un concurrent aussi classieux, probablement cultivé et certainement plein aux as, le déprimait.

« Mais qui a pu la tuer ? s'interrogea Greci.

— C'est ce que je cherche à savoir, lui répondit le commissaire. C'est pour ça que je rencontre les personnes qui l'ont fréquentée ces derniers temps », expliqua-t-il en omettant de lui faire part de ce qu'on lui avait raconté, ainsi que de la myriade de prénoms que Nina utilisait.

Elle avait été une femme différente avec chacun d'entre eux, il y avait tant de femmes en elle. Était-ce une caractéristique féminine ? Angela lui cachait-elle d'autres visages ?

« Elle attirait beaucoup d'hommes… Elle a eu de nombreuses relations, vous le saviez ? »

Greci se tut quelques instants et secoua gravement la tête.

« Je n'ai jamais rien voulu savoir de ses affaires, reprit-il. J'ai préféré vivre heureux sans poser de questions, j'avais peur de découvrir que je n'étais pas le seul. Mais des doutes, oui, intérieurement, j'en avais : une femme aussi belle et intelligente…

— Vous saviez qu'elle était enceinte ? »

Greci devint blême et poussa un profond soupir en enfilant un doigt dans le col de sa chemise.

« Vous voulez dire… de moi ? bafouilla-t-il.

— Je ne sais pas. Je ne connais pas assez la vie de cette jeune femme. Son ADN nous le précisera. Si la période correspond, s'appesantit le commissaire, on ne peut pas l'exclure. »

Nouveau soupir. Face à Nina, tous ces hommes ressemblaient à des bébés sans leur maman. Et pourtant, dans la vie, ils se présentaient comme des animaux de combat. Toutefois, le commissaire n'arrivait pas à envisager cette jeune Roumaine comme une femme cynique et calculatrice. Il la voyait plutôt comme une pauvre petite qui s'accroche à la vie tel un chat affamé.

L'exact opposé de l'homme assis à quelques mètres de distance qui venait de finir son repas et s'essuyait la bouche d'un geste distingué conforme aux bonnes manières en posant son regard olympien sur la salle. Soneri se dit que Nina aurait pu le détester autant que lui, qu'elle avait dû tomber sur des types de ce genre et en subir les expressions hautaines.

Il fut distrait par Greci qui s'agitait, inquiet, sur son siège. Son visage préoccupé exprimait l'urgence qu'il ressentait de s'en aller. Et en effet, il se leva, mais il était embarrassé, il ne trouvait pas les mots pour prendre congé.

« Si vous n'avez plus rien à me demander… » murmura-t-il timidement.

Soneri resta assis et secoua la tête. L'autre le salua et s'éloigna à pas lents. Peu après, ce fut au tour du rival du commissaire de se lever. Debout derrière sa table, il tira une pince à billets de la poche de sa veste, en fit glisser une grosse coupure et la déposa à côté de son assiette. Puis il se dirigea vers la sortie avec prestance, sans un regard vers le patron du bar. Soneri s'apprêta lui aussi à sortir et rendossa son uniforme. Il était tenté de le suivre, mais il se contenta de l'observer depuis la porte du bar. Du reste, il n'aurait pas été bien loin, car l'homme prit le volant d'une Mercedes et s'en alla.

Sur le chemin, il essaya encore d'appeler Angela, qui ne répondit pas. L'idée qu'elle pût avoir rendez-vous avec ce type lui causa de violents élancements. Il n'eut alors rien d'autre à faire que de s'en retourner chez lui, à la manière d'une bête blessée.

CHAPITRE 11

En se réveillant, il sentit sur son visage un masque de mauvaise humeur. Il avait très mal dormi, tourmenté par des cauchemars. L'un d'entre eux l'avait particulièrement persécuté : allongé dans un lit d'hôpital au milieu d'un couloir, il ne portait qu'un slip sous une blouse verte de chirurgien, et la moitié de la ville le regardait comme un objet de curiosité. Son malaise était tel qu'il finissait par émerger, mais dès qu'il se rendormait, le cauchemar reprenait son même cycle angoissant. Après d'autres rêves du même tonneau, il se réveilla une bonne fois pour toutes et, à bout de forces, s'en remit à la lumière filtrée par les persiennes. Le premier coup de téléphone de sa compagne le ramena à son quotidien.

« J'ai essayé de te joindre hier soir, démarra Angela en se matérialisant directement depuis son esprit. Mais tu avais coupé ton téléphone.

— Il était tard quand je l'ai éteint. Toi, au contraire, tu ne l'as jamais allumé.

— J'avais à faire…

— Quoi ? laissa échapper le commissaire, conscient dans le même temps de l'inconvenance de sa question.

— On se voit aujourd'hui ? répondit-elle en éludant.

— Quand ?

— À quatorze heures, c'est l'heure la plus tranquille. »

Soneri prit sur lui pour ne pas lui proposer de se voir en soirée.

« D'accord », répondit-il simplement, tout en se rendant compte de sa docilité au moment de raccrocher.

Quelques secondes plus tard, Juvara donna de ses nouvelles :

« *Dottore*, la Marcotti a obtenu le mandat de perquisition pour l'appartement de la via Cavallotti, par contre, vous ne lui avez pas communiqué le numéro de la rue. »

C'était vrai. Il n'était pas totalement sûr qu'il s'agisse de cet immeuble rénové où son instinct l'avait conduit, avec son interphone noirci de numéros d'appartements.

« Elle a ajouté qu'elle vous faisait confiance et que vous pourriez le noter plus tard, vu qu'il n'y aura personne dans l'appartement ; elle a dit qu'on pouvait faire une entorse au règlement », poursuivit l'inspecteur.

Cette femme était providentielle, un véritable mur porteur. Elle travaillait douze heures par jour et arrangeait toujours les choses, y compris l'humeur du commissaire, désormais loin de ses cauchemars.

« Trouve-moi un serrurier pour ouvrir la porte, c'est au numéro 12. J'y serai dans une heure », dit le commissaire, content de s'en remettre à son travail journalier.

Il avait décidé, comme toujours, de se fier à son intuition. Devant l'immeuble, Esposito était sorti de sa voiture, plus exaspéré que jamais par la tâche qui lui incombait.

« *Dotto'*, faut aussi que je fasse le taxi ? Et puis après, je me mets un balai dans le cul et je fais le ménage en marchant ? » pesta-t-il.

Au même moment, avait surgi du véhicule un tout petit bonhomme avec une caisse à outils.

« Si ce n'est pas une porte blindée, je n'en aurai pas pour longtemps », rassura l'artisan en s'adressant au policier.

Esposito s'appuya sur la portière ouverte et daigna patienter en faisant la grimace.

« En attendant, je vais diriger la circulation.

— Il est où, l'appartement ? questionna l'homme.

— Je ne sais pas », répondit Soneri, laissant l'autre bouche bée.

Il ne fut pas difficile à trouver. Ils sonnèrent au rez-de-chaussée et une vieille dame apparut, très intimidée.

« Nous cherchons une jeune femme roumaine qui habite ici… » expliqua le commissaire tandis que le serrurier restait deux pas en arrière, légèrement incrédule.

La vieille ne le laissa même pas terminer et lui indiqua de son index tendu l'appartement juste au-dessus de chez elle. Ils s'y rendirent, et Soneri ordonna à l'homme d'ouvrir la porte.

« Vous êtes sûr ? » osa-t-il timidement.

Le commissaire approuva du chef.

« Si c'est vous qui m'y autorisez… »

L'artisan sortit une espèce d'outil muni d'une série de minuscules ailettes et l'enfila dans le trou, puis manœuvra lentement et de manière apparemment répétitive. Après plusieurs minutes de travail patient, la porte s'ouvrit et Soneri entra. Mais avant tout, il prévint Nanetti qui se chargerait de la véritable perquisition avec son équipe.

La décoration était assez froide et donnait le sentiment d'un intérieur inhabité. Elle rappelait les photos des magazines d'architecture. Le verre et l'acier dominaient, on se serait cru dans une suite d'hôtel. Soneri se mit à la recherche d'éléments personnels. Il entra dans la chambre et y trouva un dressing à portes miroir, une commode, un lit et une table de nuit, l'ensemble gris métal. Il prit un kleenex et fit coulisser l'une des portes de l'armoire. On tombait d'abord sur des vêtements de jeune fille : des pantalons, des jupes et des chemisiers décontractés aux couleurs vives. Dans l'autre compartiment, on trouvait au contraire des vêtements élégants, et même une robe du soir. Mais aussi des tailleurs, des ensembles coquets en dentelle, des mini-jupes et de longues jupes plissées, des tops de gamine ou d'autres beaucoup plus stricts : on avait l'impression d'un appartement occupé par quatre femmes différentes. Il ouvrit ensuite la commode et tomba sur la collection de lingerie décrite par la mercière de la via Garibaldi. Une poupée, c'était le terme qu'avait utilisé Goretti, une poupée qui passait son temps à changer de tenue.

Nanetti le surprit dans la chambre alors qu'il essayait de s'accoutumer à l'atmosphère ambiguë et impénétrable flottant dans tout l'appartement. Dès qu'il entra, son collègue poussa un sifflement :

« Quel luxe !

— Ça sent plutôt la misère, rétorqua le commissaire.

— Tu recommences avec ton moralisme ? lui reprocha Nanetti. Regarde-moi toute cette came ! On ne peut pas dire que ça manque de style.

— Je ne dis pas le contraire. Mais ça manque de vie, poursuivit Soneri en traçant avec son doigt un sillon dans la poussière.

— Pas touche, plaisanta Nanetti, tu vas détruire nos preuves. »

Soneri ne répondit pas et continua de réfléchir.

« Tu as entendu, cette nuit? lança le chef de la Scientifique. Au moins dix violeurs à rôder dans la brume. Un bordel à n'en plus finir.

— Je me demande qui peut agresser toutes ces femmes », bougonna Soneri

Il pensait à part lui que les taureaux avaient fait place à un personnage fantomatique surgissant et disparaissant dans le brouillard.

« Il est malin, en tout cas, il réussit toujours à s'échapper...

— Forcément, la plupart du temps, les gens ne voient que des fantômes.

— On en voit, des fantômes, hein? insinua Nanetti.

— Des tas, répondit le commissaire. Ou alors c'est toujours le même, mais il se déguise », ajouta-t-il en pensant à Nina.

Nanetti lui tendit l'enveloppe déchirée qu'il venait de découvrir dans le premier tiroir de la commode. Soneri la saisit distraitement et en tira une feuille blanche pliée en quatre. Une phrase était écrite en majuscules et au feutre noir : ROUMAINE DE MERDE, SALOPE, SALE PUTE. LARGUE-LE OU ÇA VA MAL FINIR.

« L'auteur de ces lignes a l'air fort sympathique, constata le commissaire en montrant le papier à Nanetti.

— Surtout avec les étrangers », ironisa son collègue.

Soneri fourra le papier dans sa poche et resta silencieux tandis que les agents de la Scientifique passaient à côté de lui en l'évitant comme un cône de signalisation. Nanetti en profita pour s'éloigner et donner quelques ordres, et Soneri comprit qu'il n'avait plus rien à faire dans cet appartement au décor froid et dépouillé.

« Et moi, alors, je peux y aller ? » s'informa le serrurier.

Le commissaire acquiesça et sortit, suivi de l'homme. Devant l'immeuble, Esposito trafiquait sur les ondes.

« Moi, je suis en service via Cavallotti, disait-il. Je peux pas courir après le maniaque avec ce mec dans ma bagnole… »

Pasquariello voulait sans doute l'envoyer vérifier un signalement, mais il avait oublié le serrurier.

« Commissaire, ils sont tous tarés, ici. Les gens nous appellent dès qu'ils voient un mec pisser contre un mur. Ils ont un problème ! »

Il fit monter l'artisan et démarra en trombe tandis que Soneri prenait la direction de la Questure. Il parcourut la via Garibaldi jusqu'au piazzale della Pace, passa devant le musée Glauco Lombardi, le *Regio*, la Steccata et le Parmigianino et s'engagea enfin sous les arcades de la via Mazzini, l'un des nombreux désastres de la reconstruction d'après-guerre avec sa géométrie stricte et bétonnée. Tandis qu'il méditait sur cette capacité de s'habituer à la laideur, il croisa Angela en compagnie de l'autre. Elle s'arrêta pour le saluer, bien qu'ayant l'air un peu nerveuse. Le type, en revanche, fit quelques pas pour se mettre à l'écart, devant une vitrine.

« On allait boire un café, tu veux venir ? l'invita-t-elle.

— J'ai à faire, déclina Soneri en reculant et en secouant la tête. Et toi aussi, à ce que je vois, ajouta-t-il froidement.

— Tu te trompes, lui répondit Angela d'un air déçu. De toute façon, il faudra qu'on en parle.

— Quand on aura le temps », trancha le commissaire en s'en allant.

Sur le coup, il ne savait pas ce qui lui avait pris : un mélange de rage, de frustration et de regret, mais aussi un sentiment de vide qu'il avait eu besoin d'apaiser par un furieux sursaut d'orgueil. Même si ensuite, en traversant la place sous les onze coups de l'horloge du palazzo del Governatore, il dut admettre qu'il ne s'agissait pas seulement de jalousie. La vérité, c'est qu'il se sentait en tout point inférieur à cet homme : plus petit, plus pauvre, plus moche, et carrément ridicule avec son Montgomery, comparé aux vêtements griffés de l'autre. Pourquoi Angela choisirait-elle de rester avec lui ?

Dès qu'il mit le pied au bureau, Juvara lut son humeur de chien imprimée sur son visage et évita de lui parler.

« Du nouveau ? demanda enfin Soneri.

— La Marcotti voudrait connaître le numéro de l'appartement perquisitionné, répondit l'inspecteur. Et elle a décidé d'ordonner des tests génétiques sur le fœtus.

— On connaît le sexe ? » s'informa le commissaire.

L'abattement l'avait encore une fois plongé dans ses souvenirs.

« Toujours pas, répondit Juvara, peut-être le médecin légiste… »

Soneri, déjà en butte à ses pensées, lui fit signe que ça n'avait pas d'importance lorsque son téléphone vibra. *Tu as été con tout à l'heure. Passe me voir à 14 h.* Son message avait tout l'air d'un ordre, et le commissaire hésita un instant entre refuser son invitation en s'obstinant dans son orgueil ou l'accepter en devenant raisonnable. Il opta finalement pour la seconde solution.

Ensuite, pour éviter de penser à leur rencontre inopinée, il s'immergea dans le travail : il écrivit sur un papier les noms des amants de Nina qu'il avait vus la veille et le transmit à l'inspecteur.

« Essaye d'en savoir un peu plus sur ces trois types, lui recommanda-t-il. Fais-toi aider par Musumeci, si tu veux. Ils ont un alibi pour la nuit de l'homicide, mais on ne sait jamais… »

Il se rappela avoir un dernier numéro à vérifier, celui de l'entreprise d'orfèvrerie.

« C'est quoi le nom de l'orfèvrerie ? demanda-t-il à Juvara.

— Golden, répondit l'autre. Elle est à Lemignano di Collecchio.

— On n'en sait pas plus ?

— La directrice s'appelle Giulia Martini et elle s'est associée avec sa fille, Micaela Soncini.

— Ils font quoi ? Des bijoux ?

— Commissaire, ça va peut-être vous paraître bizarre, mais ils travaillent surtout avec les évêchés. Ils fabriquent des objets sacrés en or et en argent ; si vous voulez, vous pouvez consulter leur collection en ligne, ils ont un site avec un catalogue, il suffit d'aller sur www… »

Soneri l'arrêta dès qu'il l'entendit prononcer ces trois lettres. Il trouvait complètement stupide de passer du temps sur un écran qui remplaçait la réalité par le virtuel. Il était persuadé qu'il s'agissait de l'une des nombreuses formes d'hypocrisie qui se répandait sur la planète : cette incapacité à regarder les choses pour ce qu'elles sont vraiment, même si elles nous dégoûtent. Et le commissaire avait la nausée depuis un moment.

« J'y ferai un saut cet après-midi, décida-t-il. Cette Martini, elle est mariée ou divorcée ?

— *Dottore*, je viens de vous dire qu'elle travaillait pour l'évêché… Elle est mariée selon les règles avec un certain Roberto Soncini, le père de Micaela. Par contre, lui n'est pas associé, il est seulement représentant. »

Un boucan d'enfer venant de la cour de la Questure interrompit leur conversation. Une dizaine de voitures faisaient la queue pour rentrer tandis que d'autres voitures banalisées se garaient sous les sapins. Au milieu du tumulte des portières claquées, des hurlements et des jurons, deux agents firent leur apparition avec un type sous le bras. Un flash éclaira la grisaille de la cour et Soneri comprit qu'on avait profité de l'occasion pour convoquer la presse.

« Ils l'ont enfin chopé ! » soupira Juvara.

Le violeur qui agitait la ville depuis deux jours avait fini dans les filets de la police, Parme pouvait à nouveau se penser comme le meilleur des mondes possibles.

« Voilà au moins une affaire de résolue, déclara l'inspecteur.

— Oui, mais pas la nôtre, compléta Soneri. Alors qu'elle est plus grave.

— Commissaire, les gens sont plus intéressés par ce qui les touche de près. Qu'est-ce que vous voulez qu'ils en aient à foutre du cadavre brûlé d'une Roumaine ? La plupart voudraient voir brûler tous les étrangers, commenta Juvara. Au fait, vous n'avez rien trouvé d'intéressant dans l'appartement ?

— Une lettre de menaces, mais pas grand-chose de plus. Cette Nina est un personnage fuyant, comme tout ce qui lui tourne autour. En bref, je n'y comprends rien. »

L'inspecteur se tut. Soneri se leva pour sortir, sans ajouter un mot. De la fenêtre, Juvara l'observa traverser un groupe d'agents surexcités. Son calme faisait presque pitié au milieu d'une telle euphorie.

Il rencontra Sbarazza devant le *Milord*.

« Aujourd'hui, il n'y en a pour personne, dit le vieux en dodelinant de la tête et en indiquant la cohue à l'intérieur du restaurant. C'est à cause de l'expo sur le Parmigianino, et à cette heure, il n'y en a que pour les estomacs. Au diable la culture, railla-t-il.

— C'est humain, sourit Soneri. Je vous offre une assiette de charcuterie et de la *torta fritta* au bar à vins ? »

Sur le chemin, le commissaire réalisa que ce bar, malgré son faux décor d'auberge d'autrefois, était devenu une obsession, au point d'avoir toujours un bon prétexte pour s'y rendre. Mais cette fois, il ne vit pas celui qu'il redoutait de rencontrer et il se détendit. Sbarazza avait la bonne humeur communicative.

« Vous êtes l'un des rares à savoir que je suis un clochard, dit l'homme avec la tête de quelqu'un qui fait des confidences. Je vis dans cette ville comme le "marquis", tout le monde me respecte et me tire son chapeau. Mais s'ils savaient comment je m'en sors, ils ne me regarderaient même pas. Ils se gausseraient, parce que, ici, faut que ça brille, ils ne supportent pas les perdants. Mais moi, je n'ai rien perdu ! Au contraire ! Ce sont eux les perdants ! »

Soneri eut un sourire admiratif. Sbarazza possédait la sincérité des gens ayant atteint une belle absence de préjugés.

« J'imagine que vous vous sentez vraiment libre, plus qu'avant, je veux dire.

— Rien ne me fait peur, admit l'homme, parce que je suis un vrai révolutionnaire. J'essaye de mettre en pratique ce que les prêtres nous enseignent. Eux ne le font pas, mais moi, j'essaye. À bien y réfléchir, le Christ est le plus grand révolutionnaire que l'on ait jamais connu sur cette planète. Une figure scandaleuse, insupportable. Davantage que les communistes, vous n'êtes pas d'accord ?

— Vous pensez que c'est pour ça qu'on l'a mis sur la croix ?

— Si l'on s'en tient à la théologie, sans aucun doute. Bien sûr que c'est pour ça, renchérit-il. Imaginez ce qu'il subirait aujourd'hui. On le traiterait d'extrémiste, de fanatique, de provocateur. Ou alors, on tenterait de le crucifier avec des moyens bien plus atroces que des clous, on le traiterait de fou, on moquerait ses comportements, on l'ignorerait. C'est ce qu'on ferait avec moi si je n'étais pas enveloppé de cette patine – trompeuse ! – d'aristocrate. Si j'étais pauvre, ils ne m'offriraient aucune citoyenneté, mais je suis le "marquis"… Je suis comme les produits griffés : je ne vaux rien, je suis affreux, mais je porte une griffe et c'est ce qui fait mon prix. C'est même pire : c'est ce qui me donne de la valeur, ricana Sbarazza. Toute la différence est là : du vent », conclut-il en se laissant aller à un grand éclat de rire.

Il parlait sans rancœur, sa légèreté dégageait une telle sérénité qu'on aurait bien voulu la même.

« Tout le monde se bat pour ce vent, constata Soneri en parcourant du regard les tablées d'employés et d'entrepreneurs cravatés, semblables à des *anolini* tous issus du même moule.

— Oui, nous en sommes arrivés là. Vous pouvez être une vermine puante, tout ce qui compte, c'est votre bel aspect, ricana encore Sbarazza sur ce beau paradoxe de notre société qui avait l'air de l'amuser autant qu'une opérette. Et puis cette ville… reprit-il, remplie de marionnettes refaites qui se trimballent leur patrimoine pour cacher leur vulgarité. »

Soneri, avec une certaine perfidie, se plut à croire que son rival appartenait à cette engeance.

« Il faut les comprendre : leurs pères déblayaient la merde dans les étables, ils ont honte de leur passé. Ils essayent d'en sortir, affirma-t-il.

— Un beau 4 x 4 intérieur cuir est le meilleur remède contre les cauchemars du passé. Pourquoi pas avec un pare-buffles, histoire de tenir les vaches et leur merde à distance, répondit Sbarazza sans cesser de ricaner. Moi, malgré mon richissime de père et son cortège de femmes, j'ai été moins chanceux, ajouta-t-il en exposant un autre paradoxe. J'ai découvert que tout ce que nous enviaient les autres, c'est ce qui nous condamnait. C'est affreux de n'avoir aucun désir. Les pauvres dont je m'occupe ont des désirs tellement humains : manger, avoir un toit, se défendre du froid, survivre aux maladies. Tout les rattache à l'essentiel, au diable le superflu ! C'est dans ces conditions que l'on découvre ce qu'est la vie. C'est ce qui m'est arrivé, et à chaque fois, j'ai l'impression de renaître. En avançant masqué, je me paye la gueule de tous ces individus, déclara-t-il en indiquant la salle d'un geste de la main, et je vis de ce qu'ils mettent au rebut. Ensuite, je me présente dans les institutions avec mes manières d'aristocrate et je les ensorcelle comme le joueur de flûte. Croyez-moi : je m'amuse énormément. Un bal masqué… Du vent. »

Au contraire de son interlocuteur, Soneri trouvait cet exutoire tragique. Il ne voyait rien d'hilarant à la futilité de la vie.

« C'est un problème dont on ne sort pas, reprit Sbarazza. Soit vous avez la foi et, pour vous, tout ce qui existe en ce bas monde n'est que momentané et de peu d'importance ; soit vous ne l'avez pas et vous en arrivez aux mêmes conclusions, car rien ne peut avoir le moindre sens. Par conséquent, savez-vous ce que j'ai décidé ? D'être un bon chrétien non croyant. Du reste j'ai fini par me dire : s'il y a vraiment quelqu'un là-haut, je fais confiance à ses bonnes grâces. Ça vaut toujours mieux que d'être hypocrite.

— Vous ne manquez pas de sens pratique, déclara Soneri. Les pauvres vous ont enseigné la prudence. »

Le vieux le fixa d'un air complice qui résumait tout.

« Pas seulement. Trouver sa voie en autrui est le seul moyen d'être utile et de se sentir aimé. N'est-ce pas la seule chose que nous désirions, en fin de compte ? Nous sentir aimé ? Dès notre naissance, ne crie-t-on pas pour prendre le sein et nous calmer dans des bras chauds ? Peu importe que ceux qui nous entourent nous aiment par intérêt : il suffira d'une seule personne sincère. »

Le commissaire tomba d'accord : seule Angela lui suffirait. Il regarda sa montre, son rendez-vous était dans un quart d'heure. Il se leva, rasséréné. Leur conversation lui avait fait du bien et, comme toujours, Sbarazza avait été une bouffée d'air frais. Finalement, il existait encore des gens qui entretenaient la flamme de l'espoir. Il souhaita qu'elle ne brûlât pas sur un lumignon funéraire.

« Demain, j'ai rendez-vous avec l'adjoint aux Affaires sociales, annonça le vieux au moment où Soneri s'en allait. J'ai réussi à le convaincre d'ouvrir une cantine et un nouveau dortoir. Quel grand acteur je fais ! » conclut-il dans un pas de tango suivi d'une ébauche de pirouette.

Soneri pirouetta à son tour quand Angela lui attrapa un bras pour l'attirer à elle sur le seuil de son cabinet. Ses yeux dans les siens, il ne vit pas de méchanceté dans son regard.

« Tu as été con, insista-t-elle, mais sa voix était douce.

— J'aurais dû approuver ?

— C'était juste un café…

— Pas que ça… »

Elle l'embrassa pour mettre un terme à la discussion tandis que le commissaire s'attendait à un démenti. Mais celui-ci ne vint pas. Pas même d'autres paroles. Ils se laissèrent aller aux effusions de gestes, aux contacts, aux regards, et traversèrent un univers illimité tout en émotions muettes et sans géométrie. Le seul moyen de s'accorder au chaos de peurs et de joies qui bouillonne en chacun des êtres, parce que les mots déçoivent presque toujours. Le seul moyen de rester ensemble quand la rancœur est encore là. Comme deux tigres qui s'aiment et se mordent en même temps.

« Tu en es où avec ta Roumaine ? » s'enquit-elle plus tard, une fois qu'ils se furent rhabillés.

Soneri ne répondit pas et changea de sujet.

« J'ai mangé avec Sbarazza tout à l'heure.

— Le missionnaire, dit-elle, un rien sarcastique.

— C'est un optimiste, quelqu'un qui y croit encore.

J'aime bien son absence de préjugés dans notre société factice.

— Et toi, tu me plais parce que tu es encore capable de t'embraser », répondit-elle en le prenant dans ses bras.

Le commissaire la laissa faire sans réagir.

« Que pour ça ?

— J'ai travaillé pour toi ces jours-ci, esquiva une fois de plus Angela. J'ai plusieurs Roumaines dans ma clientèle, je les défends presque toutes d'office. Certaines d'entre elles connaissaient Nina et m'en ont dit le plus grand bien. Qu'elle était honnête, que tous les hommes en tombaient amoureux tellement elle était belle, et qu'elle ne les avait jamais, apparemment, considérés comme des vaches à lait. Elle voulait épouser un Italien, vivre ici, elle voulait des enfants... Tout simplement une vie normale après toute cette misère. Elle faisait des ménages partout où elle pouvait pour mettre de l'argent de côté. Non, vraiment, une fille bien. »

À mesure qu'il l'écoutait, le commissaire se sentait de plus en plus frustré de ne pas résoudre ce crime. Il devait quelque chose à cette Roumaine, d'autant qu'elle lui rappelait continuellement sa femme.

« Si ça se trouve, elle envoyait de l'argent chez elle... murmura-t-il.

— C'est sûrement une fille bien, renchérit Angela. Mais n'en fais pas une héroïne, l'avisa-t-elle paisiblement. Ton envie de sortir de tes saloperies quotidiennes te pousse à trop idéaliser.

— Les délinquants valent parfois mieux que tous les incapables prétentiards qui circulent dans cette ville, dit Soneri, un rictus aux lèvres. Les pauvres de Sbarazza sont plus solidaires. Les Roumains qui se retrouvent au Palasport ont encore le sens de la communauté, ils s'entraident…

— Ils s'entraident et ils se frappent à coups de couteau, rétorqua Angela en le ramenant à la réalité. Tant qu'ils sont pauvres, ils ont besoin d'être protégés par leur clan, mais dès qu'ils s'en sortent, ils oublient tout, comme beaucoup d'entre nous. Le confort est une gangrène, et rares sont ceux qui lui résistent. Seuls des gens comme Sbarazza, qui n'en ont jamais manqué, peuvent se permettre le luxe de vivre une vie frugale avec sérénité.

— Là, c'est toi qui exagères avec ton réalisme, bougonna le commissaire.

— Je te ramène sur terre. Je t'ai dit que tu me plaisais parce que tu es encore capable de t'indigner et de te foutre en rogne, sourit Angela. À toi, le confort n'a pas fait de mal, tu es resté l'herbe sauvage que tu étais quand on s'est rencontrés. Il y a quelque chose de solide en toi, malgré tes incertitudes. Quelque chose dont on finit toujours par s'apercevoir.

— Oui, tu m'as ramené sur terre, reprit Soneri, ou plutôt, tu m'as foutu au tapis. »

Elle baissa la tête, avec un air de reproche bienveillant.

« Ce n'est pas vrai, tu continues d'exagérer, le contredit-elle, sans aller plus avant et en le laissant comme toujours en attente d'une explication. On se voit demain ? » proposa-t-elle ensuite en passant à autre chose, comme à son habitude.

Bien que sa déception fût grande, le commissaire accepta d'un signe de tête. La vie était d'une telle légèreté, arrimée à des projets d'une telle fragilité, il la trouvait insaisissable. Du vent, comme disait Sbarazza.

CHAPITRE 12

En roulant sous le brouillard de la nationale de la Cisa, il repensa aux taureaux de Cortile San Martino : qui sait s'ils erraient toujours dans la *bassa* ou s'ils s'étaient fait prendre ? Il espéra que leur instinct les avait fait migrer vers les bois des Apennins et qu'à présent ils y vivaient en compagnie des sangliers. Tout en songeant à ses montagnes étendues sous le soleil, il tourna en direction du quartier artisanal de Lemignano et se retrouva au milieu des hangars, des entrepôts et de la zone pavillonnaire. Il aperçut ensuite la plaque en laiton ovale indiquant la société Golden, gravée en italique élégant. L'ambiance avait tout d'un décor réservé à des gens fortunés. Il sonna et vit s'allumer la lumière de l'interphone vidéo. Une voix féminine l'invita à se présenter, couverte par un chœur de chiens qui aboyaient sans doute dans quelque cour voisine. Entre les caméras de surveillance, les chiens de garde et les portes blindées, l'environnement apparaissait plutôt hostile. Seuls les ouvriers au travail dans les ateliers et les allées et venues des camions rompaient un peu ce climat de retranchement.

Soneri se présenta à une secrétaire à l'aspect sérieux et triste. En revanche, l'intérieur était très accueillant :

moquette, meubles en bois massif ainsi qu'un agréable parfum d'églantier.

Giulia Martini avait la quarantaine bien tassée et le physique ascétique d'une mère supérieure. Elle était maigre et petite, les traits coupants de son visage exprimaient une sévérité qui mettait mal à l'aise.

« Je peux savoir ce que vous venez faire ici ? s'enquit-elle, légèrement agacée.

— Une jeune femme roumaine a été assassinée. Vous avez dû lire les journaux…

— Et alors ? »

Avant de continuer, le commissaire arrêta son regard sur le grand portrait du pape accroché au mur, pile derrière la femme.

« Sur son portable, on trouve plusieurs appels qui viennent de votre société », l'informa Soneri.

La femme encaissa le coup sans rien laisser paraître et ne prit que quelques secondes pour réfléchir.

« Nous avons eu une employée roumaine il y a quelque temps qui venait faire le ménage dans nos bureaux, après dix-huit heures, dit-elle sèchement.

— Elle s'appelait Ines Iliescu ?

— Oui.

— Son vrai prénom était Nina. Elle a été assassinée, puis brûlée », expliqua le commissaire.

La femme ne sembla pas du tout troublée. Elle parut réfléchir encore, mais n'ouvrit pas la bouche.

« Vous ne pensez pas me devoir quelques explications ? reprit Soneri. Quand est-ce qu'elle venait faire le ménage ici ?

— Les dernières fois, c'était il y a plusieurs semaines.

— Et ensuite ?

— Elle n'a plus donné signe de vie : disparue.

— Les appels remontent à une semaine, lui fit remarquer le commissaire.

— Nous avons essayé de la joindre. Elle était très compétente et, aujourd'hui, ce n'est pas facile de trouver des personnes de confiance. »

Soneri sourit du coin des lèvres et passa en revue la collection d'objets cultuels exposés dans une vitrine à bijoux.

« Apparemment, quelqu'un a réussi à lui parler, la brocarda-t-il. Vingt et une minutes de conversation, il avait vraiment envie de la convaincre. »

La femme commençait à devenir nerveuse. Elle se replaça une mèche de cheveux derrière l'oreille et toisa le commissaire d'un regard hostile.

« Quand j'ai fait votre numéro, c'est Roberto Soncini qui m'a répondu, poursuivit Soneri avec tranquillité. C'est votre mari qui s'occupe du personnel ?

— Mon mari n'a rien à voir avec l'entreprise. Son métier, c'est la vente, c'est un très bon vendeur, fit savoir la Martini.

— Vous voulez dire qu'il fait le tour des curies, des évêchés…

— Nous ne vendons pas que des objets sacrés, spécifia la femme. Nous vendons aussi de la joaillerie. Écoutez, commissaire, abrégea-t-elle, je vais vous parler franchement, nous n'avons rien à voir avec le meurtre de cette jeune femme. Je comprends que vous me demandiez des explications, mais celles dont je dispose sont de caractère privé. Vous me comprenez ?

— Bien sûr, parfaitement. Nina était, ou fut, la maîtresse de votre mari », acheva le commissaire.

La Martini le dévisagea froidement sans que Soneri ne comprenne si son regard exprimait de la haine ou le simple besoin d'élaborer une stratégie.

« Vous connaissez les choses de ce monde, reprit l'autre, comme si elle maîtrisait à nouveau la conversation. Mon mari se comporte de manière souvent superficielle », ajouta-t-elle, toujours en le toisant.

Le commissaire eut l'impression qu'elle l'avait déjà trahi. Il scruta la femme et se dit que Soncini n'avait pas franchement tort d'aller voir ailleurs. Tout bien considéré, elle ne devait pas donner tant d'importance à sa vie sentimentale, et l'annonce de son cocufiage semblait la tirer d'embarras. Elle faisait presque de la provocation : oui, mon mari me trompe, et alors ? Vous croyez que ça m'inquiète ?

« Vous étiez au courant de cette relation ?

— Ce n'était pas la première, et ce ne sera pas la dernière, répondit la Martini en affichant ironie et détachement.

— Avec la femme de ménage… Un peu banal, vous ne trouvez pas ?

— Les hommes sont des porcs, affirma-t-elle d'un ton fataliste en regardant le commissaire comme si elle l'incluait dans son jugement.

— C'est vous qui l'avez licenciée ? En général, c'est comme ça que ça se passe…

— Mais non ! s'exclama-t-elle en secouant la tête. Je vous dis qu'elle a disparu. Et puis, elle s'est toujours bien comportée dans son travail. Son seul défaut, c'était sa beauté et, d'après moi, si elle n'a plus donné signe de vie, c'était surtout pour éviter des conséquences désagréables.

— Votre mari n'a aucune part dans votre société, c'est bien ça ?

— Non. De fait, c'est notre employé », confirma la femme avec insistance tandis qu'avec un admirable sens de l'opportunité une porte s'ouvrit derrière elle et laissa apparaître une jeune femme maigre et sévère aux longs cheveux châtains, vêtue d'une robe sombre lui couvrant les genoux.

Elle s'approcha et lui tendit froidement la main.

« Micaela Soncini. »

Sans doute à cause des murs, remplis d'objets sacrés, elle dégageait un je ne sais quoi de monacal.

« Micaela, le commissaire s'intéresse à la mort de la jeune femme roumaine qui a travaillé ici pendant un certain temps, résuma la Martini en lui adressant un petit signe entendu avant de changer rapidement de sujet. Je lui disais justement que nous étions toutes les deux associées dans l'entreprise. »

La jeune femme s'approcha du fauteuil où se trouvait sa mère et posa la main sur le dossier, tel un modèle qui prend la pose pour la photo d'un dépliant.

« Moi, je m'occupe de la partie opérationnelle et du relationnel client, expliqua la Martini, tandis que ma fille s'occupe de la partie économique et financière : Micaela est diplômée de la Bocconi.

— Et votre mari s'occupe de la vente... balança le commissaire en essayant de ramener la discussion sur le sujet qui l'intéressait davantage.

— Exact, confirma la femme dans un éclat de voix.

— Il a droit à des primes, en plus du fixe ? plaisanta Soneri.

— C'est un panier percé, intervint la fille, ma mère a déjà dû vous le dire... poursuivit-elle après un bref coup d'œil vers cette dernière. Si ça n'en tenait qu'à lui, l'entreprise aurait déjà fait faillite, conclut-elle, cinglante.

— Le portable avec lequel votre mari a téléphoné à la Iliescu, c'est son téléphone de fonction ? s'informa le commissaire en s'adressant à la mère.

— Oui, et nous avons mis en place un contrat forfaitaire, précisa la femme, toujours allusive.

— Si vous n'avez rien d'autre à nous demander... » ajouta Micaela.

Soneri se leva en percevant toute leur hostilité. Cette impression de se trouver entre la crypte et la sacristie l'indisposait. Une fois dehors, il alla même jusqu'à trouver plus accueillantes les rangées de hangars et de pavillons qu'il avait devant lui. Il remonta dans sa voiture et reprit la route en direction de Parme. Il tenta plusieurs fois d'appeler Angela pendant qu'il roulait, mais ce fut peine perdue. Il tombait toujours sur ses répondeurs, aussi bien à son cabinet qu'à son appartement. Il devenait nerveux, tenaillé de nouveau par cette peur qui le vidait et le rendait sans consistance.

« Fais-moi des recherches sur ces deux-là », ordonna-t-il à Juvara dès qu'il mit le pied dans son bureau, en lui tendant un petit papier avec les noms des titulaires de la Golden, mère et fille.

Il prit ensuite des nouvelles :

« Ils ont fini leur bordel avec l'arrestation du monstre ?

— Ils sont en train de l'interroger, répondit l'inspecteur. Je pense que Musumeci va devenir fou avant minuit.

— Il va peut-être finir par violer Capuozzo, grinça Soneri, irrité par le silence d'Angela.

— *Dottore*, intervint l'inspecteur, j'aimerais tellement vous aider, mais dans cette affaire, je n'y comprends strictement rien. »

Soneri en fut presque attendri. De temps à autre, Juvara lui réservait de ces sorties généreuses avec tout le transport désordonné d'un jeune chien de chasse.

« Moi non plus, répondit-il en lui souriant, on aurait besoin d'un gros coup de cul. Dans cette affaire, les coïncidences ont joué un rôle important, j'espère qu'il y en aura d'autres. Au fond, Parme est minuscule : on finit toujours par se rencontrer tôt ou tard, non ?

— Bah... bougonna Juvara. Ça fait un moment que je tourne, mais je ne trouve toujours pas ce que je cherche.

— Ça aussi, c'est une question de coïncidences, tu sais ? On a beau construire sa vie, on ne peut rien contre le hasard. Cette pauvre Roumaine poursuivie par les hommes à cause de sa beauté aurait pu s'en sortir en se vendant au plus offrant, sauf qu'elle voulait se construire un avenir à sa façon, quitte à se casser le dos à nettoyer les chiottes et les bureaux. Elle voulait une vie normale, un mari, un enfant... Et puis un fou se pointe et la fait disparaître, acheva le commissaire.

— Vous pensez vraiment que ça s'est passé comme ça ? risqua l'inspecteur.

— Mais évidemment ! s'exclama Soneri en haussant la voix. Tu crois qu'on fait la boniche le cœur léger ? Laver les slips, refaire les lits et changer les taies ?

— Non, mais je voulais dire que, parfois... hésita Juvara. Enfin, dans certains cas, j'ai assisté dans des affaires à des changements radicaux que j'étais loin d'imaginer.

— C'est vrai, admit le commissaire. Mais là, je le sens comme ça, et ça me rend malade de ne pas réussir à coincer celui qui l'a assassinée. »

L'inspecteur le fixa, à la fois intimidé et plein de compréhension.

« *Dottore*, reprit-il un instant plus tard, il y a un message que vous n'avez pas pris en considération.

— Lequel ?

— Celui-là, sur la liste. Vous ne l'avez pas vu ? »

Tous les messages provenaient d'anciens fiancés de Nina, sauf un. Il ne l'avait pas vu. Il avait trop tenu l'affaire pour acquise. Il composa aussitôt le numéro, mais tomba là encore sur une voix enregistrée.

« Tu sais à qui il correspond ? demanda-t-il.

— Je vous l'ai écrit juste en dessous, indiqua Juvara. Un certain Giorgio Pagni, qui s'est fait cambrioler il y a une quinzaine de jours. On lui a volé son portable qu'il avait laissé dans un tiroir avant de partir à la mer. Il n'a bloqué sa carte SIM qu'à son retour de week-end, au moment où il a constaté le vol. Tout est expliqué sur le P-V du bureau des plaintes.

— Et pendant ces deux jours, on n'a trouvé qu'un seul message ?

— Seulement celui-là.

— OK… *Viens, tout est prêt*, lut Soneri à voix haute, avant d'ajouter : On connaît l'antenne qui a borné l'appel ?

— Alors, celle-là, je vous l'ai gardée au chaud : le message a été borné à Cortile San Martino.

— Ah ça ! C'est un sacré pas en avant ! s'exclama Soneri.

— Il faut quand même relativiser, balbutia Juvara. L'antenne borne aussi les conversations de l'hypermarché, du tronçon de l'autoroute qui traverse la *bassa* et celles du parc d'attractions. Et puis le message a été envoyé le samedi en fin d'après-midi, à dix-huit heures quinze. »

Soneri maugréa et perdit une bonne partie de son enthousiasme. Comme par magie, la piste intéressante atterrissait dans un guêpier. Le guêpier habituel. Il céda de nouveau à l'inquiétude. Il faisait nuit depuis deux heures, les jours passaient et son enquête n'avançait pas. Il souleva son combiné et composa le numéro de Soncini. Il aurait dû le faire plus tôt. Il s'en rendit compte au moment où l'autre lui répondit, nullement surpris par son appel.

« Je sais que vous avez déjà vu ma femme et ma fille… » dit-il.

Soneri craignit d'avoir perdu des points. Il n'avait pas remarqué ce numéro différent des autres sur le listing, pas pris la peine de lire les notes de Juvara, et maintenant, Soncini avait été prévenu par les deux femmes d'un éventuel interrogatoire. Ils avaient dû se mettre d'accord sur leurs versions pour ne pas éveiller les soupçons. Décidément, il n'avait plus toute sa tête, comme le lui avait gentiment fait remarquer la Marcotti.

« J'aurais besoin de vous parler, expliqua le commissaire. Vous pourriez être au bar à vins de la via Farini, dans une heure ?

— D'accord, parfait », accepta l'homme, étonnamment soumis.

Après avoir raccroché, Soneri s'aperçut qu'il lui avait donné rendez-vous à l'heure du dîner. Pour ne rien regretter, il appela Angela : il avait en réalité très envie de passer la voir et aurait apprécié d'y être invité. Son portable était éteint, mais le numéro de son cabinet sonnait. Contre toute attente, Angela lui répondit :

« Tu me trouves par hasard, j'allais partir, je vais à la prison.

— On se voit après ? »

Angela laissa planer un silence et Soneri reconnut l'embarras qui lui était désormais familier.

« Je crois que je vais en avoir pour pas mal de temps, et je suis déjà crevée… »

Devait-il y croire ou s'agissait-il d'un mensonge diplomatique ? Il pourrait très bien vérifier, chacun avait le double de la clé de l'autre, mais il n'avait pas l'intention de faire le flic. Il avait aussi peur de ce qu'il pourrait découvrir.

Au moment où il comptait lui demander ce qu'elle allait faire en prison, elle changea de sujet :

« Tu as du nouveau pour l'affaire de Nina ? »

Cette fois, ce fut à son tour de garder le silence. Il n'avait pas du tout envie de parler de Nina, il voulait parler d'eux. Désemparé, il se résigna finalement à raconter sa visite à la Golden.

« Ça n'a pas dû être très agréable de parler avec ces deux harpies, supposa Angela.

— Tu les connais ?

— La Martini a trouvé dans le fric sa seule raison de vivre à cause des tromperies de son mari. Et pour se venger, elle lui fait bien peser son statut d'homme entretenu.

— Et alors, pourquoi elle ne le largue pas ?

— Tu plaisantes ! Elle travaille avec l'Église, c'est une catholique zélée. Si elle se séparait ou qu'elle divorçait, adieu ses affaires avec l'évêque. Et elle, ses affaires, c'est ce qu'il y a de plus important. Même le futur mariage de sa fille en est une, lui révéla Angela.

— Pourquoi ? Elle se marie avec qui ?

— Avec l'aîné des Dall'Argine. Tu vois ? Les fabricants de moteurs et de pompes hydrauliques…

— Ah ! s'exclama distraitement Soneri, pas vraiment disposé à parler mariage.

— Bon, je ne te sens pas très intéressé par ce que je te raconte, dit enfin Angela. Je ne sais pas à quelle heure je vais rentrer, envoie-moi un texto avant d'aller te coucher.

— J'aurais bien aimé parler de nous, bredouilla le commissaire. Il va falloir qu'on prenne une décision, tu ne crois pas ? Tu comptes me faire mariner combien de temps ?

— Je ne te fais pas mariner, protesta Angela.

— Tu continues à fréquenter ce type, tu ne sais pas quoi décider… »

Il entendit un gros soupir à l'autre bout du fil.

« Écoute, on en parlera demain, parce que là, tout de suite, je n'ai pas la tête à ça. »

La discussion s'arrêta là. Le commissaire sentit sa respiration s'accélérer, son agitation le faisait manquer d'air. Il s'échappa dehors pour retrouver de l'énergie, mais l'humidité stagnante le laissa à plat, comme s'il roulait sur une jante.

Il se traîna jusqu'au bar où il avait donné rendez-vous à Soncini. Il remarqua la Mercedes de son rival qui stationnait en mordant sur le trottoir et, tout en s'approchant du bar, vit surgir sous les arcades pénombreuses une silhouette grande et élancée. L'autre ralentit le pas et, au moment où Soneri poussait la porte, mit le cap à l'autre bout de la rue en virant aussi doucement qu'un voilier qui régate.

Le commissaire avait eu l'impression que l'autre se rendait au bar à vin et qu'il avait changé d'avis du fait de sa présence. Avait-il préféré éviter une rencontre désagréable à cause d'un rendez-vous avec Angela ?

Soneri l'observa s'éloigner, son portable à l'oreille, et se demanda s'il n'essayait pas de la prévenir pour déplacer leur lieu de rendez-vous.

L'arrivée de Soncini lui évita de se torturer. Soneri ne l'avait jamais rencontré, mais il le reconnut immédiatement. L'idée qu'il s'en était fait correspondait en tous points à l'homme qui se trouvait devant lui. Cheveux longs poivre et sel lissés avec du gel, moustaches brunes, grand, maigre, un brin voûté, la peau du visage retouchée par des dizaines de séances UV, il offrait le même aspect général de fragilité qu'une tour en piteux état. Il raconta sa carrière de mannequin, ses nombreux contrats pour les défilés de mode, à Milan. Sans doute y avait-il rencontré son épouse, une femme riche, impatiente de l'exhiber.

« Vous étiez l'amant de Nina, dernièrement ? attaqua Soneri d'un ton inquisiteur.

— Notre histoire durait depuis longtemps, elle avait des hauts et des bas, répondit Soncini, l'air détaché et exaspérant. On se quittait, on se réconciliait…

— Vous l'avez connue parce qu'elle travaillait à la Golden, ou avant ?

— Non, dit-il en arborant un sourire ironique, avant. C'est elle qui a voulu que je lui trouve un travail. Nina tenait énormément à son indépendance, elle voulait une vie normale. Elle parlait très souvent de mariage et d'enfants.

— Ce n'était certainement pas vous qui pouviez le lui garantir, constata Soneri.

— En effet, acquiesça l'autre, mais elle était jeune, elle avait le temps pour tout ça. On a toujours été très liés, tous les deux. Bien sûr, elle est sortie avec d'autres hommes, mais la vérité, c'est qu'on ne s'est jamais quittés.

— Je vois, murmura le commissaire en pensant à son cas personnel. Votre liaison avait repris ces dernières semaines ?

— Oui. Elle me disait qu'elle n'aurait pas réfléchi deux fois à me dire oui, si j'avais été libre. La différence d'âge lui était complètement égale. Croyez-moi, on s'aimait énormément. »

Soneri fit une moue qui l'invitait à ne pas aller plus loin.

« Pourquoi Nina n'était pas avec vous le soir du crime ?

— J'étais pris. Je devais discuter d'une commande d'orfèvrerie avec un de mes amis, qui est avocat… Ensuite, on a passé la soirée dans les environs de Côme. Je ne sais pas ce que Nina a fait ce soir-là. Elle m'avait dit qu'elle sortirait avec des amies roumaines que je ne connaissais pas.

— Comment s'appelle votre ami avocat ?

— Qu'est-ce que ça peut faire ? Vous voulez vérifier ? s'étonna Soncini. Vous croyez que je vous baratine ?

Enfin, si vous voulez vérifier avec lui, il s'appelle Arnaldo Razzini.

— Vérifier fait partie de mon métier, lui fit remarquer Soneri.

— Alors allez-y, rebondit l'homme, un rien bravache. Je suis un chef d'entreprise, moi, je ne passe pas mon temps à agresser les femmes comme les étrangers. Nina m'a raconté ce qui se passait en Roumanie.

— Votre épouse trouverait à redire sur votre statut de chef d'entreprise, souligna mauvaisement Soneri. Pour elle, vous n'êtes qu'un représentant payé à la commission… »

Soncini considéra le commissaire avec rancœur, mais ne soutint pas longtemps son regard : le genre de type sans épine dorsale, qui s'écroule facilement.

« Alors disons que j'exerce une profession libérale, ça vous va ? Je sais vendre, et ça, personne ne peut me l'enlever. Même pas ma femme. »

Il avait dit « ma femme » comme s'il avait sur elle droit de vie ou de mort.

Le commissaire le regarda et repensa à la Martini : un couple qui se hait, mais qui tient grâce aux affaires, comme dans les conseils d'administration. Le mari entretenu en échange d'un semblant de vie conjugale à vendre aux évêques et aux cardinaux. Passant d'un lit à l'autre en faisant fantasmer les jeunes étrangères. Le commissaire eut envie de s'amuser à semer la zizanie et tenta de bousculer le menuet :

« Votre femme et votre fille disent que vous êtes un panier percé… »

L'autre haussa à peine les épaules et fit un geste las.

« Ma fille, répondit-il, m'aimait beaucoup. Et puis elle a fini sous l'emprise de sa mère… »

Cette séparation avait l'air de beaucoup déplaire à Soncini, même si tout paraissait improbable chez cet homme. Il avait dû vivre bon nombre d'expériences extrêmes et gâcher toutes les possibilités que la vie peut offrir, au point d'avoir aujourd'hui du mal à éprouver un sentiment authentique. Le commissaire observa son visage de Casanova vieillissant avec la sensation désagréable d'avoir affaire à un homme aigri, fatigué et insatisfait, trahi par son âge et par son physique. Brusquement, Soncini se transforma en spectre.

« Je n'ai plus rien à vous demander », déclara Soneri, pressé de s'en débarrasser.

L'homme se releva lentement. Il possédait encore cette beauté fanée du début de l'automne, mais l'on devinait dans sa démarche le rythme lent et laborieux des vieux.

Soneri s'en alla peu après. Leur entrevue ne lui avait rien appris qu'il ne sache déjà. Il n'en avait tiré que quelques impressions, pour le moment indéchiffrables. Et Soneri savait combien les impressions sont importantes quand tout vous semble inexplicable.

CHAPITRE 13

La nuit était pour le commissaire un moment pacifié où ses questionnements cessaient de le tourmenter. Les rues obscures de la vieille ville faisaient obstacle à son angoisse, il ne lui restait qu'à se rendre. Après tout, ce renoncement momentané lui permettait de souffler, et son errance à travers le brouillard, de dire adieu à ses cauchemars.

La paix fut de courte durée. Les sirènes revinrent à la charge et s'élancèrent dans le dédale de rues tout autour du *duomo*. Au comble de l'excitation, une cohue se forma. Une ambulance et des badauds la rejoignirent et tous se dirigèrent vers le vicolo del Vescovado dont l'accès était bloqué par deux patrouilles. En plein milieu de la rue, Musumeci s'agitait devant une femme échevelée, soutenue par Esposito.

« *Dotto'*, c'est encore un coup d'épée dans l'eau ! s'exclama ce dernier.

— Ce n'est toujours pas le bon, constata le commissaire en faisant allusion aux étrangers que la vindicte populaire avait déjà crucifiés.

— Toujours pas. Eh ! Entendons-nous, c'est pas un

saint non plus, hein ! Il a quand même voulu se la culbuter, la fille !

— Comme beaucoup d'autres, Esposito. Les violeurs en puissance sont légion, surtout chez les pères de famille au-dessus de tout soupçon.

— Possible, *dotto'*, en tout cas, lui, c'est un bel obsédé », conclut l'autre en plaçant ses doigts de manière éloquente.

Musumeci était en plein interrogatoire, et deux personnes attendaient, appuyées contre le mur de l'évêché. L'agression d'une femme à deux pas du *duomo* avait quelque chose de blasphémateur et de délibérément provocateur. Une coïncidence symbolique, mais il se trouve que Soneri croyait autant aux symboles qu'aux coïncidences.

L'agent aux ordres d'Esposito lui fit signe après un nouveau signalement radio : un homme correspondant aux différentes descriptions avait été identifié sous les arcades de l'hôtel de ville. Après le pouvoir spirituel, c'était au tour du pouvoir temporel. Les voitures redémarrèrent en trombe, et le commissaire reprit son chemin. Quelques mètres plus loin, des jeunes le doublèrent en courant. Il les suivit sans réfléchir, excité comme un gosse. Des ressouvenances de courses folles par-dessus les cailloux des chemins charretiers que l'eau et les roues des tracteurs avaient creusés refirent surface, des rappels de défis avec ses camarades, sur les pistes radieuses bordées de peupliers. Il mesura alors combien le temps passé était impitoyable.

Il s'arrêta devant la Questure, via Repubblica, sans comprendre si son manque de souffle était lié à son émotion ou à la course en tant que telle. Il avait l'intuition que la nuit s'était soudain mise en mouvement. Quelque chose arriverait au milieu du brouillard qui continuait de se déployer, même si, en apparence, tout paraissait s'en retourner à la quiétude et aux bruits sourds des heures matines. Il longea la via Mazzini et aperçut les faibles lueurs de l'Oltretorrente percer l'obscurité tandis que la cloche du *duomo* sonnait minuit moins le quart. Il s'appuya au parapet du ponte di Mezzo et resta penché les bras ouverts au-dessus de l'eau du torrent que l'on distinguait quelques mètres plus bas. En état d'apesanteur, il exprimait enfin la légèreté qu'il éprouvait depuis plusieurs jours. Rien d'autre qu'un ballon qui s'élève dans le ciel sans un souffle de vent, comme échappé de la main gracile d'un enfant, et qui, doucement, se dégonfle avant de disparaître.

Son portable le ramena sur terre.

« *Dottore*, résonna la voix de l'adjoint de Pasquariello, on vient d'arrêter la voiture que vous nous avez décrite, la BMW noire, vous vous souvenez ?

— Avec le cheval sur l'aile, oui, bien sûr, répondit le commissaire.

— Bon, on ne voit pas beaucoup le cheval, parce que l'aile est rayée, mais on pense que c'est bien celle que vous cherchez.

— Vous l'avez ramenée ?

— Oui.

— Qui la conduisait ?

— Deux Roumains, commissaire. On a vérifié sur le fichier central, c'est une voiture volée. »

Soneri grogna quelque chose d'incompréhensible.

« Quand ?

— Il y a deux mois, répondit le policier. Mais ce n'est pas tout : ils sont mineurs. Celui qui conduisait a dix-sept ans, l'autre en a seize.

— Vous les avez chopés comment ?

— Ils ont percuté une voiture à la Crocetta et ils ont pris la fuite. Une patrouille les a suivis, mais ils ont atterri dans une impasse. On pense qu'ils étaient trois et qu'il y en a un qui a réussi à se barrer.

— Que personne n'y touche. Appelle la Scientifique à la première heure, je veux qu'ils viennent l'examiner », ordonna finalement Soneri.

Il rejoignit rapidement la Questure. Chemin faisant, il tenta vainement d'appeler Angela et lui laissa un message évocateur : *Je ne sais pas si je vais dormir cette nuit, et toi ?* Il alla jeter un œil à la BMW garée dans la cour, un modèle assez ancien, mais toujours en vogue. Malgré son aile rayée, on distinguait le cheval au galop.

« Je veux voir ceux qu'on vient d'arrêter », annonça Soneri.

Un agent l'escorta jusqu'au bureau des interrogatoires et le prévint avant d'entrer :

« Je crois que vous perdez votre temps, ils ne veulent pas se mettre à table. »

Ils paraissaient vraiment très jeunes, mais leur visage était déjà marqué.

« Vous n'êtes pas tombés sur la bonne voiture, amorça le commissaire. On risque gros de l'avoir entre les mains, beaucoup plus qu'une simple condamnation pour vol. »

Les deux étaient impassibles. Ils donnaient l'impression de ne pas comprendre ce qu'on leur disait. Soneri s'adressa au planton.

« Ils parlent italien ?

— Ils le comprennent parfaitement, ils font semblant de ne pas le parler, grinça l'agent.

— Vous devriez vous expliquer, ça vaudrait mieux, les menaça le commissaire sans qu'un seul muscle ne bouge sur le visage des jeunes garçons. Même si vous êtes mineurs, une accusation d'homicide n'est pas une mince affaire », renchérit-il.

Les deux s'échangèrent un bref coup d'œil, sans toutefois ouvrir la bouche. Ils avaient l'air de patienter dans une salle d'attente plutôt que dans une Questure, et l'idée de finir en prison ne semblait pas les effleurer. Inébranlables, ils regardaient droit devant eux avec des yeux sans expression, presque stupides. Ils avaient dû anesthésier leur cerveau et s'entraîner à patienter pendant des heures pour être ainsi capables de voir passer le temps et de résister dans ces conditions. Il avait envie de les frapper et de les tirer de leur mutisme exaspérant.

« Vous habitez où ? »

Aucune réponse. Soneri adressa alors un signe interrogatif à l'agent.

« Ils n'avaient pas de papiers, commissaire. Le bureau des étrangers est en train de vérifier », l'informa-t-il.

Il les scruta l'un après l'autre, furieux et impuissant, et finit par s'asseoir en face d'eux afin d'accrocher leur regard. Leurs yeux clairs, aussi furtifs que des visions, reprenaient, dès qu'ils se posaient, la fixité inerte d'un éclat de verre.

« Je ne comprends pas votre intérêt à vous foutre dans la merde ! balança-t-il tout à trac. Vous gâchez votre vie avant même de la commencer ! (Puis, en s'adressant à l'agent :) C'est dans cette voiture qu'on a retrouvé le cadavre de la Iliescu. »

Il cherchait à impressionner les deux jeunes, à secouer leur apathie, mais les garçons étaient des durs. Le clan avait dû les élever à coups de trique pour qu'ils obéissent au doigt et à l'œil. Ou bien craignaient-ils quelque chose ? L'espace d'un éclair, le plus jeune trahit une once d'angoisse en lançant une œillade à son compagnon, et le commissaire y devina un fléchissement. Ensuite, tout rentra dans l'ordre : même apathie, même immobilité, même regard de lézard vert.

« OK ! trancha alors le commissaire. Vous allez donc passer la nuit en cellule. »

Il se leva et se dirigea lentement vers la porte. En passant à côté du planton, il s'arrêta et adressa un dernier coup d'œil aux gamins : mais ils n'exprimaient rien, plus impassibles que jamais.

Dans le couloir, il rencontra Pasquariello. Il avait la mauvaise tête des hommes qu'on tirait de leur lit en plein cœur de la nuit.

« Alors ? Ils sont où, les petits cons ? »

Soneri indiqua du menton le bureau d'où il venait.

« Pas la peine d'y aller, c'est des vraies statues », l'avisa-t-il.

Ils entrèrent dans le bureau du commandant de police. Trois agents travaillaient déjà sur l'affaire, mais on sentait qu'ils n'étaient pas aussi habiles que Juvara pour dégoter des informations sur Internet.

« La voiture appartient à une société, annonça l'un des policiers.

— Qui s'appelle ? l'interrogea Pasquariello.

— Golden, répondit l'agent. C'est une orfèvrerie, située à Lemignano. »

Quelque chose se déclencha dans l'esprit de Soneri sans qu'il n'en comprenne immédiatement la combinaison. Tout simplement une autre coïncidence : il venait de s'entretenir avec l'irréprochable famille qui tirait les ficelles de cette même entreprise.

« Tu la connais ? » demanda Pasquariello.

Le commissaire acquiesça.

« Nina Iliescu a travaillé là-bas un petit moment, et c'était la maîtresse du mari de la patronne. »

Le commandant grogna malicieusement.

« Fallait bien qu'il y ait une histoire de cul, dans tout ça ! Et les deux Roumains ? On a leurs noms ? reprit Pasquariello en s'adressant à ses agents.

— Non. Si c'est pas des clandestins, les recherches vont prendre du temps. En attendant, on a pris leurs empreintes, répondit le policier.

— Essayez dans les campements des Roms, conseilla Soneri. Ils viennent sûrement de là, précisa-t-il en se remémorant la fuite grossière de Medioli.

— T'as peut-être raison, reconnut Pasquariello. S'enfuir dans une voiture sans avoir le permis, c'est typique des camps volants. Ce ne sera pas la première fois.

— À Cortile San Martino, des Roms avaient pris leurs quartiers sur le terrain de la décharge, ils sont partis il y a quelques jours et on ne sait pas où ils ont fini, l'informa le commissaire. J'ai demandé qu'on les retrouve, mais on aurait besoin des pandores, l'avisa-t-il.

— On n'arrive pas à les faire parler ?

— Non, et même s'ils parlaient, ils donneraient des faux noms. Ils doivent avoir un paquet de pseudos…

— Et d'interdictions de paraître… renchérit l'agent en surveillant l'écran de son ordinateur.

— On n'a rien trouvé dans la voiture? insista Pasquariello.

— À première vue, non. Nanetti nous en dira plus demain », supposa le commissaire.

Ils sortirent ensuite du bureau.

« Tu crois que nos deux zozos ont quelque chose à voir avec le meurtre d'Iliescu ? » questionna Pasquariello.

Soneri secoua la tête.

« Je ne crois pas. Mais on ne sait jamais. Ils pourraient peut-être nous mettre sur la bonne voie… »

Il se mit en route sans dire au revoir. En passant sous la voûte qui donnait borgo della Posta, il entendit le coup d'une heure au campanile du *duomo* et sentit dans sa poche la vibration de son portable. Angela répondait à son texto : *Moi non plus*, écrivait-elle. Il fut repris d'agitation. Ces trois mots pouvaient aussi bien vouloir dire un travail compliqué que l'impossibilité de rentrer chez elle.

Il eut une envie soudaine de copeaux de *grana* accompagnés d'un bon lambrusco nero : dans certaines circonstances, ils étaient les plus efficaces des médicaments. Il décida alors de repasser chez lui, mais au moment de quitter la Questure, une patrouille arriva en trombe et l'obligea à s'écarter. Vrombissant sous le porche avec son gyrophare, la voiture attendait que le planton lève la barrière tandis que deux autres patrouilles pilaient juste derrière.

Il fit demi-tour et courut dans la cour. Puisqu'il n'avalerait ni *grana* ni lambrusco, se jeter dans la mêlée serait une alternative à de sombres pensées.

« Cette fois on l'a serré ! On l'a serré le sourire aux lèvres ! » hurla Esposito en rudoyant un type distingué au visage bouleversé.

Le commissaire le suivit des yeux; le teint cireux et la tête baissée, il était habillé comme pour un conseil d'administration : complet-veston, long pardessus de laine, chaussures anglaises, élégant pantalon à revers... Soneri accompagna le petit cortège jusqu'aux locaux du commissariat et songea que la nuit réglait ses comptes. Il laissa à ses collègues la primeur de l'interrogatoire et se dirigea vers la machine à café. Cette petite pause lui fit retrouver sa légèreté. Le tumulte environnant lui semblait dérisoire, une pantomime grotesque, mais elle lui permettait de regarder le monde avec un œil nouveau : ce sentiment de froideur qui suit la déception, ce détachement quand la passion n'est plus.

Pasquariello le rejoignit à l'improviste.

« Viens avec nous, on l'interroge. »

L'homme s'appelait Vincenzo Candiani, c'était un professeur bien connu de l'université de Parme. Soneri tenta d'imaginer la réaction des bien-pensants quand ils découvriraient que le maniaque n'était ni étranger ni drogué, mais au contraire un professeur de droit très estimé. Le voir à présent assis sur les banquettes en contreplaqué de la Questure, effondré sur ses coudes comme un vieil orme plié par le vent, faisait presque pitié. Le commissaire ne pouvait s'empêcher de saisir chez cet homme le reflet de l'instabilité humaine. Entre le professeur respecté des amphithéâtres et le sinistre ogre violeur, la frontière demeurait ténue. « Du vent », comme disait Sbarazza, qui estimait qu'en chaque individu tout cohabitait confusément et se mélangeait en permanence au gré des circonstances.

« *Dotto'*, chuchota Esposito en approchant sa bouche de l'oreille de Soneri, on l'a trouvé sous une porte cochère du borgo Scacchini avec son oiseau à la main, déjà prêt à l'usage. C'est une petite vieille qui nous a téléphoné, quatre-vingt-dix ans, la plus réveillée de l'immeuble. On n'y croyait pas : un professeur comme ça. Imaginez le nombre de fois où on l'a vu au tribunal.

— Personne n'est d'un seul bloc, Esposito. On prend tellement de formes, on est comme le brouillard », répondit le commissaire.

Le chef de bord n'y comprit pas grand-chose et le scruta quelques secondes sans mot dire avant de s'éloigner pour aller donner des ordres à d'autres agents.

« *Professore*, on fait quoi? dit Pasquariello d'un ton menaçant.

— J'ai perdu la tête... » répétait Candiani inlassablement, après avoir ouvert son manteau et desserré sa cravate à cause de la chaleur.

Il avait la tête de ceux qui s'assoupissent tout habillé sur leur canapé, après leur repas. Il regardait les agents avec une sorte de candeur, comme s'il voulait s'excuser de ce qu'il avait fait, mais l'on sentait qu'il ne se rendait pas compte de la gravité de ses actes.

« Vous pouviez avoir toutes les femmes que vous vouliez... reprit Pasquariello. Comment c'est possible? s'exclama-t-il avec incrédulité en joignant les deux mains.

— J'ai perdu la tête... répéta l'homme, avant d'ajouter : À cause d'une femme. C'est là que tout a commencé... »

Aussi paradoxal que cela pût paraître, cet homme devait avoir une fixation, un crapaud qui bondit sans relâche au fond de son estomac. Ses yeux lançaient des éclairs et sa tête bougeait par à-coups comme le font les oiseaux. Secoué par une agitation fébrile, il finissait par se calmer, mais dès qu'il répondait à Pasquariello et à Musumeci, il se ranimait. Il donnait l'impression d'avoir définitivement capitulé, presque heureux de s'être libéré d'un poids, exactement comme Medioli quelques jours plus tôt, assis dans cette même pièce.

« Tu veux lui poser des questions ? demanda Pasquariello à Soneri en laissant Candiani à Musumeci avant que la juge n'arrive.

— Pas tout de suite. Je ne suis pas sûr qu'il ait quelque chose à voir avec mon enquête, même si la ville est petite et que tout se tient. »

L'idée lui était venue d'appeler Angela pour qu'elle lui en dise plus sur ce professeur, mais la peur le retint. Il ne supportait plus son téléphone éteint, ni les conjectures qui lui encombraient l'esprit. Toutes se fondaient inéluctablement en une image unique : Angela et l'autre faisant l'amour, avec tout ce qu'une étreinte peut offrir de noble et d'obscène à la fois.

Il sortit fumer un *toscano*. L'air trouble et immobile de la cour de la Questure l'apaisa un peu. Le remue-ménage causé par la série d'arrestations l'avait assommé. Il avait besoin de laisser décanter ses impressions et de passer sa mémoire au crible, et il n'en serait capable qu'en s'éloignant du tourbillon de l'action. En prenant ses distances.

Il entendit des pas derrière lui pendant qu'il méditait sur tout ce qu'il s'était passé pendant la nuit. Il se retourna et vit arriver Juvara de son allure un peu gauche, avec son écharpe autour du cou et l'expression vaguement ahurie du type qui aurait bu une goutte de trop.

« Tu as l'air de sortir de boîte de nuit, l'accueillit Soneri.

— J'étais à une soirée, se justifia l'inspecteur. Je n'ai pas entendu mon téléphone, à cause du bruit.

— Tu aurais pu aller te coucher, minimisa le commissaire, on n'en saura pas beaucoup plus d'ici demain matin.

— Qu'est-ce qui s'est passé ? Il y a un de ces bordels…

— Ils ont chopé le violeur : un célèbre professeur de l'université, l'informa Soneri. Cela dit, j'ai beaucoup mieux pour notre enquête : deux mineurs roumains ont été arrêtés à bord de la voiture que Mariotto a vue le long de l'autoroute avec le cadavre de Nina. Là encore, on en saura plus demain matin. Le temps que Nanetti jette un coup d'œil.

— Vous pensez que c'est eux ?

— Je ne pense pas. Ils sont trop jeunes… Par contre, la voiture a été volée il y a deux mois à la Golden, et ça, c'est intéressant. »

Juvara acquiesça.

« Et le violeur ? s'informa-t-il.

— Il dit qu'il a perdu la tête pour une femme et que, depuis, son cerveau s'est détraqué. Tu imagines si c'est Nina ? dit le commissaire en souriant.

— Elle en aurait été capable. Il n'aurait pas été le premier…

— Ce n'est pas de sa faute si les hommes lui couraient après. Ni s'ils perdaient la tête. Ils voulaient la baiser, ils y laissaient des plumes, c'est tout. Où est le crime ? Elle, elle cherchait un homme pour se marier et eux, ils réclamaient leur jouet. Et si jamais elle les quittait, ils allaient pleurnicher.

— Non, je voulais juste dire… » balbutia Juvara, frappé par la réaction à fleur de peau du commissaire.

Dès qu'ils parlaient de Nina, un réflexe conditionné le faisait partir au quart de tour.

« Allez, va te coucher, j'y vais aussi, lui conseilla Soneri, radouci. De toute façon, je n'ai plus rien à faire, cette nuit. »

Il attendit que l'inspecteur s'éloigne avant de se remettre en route. Il avait envie d'être seul, pourquoi pas attablé dans une auberge devant un demi-pichet de vin. Mais à cette heure, plus rien n'était ouvert. Les noctambules s'étaient terrés dans des night-clubs lugubres et les rues noires étaient désertes. À croire que le silence était trop dur à supporter.

Via Saffi, la sonnerie de son téléphone portable résonna comme un réveil en plein sommeil.

« Tu es encore debout ? se renseigna Angela.

— Je ne suis même pas chez moi, répondit-il.

— Tu es sorti avec quelqu'un ?

— Tu te fous de ma gueule ? C'est toi qui sors avec un autre.

— Si tu vas dans cette direction, tu ne prends pas la bonne route, gronda Angela. Ce n'est pas la bonne méthode pour recommencer, je te préviens.

— Mais moi, je n'ai rien fini du tout ! Je n'arrive toujours pas à comprendre pourquoi tu me fais autant souffrir. Je ne supporte plus de voir le pire de mes bourreaux dans le visage de celle que j'aime le plus au monde. Je n'arrive plus à te comprendre, je suis bouleversé… »

Il se rendit compte qu'il avait parlé pour la première fois en se laissant aller, sans aucun filtre ni précaution.

Angela en parut très touchée. Soneri avait vaincu sa sauvagerie de montagnard enfouie au plus profond de lui en se laissant petit à petit chauffer par les passions qui mijotaient depuis longtemps dans son esprit.

« Mais peut-être que toi, tu en as fini avec moi, acheva-t-il, la voix légèrement brisée.

— Non, ce n'est pas ça, le contredit Angela, avec une douceur inattendue. J'étais à la prison pour un interrogatoire, j'en suis sortie il y a une demi-heure. Je ne suis sortie avec personne.

— Tu pouvais le faire ?

— Bien sûr, répondit-elle sèchement.

— C'est seulement le travail qui t'a retenue ?

— Il y a beaucoup contribué », répondit-elle en le laissant dans l'incertitude.

Soneri ne supportait plus sa franchise. Il aurait préféré un pieux mensonge, même s'il savait que ça ne servait à rien et que son désir de sécurité était complètement absurde.

« Je vais me coucher, il est presque trois heures, annonça-t-il enfin après avoir attendu vainement qu'elle lui dise quelque chose.

— S'il n'était pas si tard… Passe me voir demain, au cabinet, lui proposa Angela.

— On ne se voit plus le soir… insista le commissaire.

— J'aime bien nos rendez-vous de la pause déjeuner, esquiva-t-elle. Ils sont moins prévisibles.

— Tu as des choses à faire le soir ? » renchérit Soneri.

Il entendit un soupir d'impatience.

« Tu recommences avec tes questions de flic ? dit-elle en haussant la voix. Tu sais que ce n'est pas le bon moyen.

— Mais tu voudrais que je sois comment ? Cocu et silencieux ?

— Oh mon Dieu ! Cocu ! Tu parles comme au siècle dernier !

— Tu peux utiliser tous les termes que tu veux, je préfère parler clairement.

— Passe chez moi demain, l'invita de nouveau Angela, tout à coup persuasive.

— Il faudra que je te parle de Candiani, le prof de fac, l'avertit le commissaire.

— Qu'a donc fait notre professeur universitaire ?

— Il a violé des femmes.

— Lui ? Des bruits couraient chez certaines étudiantes… Quand est-ce que vous l'avez coincé ?

— Il y a une heure. En flag, borgo Scacchini.

— Il est conseiller au tribunal, il a beaucoup d'amis avocats, l'informa Angela.

— Il connaît Paglia ?

— Oui, je crois. Ils fréquentent le même club hippique, sur les collines, du côté de Traversetolo. Le club Cerreto, je crois. »

L'image des chevaux toucha un point sensible de la mémoire du commissaire. Il se rappela l'autocollant de la BMW.

« Une de nos patrouilles a intercepté la voiture qui a transporté le corps de Nina pour le décharger sur le remblai, expliqua-t-il ensuite.

— Alors vous êtes en selle ! s'exclama Angela.

— En selle, si on veut, en tout cas, des chevaux sont dans l'affaire », répondit Soneri avant que sa compagne ne lui renouvelle son invitation à déjeuner.

CHAPITRE 14

Il se réveilla d'un seul coup et s'assit sur son lit. Sa chambre était toujours plongée dans l'obscurité et son regard mit un certain temps à retrouver l'écran phosphorescent de son réveil : bientôt neuf heures. Il chercha son portable en palpant sa table de chevet et vit une lumière clignoter sur le carrelage. Il avait dû le mettre sur vibreur et, à force de sursauter, l'appareil était tombé par terre.

« Ça fait deux heures que j'essaye de te joindre, grommela Nanetti.

— Je me suis couché à trois heures, lui répondit le commissaire sur le même ton.

— Bien ! Ça veut dire que les affaires reprennent.

— Va te faire foutre, gronda Soneri. J'ai bossé. On a dû te raconter ce qui s'était passé pendant que tu dormais ou que tu lisais un polar.

— Jamais lu de polars, je connais les vrais flics, avec toi…

— Tu veux que je te renvoie d'où tu viens ?

— Ce ne serait pas pire que là où je suis. Y a une odeur dans cette bagnole ! À faire vomir un python. Ils ont dû s'en servir comme d'une baraque à frites.

— Mon Dieu ! Les odeurs, maintenant… Tu as trouvé des trucs intéressants ? s'informa le commissaire.

— Rien, jusqu'ici. À part celles des deux gars, on trouve les empreintes de tout un régiment. Je n'ai pas trouvé celles de Nina, si c'est ce que tu veux savoir.

— C'est tout ?

— Il y a une facture, l'informa Nanetti en passant. Je ne pense pas qu'elle appartienne aux Roumains. Ils sont plutôt du genre à se prendre la marchandise sans passer à la caisse.

— Quel genre de facture ?

— Magasin d'ordinateurs. Elettronica Sauro, borgo Reale.

— Le montant est gros ?

— Non, deux cents euros. Sans doute un accessoire, je ne sais pas…

— Il y a la date ?

— Oui, d'il y a six mois. Elle a dû tomber et finir sous le siège. De toute façon, je te la mets dans une enveloppe et je te la joins à mon rapport. Je n'ai rien d'autre d'intéressant. »

Soneri s'habilla en hâte et ramassa son portable. Il y avait sept appels en absence. Outre ceux de ses collègues, Angela avait également tenté de le joindre. Il ne rappela que sa compagne et tomba sur le répondeur habituel. Une colère sourde s'empara de lui et il fut sur le point de balancer son portable à travers le mur. Il quitta son appartement et prit la direction de la Questure avec cette impression désagréable de courir après les événements.

Il rencontra d'abord Musumeci. Ses traits étaient tirés mais sa mine, euphorique.

« Je viens de recevoir les compliments de Capuozzo, lui annonça-t-il.

— Tu peux ajouter les miens, répondit Soneri d'une voix éteinte, peu intéressé par les effusions du questeur.

— Les journaux ont finalement réussi à le faire passer en dernière minute, si vous aviez vu le massacre ! expliqua Musumeci.

— Ça donne aux Parmesans l'illusion de vivre dans le meilleur des mondes possibles, siffla le commissaire. Comment s'est défendu notre cher professeur ? s'enquit-il en même temps qu'il réalisait combien il était curieux qu'un docteur en droit ait enfreint la loi de manière aussi retentissante.

— Commissaire, s'approcha l'inspecteur en clignant de l'œil, il s'en met plein le nez. Si vous aviez vu toute la came qu'on a retrouvée chez lui, on a été obligés de déclencher une accusation de trafic de drogue.

— Eh ben ! Qui l'eût cru ? » s'exclama Soneri avec sarcasme.

Musumeci écarta les bras.

« Se détruire de cette façon…

— Il a dit qu'il avait perdu la tête à cause d'une femme. Il a donné son nom ?

— Une Roumaine, répondit Musumeci. Une certaine Doina. Il nous a raconté qu'elle l'avait quitté sans explications. Et je crois savoir pourquoi », ajouta l'inspecteur.

Le commissaire alluma son cigare et tira une bouffée, mais l'inspecteur se taisait et paraissait gêné.

« Et alors ? le pressa-t-il.

— C'est qu'on aurait besoin de vérifier l'info… tenta de minimiser Musumeci. On a entendu deux de ses ex, et disons… Visiblement, il est un peu pervers, vous voyez ?

— Vu ce qu'il a fait, ça paraît logique, répliqua Soneri.

— Bien sûr, bien sûr, se dépêcha de répondre Musumeci, c'est logique. Je ne trouvais pas les mots, c'est tout », conclut-il avec un embarras qui fit sourire le commissaire.

Il avait déjà surpris l'inspecteur employer un langage fleuri avec d'autres agents, et voilà qu'aujourd'hui il était presque en train de rougir. Question de grade, bien entendu, mais Soneri savait que c'était aussi une question d'âge.

« Pas besoin de rentrer dans les détails, dit-il en coupant court, je les imagine parfaitement. »

Il pensa qu'il était logique que Nina disparaisse, elle ne tombait que sur des hommes qui la réduisaient à un jouet. À une petite poupée, pour reprendre les termes de Goretti. Dont la beauté fatale faisait perdre la tête aux hommes d'un certain âge apparemment sûrs d'eux.

Absorbé dans ses pensées, il parcourut le couloir qui emmenait à la PJ et fit sursauter Juvara en passant le seuil, comme s'il l'avait pris en faute.

« Finalement, vous voilà ! s'exclama-t-il avec soulagement. La Marcotti a téléphoné plusieurs fois, elle voulait vous parler.

— À propos de quoi ?

— Les carabiniers ont retrouvé les Roms, enfin, les Roms roumains qui s'étaient installés à Cortile San Martino.

— Où sont-ils ? le coupa Soneri.

— À Suzzara. C'est pour ça que la Marcotti vous cherchait, mais elle a fini par décider sans vous. Je lui ai dit que vous aviez terminé tard et que... »

Le commissaire lui fit signe de se taire.

« Prends la voiture et vas-y tout de suite. Emmène Musumeci avec toi, il est à moitié romano, il saura y faire.

— Mais *dottore*, la Marcotti a déjà chargé les carabiniers d'identifier les deux voleurs de la voiture…

— Reste à savoir si les gamins vont parler. D'ailleurs, rien ne dit qu'ils font partie de ce groupe de Roms. Et d'ailleurs on s'en fout. Ce n'est pas leur enquête, les *caramba* ne savent pas ce qu'il y a derrière. »

Juvara se leva l'air complètement perdu, mais Soneri, déjà sur le départ, n'y prêta aucune attention.

« *Dottore*, le héla l'inspecteur, j'ai trouvé le nom du propriétaire de l'appartement de la via Cavallotti… »

Le commissaire lui adressa un petit signe interrogatif.

« C'est un expert-comptable, un certain Gino Aimi.

— Ça ne me dit rien, chuchota Soneri.

— À moi non plus, au départ. Mais en vérifiant à la chambre de commerce, j'ai vu qu'il était président du club hippique de Traversetolo.

— Tu vois où nous mènent les coïncidences ? lui fit remarquer le commissaire d'un air entendu.

— Il commence à y en avoir pas mal, riposta l'inspecteur en l'imitant.

— C'est bon signe », abrégea Soneri en sortant.

Une minute plus tard, il monta dans son Alfa et se dirigea vers la Golden. Il fallait qu'il parle à Soncini, et surtout à sa femme.

La campagne aux abords de la ville ressemblait à une photo en noir et blanc. Le froment en herbe était devenu grisâtre, complètement détrempé. Les branches effeuillées des platanes de la via Spezia rebiquaient et s'enfonçaient dans le brouillard, telles des racines arrachées par le courant. Les derniers contrastes moururent définitivement au moment où il s'engagea dans la zone artisanale. Chaque fois qu'il finissait dans un endroit de ce genre, il ne comprenait pas comment l'on avait pu éradiquer de manière aussi radicale tout éclair de beauté.

Malheureusement, ni les ciboires, ni les calices et autres crucifix des bureaux de la Golden ne compensèrent la laideur que son regard venait de subir.

Sans parler de l'accueil glacial de la Martini, toutefois trop conformiste pour se permettre la moindre marque d'agacement. Elle s'en tenait à la froideur, à ce visage inexpressif qui devait lui servir à accepter les revers d'une vie opaque.

« J'espère que vous n'apportez pas de mauvaises nouvelles, commença-t-elle, toujours figée. Avec la police, en général…

— J'en apporte une bonne : nous avons retrouvé votre voiture. Cabossée, mais entière », riposta Soneri.

La femme ne trahit aucune émotion, à part un léger sourire de circonstance.

« Où était-elle ? se limita-t-elle à demander.

— En voyage, avec deux ados à bord, deux mineurs, des Tsiganes. »

Ainsi qu'à leur première entrevue, la fille entra et se plaça comme prévu en ordre serré à côté de sa mère, bien en vue sous le portrait du pape.

« Qui utilise cette BMW ? interrogea le commissaire.

— Mon mari, c'est lui qui voyage. Ma fille et moi, nous avons des voitures moins puissantes.

— Votre mari est là ? s'informa Soneri.

— Micaela, va chercher ton père, ordonna la Martini en employant le ton des personnes habituées à diriger.

De toute façon, on allait la vendre, anticipa la femme, le crédit-bail arrivait à son terme. »

Soncini entra juste à ce moment-là, suivi de sa fille. Le commissaire avait maintenant devant lui la famille au complet, aussi peu assortie qu'un groupe de passagers lambda réunis dans un tram. L'homme était nerveux, il ne possédait plus cette assurance de *viveur*[1] qu'il affichait habituellement. Sa femme donnait l'impression de patienter tout en gardant la situation sous contrôle tandis que la fille lorgnait Soneri d'un regard malfaisant.

« Le procès-verbal indique que le vol de la voiture s'est produit via Cavallotti, après vingt-deux heures. Je suppose qu'à cette heure-là elle n'était pas là-bas pour des raisons professionnelles... se lança le commissaire.

— Vous supposez ? Mes clients ne reçoivent pas forcément aux heures de bureau.

— Les prêtres vont se coucher après les vêpres, s'ils ont fini leurs prières », décocha Soneri.

L'homme allait répliquer quand sa femme intervint sur un ton péremptoire :

« Il était chez sa maîtresse. »

Un silence s'ensuivit sans que personne n'osât rien dire.

« C'est bien là que vous vouliez en venir, n'est-ce pas, commissaire ? poursuivit-elle. Ils sont déjà au courant pour l'appartement de la via Cavallotti », acheva-t-elle en lançant à son mari un regard de désapprobation.

Mais Soncini ne souffla mot. Il avait l'air soulagé que sa femme prenne l'initiative.

1 En français dans le texte.

« Vous n'avez déposé plainte que le lendemain matin à dix heures… » poursuivit Soneri sur un ton discrètement inquisiteur.

La Martini défia son mari du regard : on aurait dit qu'elle l'invitait à se sortir du pétrin tout seul.

« Je ne m'en suis aperçu que le lendemain matin, quand je suis retourné à la voiture, se justifia l'homme.

— Commissaire, intervint à nouveau la femme avec autorité, il me semble que nous avons tout dit, non ? La voiture a été volée il y a deux mois, et ce qui est arrivé ensuite ne regarde que nous. »

Elle était clairement aux commandes, on le comprenait aux regards dociles de la fille et du mari. Avec pour mission de défendre sa famille, son entreprise et sa respectabilité.

« Vous connaissez bien Gino Aimi ?

— Oui, répondit Soncini, c'est un très bon ami. Je ne vois pas…

— C'est grâce à lui que vous avez trouvé un logement pour Nina Iliescu ? »

L'homme était terriblement gêné et sa femme profitait du spectacle en le dévisageant.

« Je me suis adressé à des amis, c'est logique, non ? »

La femme eut un sourire perfide, mais son attitude n'avait pas l'air de gêner son mari, à l'inverse de Soneri. Elle ne craignait personne, et les questions du commissaire ne l'atteignaient d'aucune façon. C'étaient pourtant les seules armes dont il disposait.

« Complicité masculine séculaire », traduisit-elle, sardonique.

Le commissaire éluda.

« Ce qui m'intrigue, c'est que votre maîtresse ait été

jetée sur un remblai après avoir été déchargée d'une voiture du même modèle que la vôtre », siffla-t-il ensuite.

Le visage de la Martini s'assombrit légèrement.

« Vous venez de le dire, le même modèle, intervint Micaela avec détermination. Nous ne sommes pas les seuls à avoir une BMW dans cette ville.

— Commissaire, se décida Soncini en interrompant sa fille, il y a une chose que je ne vous ai pas dite : Nina était en passe de couper les ponts avec des membres de sa famille. Elle voulait vivre sa vie, ne plus avoir à leur rendre de comptes, vous comprenez ? Certains d'entre eux étaient impliqués avec les Roms, et vous savez ce que ça veut dire : ils ne vous lâchent jamais, ils veulent sans arrêt de l'argent. Ils voulaient décider pour elle, lui imposer un mariage arrangé… Elle s'est rebellée, et ils lui ont fait payer. Le nombre de fois où ils ont essayé… Pour eux, j'étais un voleur, un type qui détourne les femmes de leur clan. Et Nina, comme sa sœur, était une source de revenus pour eux, vous comprenez ? »

Le plus stupéfiant était d'observer son épouse écouter impassiblement cette histoire comme si elle concernait un étranger. Micaela non plus ne trahissait aucune émotion, en parfaite harmonie avec sa mère. En fin de compte, n'étaient-elles pas le véritable clan ? Un clan inoxydable, calculateur, cuirassé d'indifférence. Face à l'angoisse que lui causait la trahison d'Angela, Soneri enviait presque la dureté de cette femme.

« Commissaire, le surprit de nouveau la voix de Soncini, je n'ai aucune preuve pour l'affirmer, mais je suis quasiment sûr que ces Roumains ont voulu me faire porter le chapeau. Si on y pense, le vol de ma voiture était une aubaine, ils pouvaient s'en servir pour tuer la femme avec laquelle ils savaient que j'avais une liaison. Si ça se trouve, ils avaient même l'intention de la tuer directement après me l'avoir volée, et ils ont été obligés de reporter…

— Vous les prenez pour des crétins ? Vous croyez qu'ils n'ont pas pensé que vous iriez déposer plainte ?

— En attendant, c'est moi qu'on soupçonne. Votre présence en est la preuve, constata l'homme.

— Vous vous êtes fait une mauvaise opinion de nous, mais nos péchés ne regardent pas le code pénal, s'interposa la femme en lançant cette fois-ci un coup d'œil accusateur à son mari.

— Vos péchés, vous les réglerez entre vous », abrégea Soneri, désormais exaspéré par la conversation.

À l'arrière-plan, les objets sacrés exposés faisaient ressembler la pièce à une sacristie. Il quitta sa chaise, vaguement nauséeux, passa devant le regard triomphant de Micaela et retrouva dehors, ainsi qu'à sa première visite, le brouillard amical et réconfortant. Cela faisait du bien de se perdre dedans comme dans les bras de Morphée, de ne plus rien y voir.

Il roula vers la ville, importuné par une humeur désagréable. Pendant le trajet, la Marcotti lui téléphona pour l'informer que les deux Roumains suspectés du vol de la voiture avaient fait valoir leur droit au silence, et qu'au sujet de leur campement d'origine elle attendait le compte-rendu des carabiniers. Quoi qu'il en soit, il aurait des nouvelles fraîches au retour de la mission à Suzzara de Musumeci et Juvara.

Une fois à son bureau, il trouva le document de la chambre de commerce du club hippique de Traversetolo que Juvara avait laissé avant de partir. On y découvrait une grande partie des protagonistes de l'affaire, et Nina semblait bien le pivot autour duquel se jouait la comédie des amants. Il suffisait de déplacer légèrement la perspective pour que l'histoire se transforme, à l'instar de ses personnages qui se contredisaient en permanence et se présentaient sans cesse sous un nouveau jour.

Qui sait quelle facette allait lui révéler la facture de l'Elettronica Sauro trouvée par Nanetti... Il décida de faire un saut au magasin et vit que l'heure avait tourné. « À se réveiller tard, on court après le temps », lui reprochait son père. La sonnerie de son portable le lui confirma.

« Alors, tu viens ou tu as changé d'avis ? le surprit Angela.

— Tu es comme les chats, c'est toi qui décides du moment de ronronner.

— Dépêche-toi. »

Ce fut encore une fois un tête-à-tête intense. Soneri s'y abandonna, malgré son amère conviction de n'être pour rien dans ces ardeurs. Il laissait ses pensées se dissiper et ses instincts se libérer, son désir supplanter sa raison. Le sexe, comme le sommeil, agissait comme un narcotique.

Puis c'était le réveil, les retrouvailles avec les spectres habituels. C'est ce qui devait arriver à ceux qui se droguaient, la descente qui suit le flash de l'intraveineuse.

« Angela, tu as décidé de ce qu'on va faire de nous ? »

Elle émit un petit soupir contre son flanc.

« Pourquoi tu veux toujours gâcher nos jolis moments ?

— J'ai besoin de certitudes. Un besoin absolu.

— Tu sais bien qu'elles n'existent pas, non ?

— Même fausses, elles me suffiraient.

— Sauf que si je te rassurais en te disant que je ne te quitterai jamais, tu sortirais d'ici toujours aussi confus, susurra Angela. Une seconde plus tard, tu oublierais déjà ce que je t'ai dit. Ça, c'est une certitude. Je ne comprends pas pourquoi tu insistes. Je n'ai pas envie de tricher, au mépris de qui tu es et de qui tu as toujours été. Ta raison se retourne contre toi. Tu n'as pas toujours dit que tu ne supportais pas les personnes dominées par leurs instincts ? Tu n'as pas toujours dit que tu ne serais jamais comme ça ?

— Putain, Angela, je veux seulement savoir si tu veux rester avec moi ou si tu préfères aller avec l'autre ! Je ne te demande pas une promesse d'éternité !

— Tu sais très bien que les choses se construisent jour après jour…

— J'en ai plein le cul de construire ! Tout s'est écroulé, Angela. Ce à quoi je croyais quand j'étais jeune, mon métier, mon mariage, mon enfant que je ne verrai jamais, mes rêves… Et maintenant, voilà que tout se brise aussi avec toi. Je suis cassé de partout, je veux que ça s'arrête. »

Angela l'enlaça, mais Soneri sentit dans son geste davantage de tendresse que de véritable transport.

« Vu la manière dont on s'y prend, je crois qu'on a encore beaucoup à se donner, lui murmura-t-elle à l'oreille en le serrant dans ses bras et en lui infusant cette fois une agréable sensation de chaleur.

— Je suis au moins content d'une chose, marmonna Soneri, il n'y a pas de pitié entre nous, comme ça peut arriver à ceux qui sont ensemble depuis longtemps… »

Angela se détacha de lui pour le regarder mieux et plus intensément. Puis elle dit simplement :

« Non, il n'y a pas de pitié entre nous. »

Ces quelques mots qui auraient pu sonner crûment furent doux à son oreille.

Au moment de s'en aller, le commissaire ne savait plus très bien où il en était.

« On devait parler de Candiani ... se rappela-t-il soudain, sur le seuil de la porte.

— Je peux prendre des informations, si tu veux. Mais je ne suis pas sûre que tu aimerais, conclut-elle, énigmatique.

— Pourquoi ?

— L'autre, reprit-elle avec un certain embarras en faisant allusion à son amant, est un de ses grands amis... Si tu veux, je l'appelle et j'essaye de lui demander... À moi, il ne refusera rien.

— Laisse tomber, abrégea Soneri, je me débrouillerai tout seul. »

Puis il s'enfuit en dévalant les escaliers pour couper court à l'angoisse près de le ressaisir.

CHAPITRE 15

Entre l'atelier et le magasin, l'Elettronica Sauro faisait au maximum trente mètres carrés. Le gérant, un jeune trentenaire dénommé Giorgio Sauro, donnait l'air d'y avoir mis toutes ses billes. Du reste, de n'avoir pas succombé à l'anglais pour son enseigne dénotait un certain courage. Soneri le trouva donc immédiatement très sympathique.

« Je connais M. Soncini, il est venu plusieurs fois, il fait partie de ma clientèle. Je le préviens des occasions par courrier électronique », expliqua le jeune homme.

Le commissaire lui montra la facture que Nanetti lui avait transmise.

« Vous vous rappelez à quoi ça correspond ? »

Sauro regarda la date et le montant, puis ouvrit un tiroir et éplucha une sorte de cahier comptable. Il faisait preuve d'une grande précision, et Soneri se dit qu'il devrait lui présenter Juvara.

« Elle correspond à la réparation d'un ordinateur portable, un Sony. Sa connexion à Internet ne marchait plus.

— C'est l'ordinateur personnel de M. Soncini ? l'interrogea le commissaire.

— Je ne sais pas, répondit le jeune homme. À mon avis, il en avait un autre parce qu'il n'est jamais venu le récupérer.

— Vous l'avez toujours ?

— Oui, il m'a payé d'avance et il m'a dit qu'une de ses amies viendrait le chercher. Mais elle n'est jamais venue. Je l'ai rappelé deux fois, et les deux fois il m'a répété qu'elle passerait. Comme vous pouvez le voir, je n'ai pas beaucoup d'espace, je ne peux pas me permettre de garder beaucoup de choses.

— Soncini n'est jamais revenu ?

— Si, deux fois ces deux derniers mois, répondit Sauro en consultant son cahier. La dernière, il y a quelques jours.

— Pourquoi ?

— Des problèmes de disque dur sur l'ordinateur de son bureau. »

Soneri encaissa l'information sans comprendre à quoi l'autre faisait référence, et quand ce dernier voulut le lui expliquer, le commissaire l'arrêta d'autorité :

« Ne vous fatiguez pas, je n'y comprends rien.

— Je pensais que dans la police…

— Pas tout le monde, répondit Soneri, surtout pas les vieux comme celui que vous avez en face de vous.

— C'est souvent une question de pratique, minimisa Sauro. J'ai un client dans la police qui pourrait me donner des cours.

— Juvara ? dit Soneri persuadé de taper juste.

— Vous voyez ? Vous l'avez deviné tout de suite. Vous n'y connaissez rien en ordinateurs, mais vous avez du flair.

— Tout le monde le connaît », se défendit le commissaire en s'en allant.

Le temps de sa courte visite, et la lumière poméridienne avait décliné d'un seul coup. La nuit gagnait du terrain, bien que l'on sente encore dans l'atmosphère la frénésie de la journée. Soneri tourna via Farini et déboucha piazza Garibaldi. L'horloge du palazzo del Governatore marquait seize heures passé, et les vitrines de la via Repubblica étaient déjà éclairées. L'obscurité grandissante accentuait son sentiment d'impuissance ainsi que ses remords à l'égard de Nina : il lui devait d'aller au-delà du seul désir de vérité. Il était parfois bouleversé quand il pensait à elle, assassinée enceinte, outragée par le feu. Elle tournait le fer dans la plaie. Quelque chose de semblable à ce que la ville avait ressenti au moment de l'annonce par les journaux de l'arrestation de Candiani. À la différence que Parme, bien que bourdonnant sans répit, avait déjà commencé à classer l'événement, entre soupir de soulagement d'avoir identifié le monstre et oubli immédiat du fou, considéré comme étranger à sa communauté honnête et laborieuse.

Cette ville digère tout avec le sourire, elle en rote de satisfaction, songea-t-il en passant sous le porche de la Questure.

Juvara avait en revanche le visage de quelqu'un à qui le repas était resté sur l'estomac.

« Il y avait des taureaux en liberté, à Suzzara ? ironisa Soneri.

— Commissaire, ces Roms n'étaient pas très sympathiques. On était deux contre soixante.

— On ne vous a pas non plus demandé d'aller vous battre…

— Ils en ont après nous, ils préfèrent les visites des taureaux.

— Qui nous trouve sympathiques ? Juvara ! Tout le monde nous regarde de travers aujourd'hui, y compris les gens normaux qui pleurnichent sur les vols à la tire, s'épancha le commissaire. La gauche nous accuse d'être de droite, et la droite, d'être laxistes… »

L'inspecteur fit un geste résigné.

« Tout ça pour dire qu'on n'a pas trouvé grand-chose, précisa-t-il.

— Qui ne tente rien n'a rien.

— Les pandores ont fait mieux : ils ont perquisitionné le campement. Je pense que c'est à cause de ça que les Roms étaient énervés.

— Ils ont trouvé quelque chose ?

— De l'or. De l'or volé, c'est leur spécialité.

— Ce n'est pas une nouveauté.

— Faux, répondit Juvara. Aujourd'hui, ils jettent plutôt leur dévolu sur le cuivre, beaucoup plus rentable et facile à trouver : chantiers, entrepôts, les lignes électriques, aussi. J'ai vu des statistiques sur Internet… »

Le commissaire le coupa d'un seul geste.

« Qu'est-ce que vous avez trouvé d'autre ?

— Ils détestent Nina Iliescu.

— Comment ça, détestent ?

— Dès qu'on a prononcé son nom, ils en ont dit de toutes les couleurs en crachant par terre ; "pute" a été le mot le plus gentil. »

L'information correspondait aux propos de Soncini. Nina avait dû être désespérément seule pour se défendre, disputée par ses amants et par un clan impitoyable. C'était d'ailleurs ce qui forçait l'admiration du commissaire. Peu à peu, il se rendait compte que son enquête dépassait les limites du simple devoir.

« Écoute, Juvara, dit Soneri en changeant brusquement de sujet, c'est quel genre de type, ce Sauro ? Celui qui tient le magasin d'informatique ? Je sais que tu es un de ses clients.

— Je n'y suis pas allé souvent, se défendit l'inspecteur.

— Juvara ! Tu es un flic ! Ne sois pas sur la défensive ! Je te rappelle que c'est nous qui posons les questions !

— Je croyais qu'on l'avait pincé dans des magouilles...

— Mais non ! Soncini fait partie de sa clientèle, il y est allé deux fois pour une histoire d'ordinateur portable, et une autre fois pour une histoire que je n'ai pas comprise. Sauf qu'ensuite il n'est jamais venu reprendre son ordinateur. Il a répété qu'une amie viendrait à sa place et elle n'est pas venue non plus. J'ai pensé à Nina, mais comment savoir avec un type comme lui ?

— *Dottore*, c'est la preuve que les ordinateurs peuvent fournir d'excellents indices.

— Ne te fais pas d'illusions. S'il y avait des choses compromettantes dans cet ordinateur portable, ça m'étonnerait qu'il l'ait laissé chez ton ami.

— Ce n'est pas mon ami, c'est un type compétent. Et honnête, d'après moi.

— Alors essaye de le travailler un peu. Tu vois, entre spécialistes... En vérité, je le trouve aussi très sympathique », conclut le commissaire.

Le téléphone sonna.

« Commissaire ! Enfin, je vous trouve ! » attaqua la Marcotti.

Mais la juge entra directement dans le vif du sujet au moment où Soneri allait se justifier. Cette femme ne perdait jamais son temps en circonvolutions, c'était l'une des raisons de leurs atomes crochus.

« J'ai demandé les autorisations pour mettre les amants de la Iliescu sur écoute. J'espère que le procureur va me les accorder, poursuivit-elle. Entre-temps, vos collègues m'ont envoyé celles de la cellule où se trouvaient nos voleurs de voiture. Pas grand-chose, il faut bien le reconnaître. Le seul propos notable, c'est quand le plus vieux s'adresse à l'autre et lui dit qu'ils se sont fait coincer. Des mots qui veulent tout dire et ne rien dire », conclut la Marcotti avec scepticisme.

Le commissaire acquiesça en grognassant et, avant même de pouvoir s'exprimer, fut anéanti par la question suivante :

« Vous vous êtes fait une idée, par hasard, de cette affaire ? »

Il n'avait rien à lui répondre. La moindre de ses impressions était aussitôt contredite. Surtout, il n'aurait pas su traduire le tourbillon permanent de sensations qui virait dans sa tête.

« Pas encore », maugréa-t-il d'une voix maussade.

Il l'entendit rire à l'autre bout du fil.

« Nous voilà bien ! Nous sommes donc deux à n'y rien comprendre.

— Ça va se décanter, assura Soneri.

— Je l'espère, reprit la juge. Toutes les affaires traversent cette phase obscure où personne ne sait quelle direction prendre, mais nous avons jeté de nombreux filets, vous verrez que nous finirons par prendre quelques poissons », termina la Marcotti en incorrigible optimiste.

Sur le coup, Soneri l'aurait bien demandée en mariage. Avoir à ses côtés des femmes de ce calibre équivalait à une piqûre de ginseng. Angela aussi était de cette nature, c'était pour ça qu'elle lui plaisait. À condition qu'elle veuille encore être avec lui.

Il s'alluma un cigare et décida de sortir. C'était l'heure la plus chargée de la soirée, l'heure de la sortie des bureaux, avec ses employés et ses cadres supérieurs en uniforme de représentation, parfumés et amidonnés. Il eut soudain la nostalgie des ménagères qui faisaient leurs emplettes en se hélant en dialecte d'un trottoir à l'autre, des ouvriers en bleu de travail sous leur paletot de laine qui rentraient à vélo, quand les usines faisaient encore partie de la ville au lieu d'être à dix kilomètres, comme dans le cas de la Golden.

Tout en pensant à la désolation des lotissements de Lemignano où le goudron et les hangars avaient englouti les champs et les rangées de vignes, il tomba sur de bruyants cortèges de voitures d'époque enrubannées de blanc. Il suivit le défilé du regard jusqu'à ce qu'il tourne via Cavour, rouverte à la circulation pour l'occasion. Il fit à pied le même parcours et rejoignit le croisement avec la strada del Duomo. La place de la cathédrale était couverte de vieilles automobiles, et les marches de l'église, jonchées de spectateurs en habit de cérémonie. Des barrières avec des gardes du corps empêchaient les curieux de s'approcher de la mascarade. Des voitures de fonction et des berlines de conseillers d'administration essaimaient en continu, on se serait cru au Grand Hotel.

Le mystère fut enfin résolu grâce au glapissement d'une dame :

« C'est le mariage de l'aîné des Dall'Argine ! »

Le nom était un bon calcul : la fille de Soncini épousait l'aîné des Dall'Argine. Une dynastie habile et émergente se casait avec un rejeton blasonné pour anoblir son sang. Soneri s'éloigna pour s'isoler et prendre une bouffée d'air. Il se sentait toujours furieusement anarchiste dans ce genre de circonstances, plein d'un désir de liberté, aussi pur qu'un jeune loup.

Il rôdailla vaguement avant que la faim et la curiosité ne le ramènent au bar à vins. Il se posta à l'entrée de la salle et scruta les tables, dans la crainte et l'espoir d'y découvrir son rival. Mais cette fois, c'est Sbarazza qui occupait la place. L'homme se leva en un mouvement gracieux et lui proposa de s'asseoir.

« C'est vous qui faites les invitations, maintenant ? plaisanta le commissaire.

— Au *Milord*, c'est de plus en plus difficile, expliqua l'autre. Trop de monde. Il faut bien que je me débrouille. Ce soir, chuchota-t-il avec un air de connivence, je n'avais pas envie de manger une boîte de thon.

— On ne vous pose pas de problèmes, ici ? demanda Soneri en indiquant le comptoir.

— Bruno, le patron, me connaît. Brave homme, tout comme Alceste.

— Il n'y a quasiment que des hommes… constata le commissaire.

— Ce n'est pas vrai, il y a aussi des couples.

— Il y avait un couple à votre place ?

— Oui, pour le goûter.

— Vous pourriez me le décrire ? »

Sbarazza s'étonna un peu de la question.

« Vous voulez une description ? L'homme était grand et distingué, bien habillé. Elle, une femme plutôt expansive, pas belle, mais un genre, vous voyez ? »

Soneri vacilla une seconde sans répondre et lorsqu'il se reprit, sentit sur lui le regard légèrement surpris de l'autre.

« Que se passe-t-il? Ils correspondent à des portraits-robots ?

— Non, rien, minimisa Soneri. Je pensais à quel point nous étions vulnérables.

— Eh oui ! fit Sbarazza dans un rictus. Nous sommes des œufs à la coquille fragile. Ou plutôt, nous sommes fragiles, et basta.

— Coquille ou pas, je me sens surtout sans gravité, commenta le commissaire.

— Ça peut être un avantage…

— Comme de nager sans nageoires, ou de voler sans ailes.

— Ne soyez pas si pessimiste, l'exhorta le vieux. C'est une erreur d'être obsédé par nos certitudes. Nous les exigeons sous prétexte d'en avoir besoin au lieu d'accepter de nous résigner à ce que nous sommes. Si nous prenions acte de notre état, nous serions plus sereins, et nous verrions certainement davantage d'occasions que de frustrations.

— Prendre acte de ce que nous sommes est déjà une certitude, vous ne croyez pas ?

— C'est vrai, je le reconnais. Mais c'est la seule : la certitude de n'en avoir aucune. Repartons de là.

— Vous raisonnez comme un commissaire de police. Vous savez qu'ils enseignent la même chose aux débutants : ne jamais avoir d'idée préconçue dans une affaire. Hélas, les commissaires sont confrontés à des faits.

— Vous savez mieux que moi que les faits ne sont pas objectifs ! Regardez l'histoire… Nos convictions d'aujourd'hui ne vaudront rien demain, et d'autres se présenteront après-demain. Nous mourons tous les soirs et renaissons tous les matins. C'est ainsi que le monde se renouvelle : à chaque instant. Ce n'est pas la constance qui nous fonde, mais l'instabilité, et tous ceux qui cherchent à être cohérents se font des illusions. Tout réside dans le fait d'accepter ce que nous sommes et de nous ouvrir à l'éventail immense de possibilités que la vie nous propose en permanence. Accepter le monde : voilà le secret. Vous vous souvenez de Nietzsche ? »

Par miracle, Bruno arriva.

« Qu'est-ce que je vous sers ?

— Pour moi, *culaccia* et *grana*.

— Et vous, marquis, désirez-vous autre chose? demanda le patron avec le plus grand sérieux.

— Je piocherai dans le plat du commissaire, sourit Sbarazza. Vous êtes le seul homme avec lequel j'ai envie de partager une assiette.

— Apportez-nous un lambrusco nero, ajouta Soneri, brûlant d'un vin fort qui nettoie les pensées. Les voilà, mes certitudes ! proclama-t-il, aussitôt servi, en soulevant une tranche de *culaccia* comme s'il célébrait l'office, mais on sentait un fond de tristesse dans le ton de sa voix.

— Je vois que vous avez compris. La vie est un jeu de cartes : vous devez attendre que quelque chose de bon sorte du paquet. Regardez-moi : issu d'une lignée, d'une famille blasonnée couverte d'armoiries, les batailles, les honneurs… Quoi de plus sot de croire qu'on va laisser des traces ! C'est pourtant ce que l'on m'a inculqué dès mon enfance, en ne cessant de m'expliquer les portraits de mes ancêtres dans le couloir de la maison de nos aïeux… l'arbre généalogique et tout un tas de rabâchages… »

Malgré l'air vaguement délirant qu'empruntait Sbarazza, Soneri devait bien reconnaître la part logique de son raisonnement. Il repensa à Angela et à leurs rendez-vous passionnés de la pause déjeuner, la seule carte qu'il avait pour l'instant dans son jeu. Demander davantage pour l'avenir aurait été vain et prétentieux.

Il versa le lambrusco à la couleur de sang noirâtre.

« Ce couple, qui était assis là où nous sommes… insista-t-il avec la sensation désagréable d'occuper la même chaise que celle de son rival.

— Alors, vous n'avez pas compris, le coupa Sbarazza avec autorité et bienveillance. Vous essayez d'obtenir la confirmation que je n'ai pas l'intention de vous donner. Que vous importe de savoir ? Vous ne réussiriez qu'à vous empoisonner la soirée. Savez-vous combien de choses se jouent en ce moment contre vous ? Ou en votre faveur ? Des dizaines, mais vous l'ignorez. Nous vivons dans une inconscience permanente, c'est à la fois ce qui nous sauve et ce qui nous condamne. L'inconscience permet aux portes de l'émotion de rester ouvertes, mais elle nous rend aussi volatiles qu'une vapeur d'alcool », termina Sbarazza.

À propos d'alcool, Soneri s'envoya son verre de lambrusco pratiquement cul sec. Il cherchait une légère ivresse qui le maintienne à la surface.

« Le destin a toujours des témoins réticents, grommela-t-il ensuite.

— Je crois avoir deviné votre situation, je l'ai moi-même souvent vécue, reprit Sbarazza plus sérieusement. Si la personne à laquelle vous tenez a déjà décidé de vous quitter, rien ne pourra la faire changer d'avis. Par contre, si elle a des doutes, la seule chose que vous pouvez faire est de vous montrer bienveillant. La bienveillance envers son prochain est notre seul salut, car en fin de compte, tout ce que les hommes recherchent, c'est d'être aimés. Y compris les plus abominables délinquants. Nous sommes tous des orphelins, vous ne croyez pas ? »

Soneri acquiesça et passa mentalement en revue les criminels qu'il avait rencontrés au cours de sa vie professionnelle. Là aussi, Sbarazza était loin d'avoir tort.

« Vous trouvez que c'est bien peu de ne pouvoir échanger entre nous qu'un misérable sentiment. Je sais, c'est un chiffon de papier, mais rien d'autre n'existe, déclara-t-il. À moins… ajouta-t-il sans terminer sa phrase.

— À moins ? répéta Soneri en s'arrêtant de mastiquer.

— À moins de trouver refuge en Dieu.

— Ça, c'est une autre histoire, murmura Soneri. Et dans tous les cas, Il ne fait pas preuve d'un grand intérêt pour les histoires humaines.

— Par pitié ! éclata Sbarazza. Épargnez-moi vos réflexions de café du Commerce ! J'attends autre chose de vous !

— Je veux dire qu'en ayant recours à Dieu je n'y trouve pas davantage de sens, se défendit le commissaire.

— Vous êtes un inguérissable rationaliste : vous ne cherchez un sens aux choses que pour vous rassurer. Mais Dieu dépasse la frontière de notre raison. Nous dansons tous dans un tamis, ignorants de l'endroit où nous finirons. Nous ne choisissons rien, la vie nous tombe dessus. Ce n'est pas nous qui écrivons le scénario, et si c'est Dieu, alors nous en revenons à ce que je disais tout à l'heure. Faites-moi confiance, l'exhorta enfin Sbarazza, piochez une carte et résignez-vous, puisque à la fin ce sera le même tarif pour tout le monde.

— C'est que je mène plusieurs parties de front, expliqua Soneri.

— Je sais, acquiesça Sbarazza. Dont une avec la fille brûlée, je me trompe ?

— J'ai beau piocher dans le paquet, je ne tombe jamais sur la bonne carte.

— Tôt ou tard, vous tomberez dessus, vous verrez. Mon conseil reste le même : laissez faire les événements et saisissez toutes les occasions qui se présentent à vous. Il suffit de savoir les reconnaître. »

Le commissaire soupira et chercha encore une fois refuge dans le vin. Il aurait adoré terminer la soirée avec de bonnes saveurs en bouche, mais il savait qu'en emplissant bientôt le bar, les rires et le brouhaha finiraient par l'assourdir. Et puis, il en voulait un peu à Sbarazza d'avoir été réticent tout à l'heure. Il continuait de soupçonner Angela d'avoir vu l'autre ici, la description correspondait, mais il se fatiguait de penser comme un flic. Du reste, les événements qu'il avait mis en ordre à son corps défendant s'imposaient d'eux-mêmes.

« Je vais voir mes petits vieux, annonça Sbarazza en se retirant. L'heure du dîner au dortoir a sonné. Que voulez-vous, j'ai une vie sociale, moi, expliqua-t-il avec toute l'ironie dont il savait faire preuve pour exprimer son détachement du monde.

— Vous n'allez pas au mariage ? demanda Soneri en faisant allusion aux noces des Dall'Argine-Soncini.

— L'argent ne peut rien contre la vulgarité », répondit le vieux dans un sourire de bienveillante commisération.

CHAPITRE 16

Et en effet, cette espèce de profanation nocturne qui transformait la piazza Duomo en défilé de haute couture ne manquait pas de vulgarité. Rien qu'en smokings, le mariage avait dû coûter des milliers d'euros, sans parler des bijoux et des automobiles. Le caquetage au milieu des marbres sculptés d'Antelami jurait avec les notes de l'orgue qui s'échappaient du porche grand ouvert de la cathédrale. Dieu seul savait si le calice pour la communion des époux avait été fabriqué par la Golden.

Soneri détestait les cérémonies solennelles : il les trouvait factices et il manquait toujours d'éclater de rire devant de pareilles pantomimes. Il faut dire que celle-ci franchissait toutes les limites de l'ostentation et du marketing : l'imitation stupide de soirées mondaines lorgnées dans des revues de salon de coiffure.

Pour autant, il restait cloué sur place, appuyé contre le mur de l'ancienne librairie Fiaccadori, sans réussir à détourner le regard ou décider de s'en aller. Il laissait faire les événements, comme le lui avait suggéré Sbarazza.

Ceux-ci prouvèrent que ses conseils étaient les bons. Les époux firent leur sortie sous une pluie de riz et des éclairs de flashs, la clameur atteignit à son paroxysme, les vivats rebondirent contre les nobles pierres du *duomo* et s'envolèrent par-dessus le rideau de brouillard, jusqu'à en étourdir *l'angiol d'or* de la pointe du campanile et à en réveiller les *putti* du Corrège de la toute proche église San Giovanni. Puis, un brusque *diminuendo* ramena le calme sur la place, et le commissaire perçut au chuchotis la violence de la secousse qu'avait pris le mouvement, tel un train qui démarre. La bonne marche de la soirée subissait des bouleversements, et pour tout dire, la fête ainsi gâchée n'était pas pour lui déplaire.

Un appel de Pasquariello l'informa de ce qu'il venait de se passer.

« Une bombe a explosé à la Golden, lui expliqua son collègue.

— Il y a des blessés ?

— Non, elle n'était pas assez puissante, développa le commandant. Par contre, si elle avait explosé quand le quartier est blindé d'ouvriers…

— Une emmerde supplémentaire ! souffla le commissaire.

— Deux bras cassés, reprit Pasquariello. Les carabiniers les ont serrés à proximité : deux Roumains. »

Soneri se dit que Soncini marquait un nouveau point avec ses hypothèses. Il était lui aussi victime d'un désir de vengeance.

« Ils ont fait comment pour les arrêter ? interrogea Soneri.

— Ils n'ont pas vu le vigile pendant sa première ronde. L'agent a donné l'alarme dès qu'il a entendu l'explosion. Et les deux ont fini dans la gueule d'une patrouille. »

Piazza Duomo procédait à la démobilisation. Les voitures d'époque essoufflées repartirent les unes après les autres en pétaradant bruyamment tandis qu'une autre pétarade avait mis fin aux réjouissances à dix kilomètres de là.

« Commissaire, je passe vous prendre ? » lui proposa Juvara peu de temps après.

L'idée de retourner à Lemignano ne l'enchanta guère, mais il se dit que la nuit et le brouillard avaient dû recouvrir les parties les plus laides de l'endroit.

« D'accord, je t'attends via Cavour, mais fais gaffe à ne pas te faire emboutir par la bagnole de Nuvolari.

— Commissaire, on n'est pas non plus à la *Mille Miglia*[1] !

— Tu vas voir. »

Quelques minutes plus tard, l'Alfa Romeo de la Questure clignotait depuis la via Pisacane.

« *Dottore*, mais ils sont dingues ! explosa l'inspecteur. Un peu plus et ils me passaient dessus ! Ils tournent un film d'époque ?

— Presque, ricana le commissaire. Leur fête est gâchée, c'est pour ça qu'ils mettent les gaz, ils sont furieux. Demain, ils vont aller demander des comptes au questeur sur l'ordre public et la sécurité en danger, et nous, on va encore se prendre un coup de bâton.

— Quelle fête est gâchée ?

— Tu n'es jamais au courant du carnet mondain de la ville : le mariage du siècle !

— Ne me dites pas que toutes ces voitures étaient là pour les Dall'Argine ?

— Ah, ben tu vois, tu es au courant ! Tu lis les magazines féminins ?

1 Mythique course automobile sur route ouverte (1927-1957).

— Non, je lis les journaux. Il y en avait sur deux pages, aujourd'hui.

— Feraient mieux d'écrire des choses sérieuses…

— Ça y est, je fais le lien… se réveilla Juvara. Ils ont fait péter une bombe à la Golden pendant le mariage de la Soncini et de Dall'Argine. Plus ou moins au moment où la fille disait oui.

— Oui, scanda le commissaire en écho.

— Sale affaire », commenta l'inspecteur au moment où ils pénétraient l'obscurité du quartier artisanal, sans que l'on comprenne s'il faisait allusion à la dynamique des faits ou au gros halo noir qu'un début d'incendie avait inscrit sur le mur des locaux en faisant éclater au passage les vitres des fenêtres.

La Marcotti débarqua quasiment en même temps. Comme les bandes réfléchissantes des gilets des carabiniers, sa chevelure blanche et mousseuse brillait dans la lumière des phares. L'adjudant Santurro se prenait pour le héros à l'origine du succès de la capture et dirigeait les opérations tel un petit Napoléon. Soneri n'avait pas grand-chose à faire, sinon observer ce qu'il s'était passé et se fier, comme toujours, à ce que la scène de crime lui suggérerait. Tandis que la Marcotti allait s'entretenir avec l'adjudant, le commissaire se dirigea vers l'entrée de la Golden où il trouva Soncini les bras ballants devant le mur brûlé, aussi statique que s'il contemplait une œuvre d'art.

« J'avais raison, murmura-t-il sans se retourner.

— Les faits vous soutiennent, répliqua sèchement Soneri. Tout du moins, pour l'instant, ajouta-t-il en se rappelant les propos de Sbarazza sur l'instabilité. Quoi qu'il en soit, nous les avons arrêtés, vous pouvez être rassuré.

— On n'est jamais tranquille avec eux, grogna l'homme, très nerveux. Ils ne lâchent rien, et ils sont nombreux. C'est un avertissement. La prochaine fois…

— Il n'y aura pas de prochaine fois, le contredit Soneri.

— Vous auriez dû intervenir avant, je vous avais dit que j'étais menacé, protesta Soncini rageusement. J'ai droit à une protection. Et… l'entreprise aussi. »

Il s'était interrompu dans sa phrase ; le commissaire aurait juré qu'il allait dire *mon* entreprise.

« Ils ne se montreront plus de sitôt, le rassura le commissaire, ils ne sont pas aussi stupides. Je sais que vous êtes venu reconnaître votre voiture à la Questure, et apparemment, c'est bien la vôtre, n'est-ce pas ? »

Soncini acquiesça.

« Oui, c'est la mienne. Ils ont voulu rejeter la faute sur moi.

— Où sont votre femme et votre fille ? s'enquit Soneri.

— Où voulez-vous qu'elles soient ? s'exclama Soncini avec arrogance. Au vin d'honneur ! On n'allait pas non plus planter les invités ! On aurait eu l'air de quoi devant les Dall'Argine ? Tout ça nous poursuivra : on a beau être les victimes, la boue va continuer de nous éclabousser. »

Le commissaire commençait à en avoir assez de Soncini et dut se faire violence pour ne pas lui répondre brutalement. De quoi avait-il peur, après tout ? Le mariage était déjà célébré et les Dall'Argine ne pourraient plus revenir dessus. Il préféra s'en tenir à son rôle de fonctionnaire de police et tenta de minimiser :

« Les gens ont la mémoire courte. »

Pendant ce temps-là, la Marcotti s'était rapprochée.

« Vous savez que le procureur m'a refusé les écoutes téléphoniques des amants d'Iliescu ? l'informa-t-elle dès qu'ils furent à l'écart. Il a jugé les motifs insuffisants. »

Soneri écarta les bras : à la place du magistrat, lui aussi aurait eu des doutes. Rien ne pouvait laisser penser qu'ils étaient des assassins potentiels. Ils avaient couché avec Nina en y laissant un morceau de leur cœur, rien de plus.

« Que pensez-vous de cette bombe ? le questionna la juge.

— Une nouvelle pièce qu'on ne sait pas où placer », répondit le commissaire.

Elle se mit à rire.

« Continuons de tirer les filets, quelque chose va bien finir par remonter à la surface. En tout cas, je vous préviens, demain, la presse va en faire tout un foin : cette fois, nous marchons sur les pieds de personnes qui comptent. Nous ne sommes plus dans une pauvre histoire de pauvre Roumaine », conclut-elle.

En revenant à sa voiture, accompagné de Juvara, Soneri cherchait à s'expliquer ce mystérieux avertissement.

« Le questeur va nous mettre la pression, présagea l'inspecteur.

— La ville demande des comptes sur les événements inquiétants qui ont lieu en ce moment, débita Soneri en imitant Capuozzo et les titres des quotidiens. Tant qu'on ne voit rien, personne ne dit rien, comme si Parme était la plus belle ville du monde, mais dès qu'ils ont la merde au cul, ils poussent des cris d'orfraie », grinça le commissaire.

Juvara se taisait en attendant qu'il se calme.

« Demain, dit Soneri en changeant de sujet, retourne voir ton ami des ordinateurs et débrouille-toi pour qu'il te donne le PC de Soncini. Ramène-le chez toi et regarde à l'intérieur. Passe d'abord demander l'autorisation à la Marcotti, et si elle n'est pas là, essaye de convaincre Sauro.

— Vous pensez qu'on peut trouver quelque chose d'intéressant dans son ordinateur ?

— Non, mais on ne sait jamais.

— *Dottore*, vous ne m'avez pas dit que Soncini lui avait apporté l'ordinateur de son bureau il y a quelques jours ? Vous savez pourquoi ?

— Tu sais bien que je ne me souviens pas de ce genre de choses… Il était cassé, je ne sais plus…

— Excusez-moi de vous dire ça, insista timidement Juvara, mais vous devriez vous intéresser davantage à cet univers : c'est fondamental, pour le métier qu'on fait…

— Je sais, je sais… l'interrompit Soneri, davantage agacé qu'en colère. Mais moi, maintenant, je suis trop vieux pour apprendre, je préfère me garder mes méthodes.

— *Dottore !* Arrêtez ! Vous êtes encore jeune ! C'est juste un peu de paresse intellectuelle, insista Juvara. Vous le saviez que Capuozzo prenait des cours d'informatique ?

— Voyez-vous ça ! Il ferait mieux d'en prendre pour améliorer son QI, malheureusement, ça n'existe pas.

— Il faudrait aussi apprendre un peu d'anglais…

— Juvara, s'il te plaît, arrête de me casser les couilles ! s'énerva Soneri. Tu sais plutôt ce que tu vas faire ? Tu vas venir avec moi chez les Roms de Cortile San Martino pour vérifier s'il y a encore des taureaux.

— Mais, avec ce brouillard… Il est bientôt vingt-deux heures… balbutia l'inspecteur.

— Ils feront la grasse matinée », abrégea le commissaire.

Ils empruntèrent les mêmes routes étroites de la *bassa* que le soir où tout avait commencé.

« Si c'est une punition, grommela Juvara, je la trouve vraiment lourde.

— Ne sois pas idiot, répondit Soneri, je voudrais entendre Manservisi. J'ai l'impression qu'on peut se piocher une bonne carte, chez ces Roms italiens.

— Je ne comprends pas…

— Rien, rien… C'est un langage codé que Sbarazza m'a appris, un aristo très excentrique. »

Juvara ne répondit pas, soulagé que le commissaire ne soit pas en colère contre lui.

Soneri rata l'indication de la décharge, et son tête-à-queue donna des sueurs froides à l'inspecteur. Le terrain n'avait pas bougé, hormis une plus grosse quantité de déchets accumulés à côté des poubelles. Le campement était désert et le feu, quasiment éteint : quelques braises rougies dans un lac de cendres. À l'intérieur des caravanes, des écrans de télévision scintillaient. Le commissaire gara la voiture et s'avança, suivi de Juvara. On vit apparaître des têtes d'enfants derrière les vitres tandis que plusieurs portes s'ouvraient et se refermaient rapidement. Une minute plus tard, Manservisi fit son apparition, avec son Borsalino sur la tête et son allure tranquille d'homme que personne n'attend.

« Salut », dit-il en s'arrêtant en face de Soneri tandis qu'à l'arrière-plan les éclairages de la station-service et de l'hypermarché jaunissaient le brouillard.

La musique avait disparu, la fête foraine avait, elle aussi, démobilisé.

« Il a dû se passer quelque chose de grave pour vous faire braver le brouillard à cette heure. Encore un mort ? s'informa Manservisi, intrigué.

— On vient prendre des nouvelles de Mariotto », répondit le commissaire.

L'autre éclata de rire.

« Vous plaisantez ?

— Pas du tout. »

Le Rom reprit son sérieux ; il paraissait assez tendu.

« Pour le moment, c'est vous qui plaisantez, continua Soneri.

— Moi ? Mariotto vous a dit ce qu'il savait. On a tout dit, qu'est-ce que vous voulez de plus ?

— Que vous arrêtiez de vous foutre de ma gueule avec l'histoire du taureau et du coup de corne, répliqua le commissaire. Vous savez très bien que c'est faux. Mariotto s'est fait cogner.

— Commissaire, dans le brouillard, on voit tellement de choses qui n'existent pas… Demandez-lui directement !

— Ne dites pas de bêtises, reprit Soneri. On l'a sûrement menacé, d'ailleurs, vous aussi vous l'avez forcé à ne rien dire. Sans compter qu'aucun juge n'accepterait un déficient mental pour témoin.

— Je n'ai rien imposé du tout, je défends ma communauté. C'est tout.

— En vous taisant ? Pourquoi les Roumains se sont carapatés ? Vous avez dû vous engueuler bien comme il faut, insista le commissaire.

— Le monde est vaste, y a de la place pour tout le monde, balança Manservisi en confirmant implicitement.

— Pas tant que ça, releva le commissaire, si tout se passe aux alentours. On jette un corps brûlé devant votre campement, un des vôtres s'enfuit précipitamment après un vol ridicule, un autre se fait cogner et s'invente un coup de corne… résuma Soneri. Les coïncidences ne manquent pas…

— Qu'est-ce que vous soupçonnez, à la fin ? s'impatienta l'homme.

— Que vous en savez beaucoup plus que ce que vous m'avez raconté », clarifia le commissaire.

Manservisi souffla tandis que l'on distinguait un va-et-vient et des grognements dans l'obscurité. Ils avaient dû parquer un des porcs égarés.

« Quoi qu'il en soit, reprit Soneri, la perquisition des carabiniers chez vos anciens voisins a révélé un gisement d'or. La juge pourrait ordonner la même chose ici, le menaça-t-il en bluffant.

— Allez-y, faites-le, le défia Manservisi avec assurance, nous, on ne s'occupe pas de ça. Il y a des gens qui travaillent ici, et nos drôles vont à l'école.

— Où finit l'or des Roumains ?

— Qu'est-ce que vous voulez que j'en sache ? reprit l'homme. Si vous aviez de la marchandise en or, vous en feriez quoi ? De la marchandise spéciale, j'entends, des bijoux poinçonnés.

— Comme une signature de tableau… raisonna Soneri.

— Sauf que c'est plus facile de transformer un poinçon sur de l'or qu'une signature sur un tableau, suggéra Manservisi.

— C'est vrai, reconnut le commissaire, l'or prend de nombreuses formes. »

Soneri resta planté à regarder l'autre s'en aller aussi tranquillement qu'il était venu. Juvara s'était approché du feu pour se réchauffer.

« On y va ! » le héla Soneri en remontant dans la voiture.

L'inspecteur courut gauchement vers la portière, plus soulagé que jamais.

« D'après toi, qu'est-ce qu'il a voulu dire avec cette phrase ? demanda le commissaire après qu'ils se furent engagés dans le brouillard.

— Qu'on peut fondre et transformer les objets en or pour que les victimes ne les reconnaissent pas, interpréta l'inspecteur.

— Bravo ! le félicita Soneri. Je vois que tu commences à avoir un esprit d'enquêteur. Demain, essaye de voir s'ils ont noté une recrudescence de vols de bijoux à Suzzara, poursuivit le commissaire. Renseigne-toi aussi auprès des collègues de Cortile San Martino. »

Lorsqu'ils arrivèrent en ville, un portable sonna. Juvara s'agita un moment avant de se saisir de l'appareil.

« C'est le vôtre, conclut-il, on a la même sonnerie.

— Soneri, débuta la Marcotti, j'ai fait conduire nos deux poseurs de bombe en prison. Je voulais vous dire : si vous avez l'intention de les interroger, j'y serai demain matin à neuf heures.

— Ils ont parlé ?

— Non, rien. Comme les deux autres. Ils soutiennent qu'on les a percutés, expliqua la magistrate.

— Il faut trouver le moyen de les faire parler, reprit Soneri. Il faudrait peut-être les convaincre…

— Oubliez ça tout de suite, commissaire ! Ce ne sont pas les premières bandes de l'Est dont je m'occupe, ils ont un sens de l'omerta encore plus fort que les Italiens.

— Alors, on n'a plus qu'une carte à jouer, conclut Soneri.

— Laquelle ?

— Medioli. Je l'ai invité à collaborer, il s'est peut-être décidé. Il ne fait pas partie de la communauté tsigane, il n'obéit pas à leurs traditions. Appelons-le un infiltré.

— Vous pensez qu'il va collaborer ? Il a l'air complètement gâteux.

— On peut toujours essayer », abrégea le commissaire.

Il déposa l'inspecteur à l'entrée de son immeuble.

« *Dottore*, demain matin, je vais au bureau à la première heure et je me déchaîne pour faire mes recherches sur Internet, annonça Juvara.

— Tu ne penses qu'aux ordinateurs ! Tu ne pourrais pas passer directement au bureau des plaintes ? C'est toujours mieux de parler de vive voix. Il n'y a que deux étages à monter ! grommela Soneri.

— Comme vous voulez, commissaire, mais vous négligez trop les outils informatiques.

— Juvara, encore ? s'agaça Soneri en soufflant. N'oublie pas ton ami Sauro, au moins, avec lui, tu pourras laisser libre cours à ton imagination. »

L'inspecteur se mit au garde-à-vous et ferma la portière. Le commissaire redémarra d'un coup sec et décida de se rendre chez Angela. Il avait envie de la voir et de passer la nuit avec elle. Il se gara en bas de son immeuble et lui téléphona, mais elle ne répondait pas. Il essaya ensuite sur son portable, mais il était éteint. Son désir frustré lui donna de mauvaises pensées. Il se remit à jouer au flic en échafaudant tout un tas d'hypothèses sur le silence de sa compagne, et dérapa immanquablement vers les pires conclusions. Il était fatigué de lutter contre le mystère. D'abord dans son travail, et maintenant dans sa vie. Sbarazza avait beau dire : Soneri en avait assez.

Il retourna chez lui, mais il changea d'avis devant ses escaliers. Il avait besoin de marcher et de fumer un *toscano* pour évacuer son inquiétude. Il parcourut la via d'Azeglio, dompté par le brouillard qui soufflait dans son dos. Des groupes de Noirs et de Maghrébins débouchaient parfois dans la rue déserte en brisant le silence de leurs éclats de voix. Il rejoignit la piazza Garibaldi, s'engagea dans la via Farini et tourna vicolo Politi en direction du tribunal. De nombreuses voitures stationnaient encore devant, sans doute celles des magistrats. Angela avait peut-être été retenue par un interrogatoire. Il fit les cent pas pendant un petit moment avant de voir sortir la Marcotti en compagnie du procureur, de Capuozzo et de l'adjudant Santurro. Personne ne l'avait averti de la réunion, ça n'était pas un bon présage. À moins qu'ils aient seulement évoqué la bombe de la Golden ?

Il reprit son chemin en évitant de penser à la journée suivante qui gronderait du matin au soir. Il était fatigué, déçu et frustré. En un mot, il n'en pouvait plus. Dès qu'il arriva chez lui, son téléphone sonna.

« Tu as essayé de me joindre ? annonça Angela.

— Tu me parles comme si j'étais le président de l'ordre des avocats.

— Excuse-moi, mais je n'ai pas une minute à moi. J'ai bossé tard, je suis claquée.

— Moi aussi. Et pas seulement à cause du boulot.

— C'est-à-dire ?

— Je n'y arrive plus. Tu ne réponds jamais, je n'arrive pas à te parler. Et quand tu me réponds, tu es froide.

— Je te le répète : je bosse comme une dingue !

— Et moi, je te dis que ça ne me convient pas. Tu dois choisir, Angela. Tu dois prendre une décision. Je sais que tu le vois encore… Ce soir, vous étiez au bar à vins. »

Il y eut une pause. Soneri aurait tellement voulu qu'elle le démente, mais au lieu de ça, elle lui rétorqua calmement :

« Tu recommences à jouer au flic avec moi ?

— Tu te trompes, c'est un pur hasard. Mais il se trouve que je crois aux coïncidences.

— Tu radotes… Avec le métier que tu fais, tu ferais mieux de ne pas trop voyager en imagination.

— Angela, je parle sérieusement : je ne peux pas continuer comme ça. Cette situation me fait trop souffrir. »

Elle soupira.

« Je suis désolée, je ne veux surtout pas te faire souffrir, mais je ne suis pas encore en état de décider. Tout est beaucoup trop confus. »

Il aurait voulu lui suggérer de laisser faire les événements à l'instar de Sbarazza, mais il conserva le silence. Ce fut elle qui reprit :

« J'ai toujours envie de te voir », dit-elle en baissant la voix.

Soneri n'y comprenait rien et savait qu'il n'y avait rien à comprendre. Il fallait vivre le moment présent, le décharner jusqu'à la moelle sans chercher à savoir de quoi demain serait fait.

CHAPITRE 17

Juvara travaillait déjà depuis deux heures quand le commissaire arriva au bureau.

« Vous aviez raison, démarra-t-il, Suzzara a connu une recrudescence de vols de bijoux ces dernières semaines. Mais la chose la plus intéressante vient des collègues du bureau des plaintes : des maisons ont été dévalisées dans la zone de Cortile San Martino et on ne compte plus les voitures visitées sur le parking du restoroute.

— Une industrie ! s'exclama Soneri.

— Le fait est qu'ils n'ont pas non plus épargné les églises, précisa l'inspecteur.

— Les églises ?

— Quatre paroisses ont été cambriolées en l'espace de deux mois, expliqua Juvara. Et à chaque fois, ils ont emporté les objets en or.

— À Suzzara aussi ?

— Pas que j'en sache, peut-être parce qu'ils ne sont pas là depuis longtemps… »

Quelques minutes plus tard, le téléphone sonna.

« *Dottor* Soneri, je vous passe le *dottor* Capuozzo », annonça la secrétaire du questeur.

La journée ne pouvait pas commencer plus mal.

« Je vous appelle au sujet de l'affaire Iliescu, amorça Capuozzo. Cette enquête me préoccupe, nous n'avons pas la moindre lueur de conclusion, si je ne m'abuse…

— C'est une affaire très compliquée, *dottore*. Au départ, nous ne connaissions pas l'identité de la victime, puis nous avons réussi à établir qu'il s'agissait d'une clandestine en possession du passeport de sa sœur… Enfin, l'affaire du vieux du pullman nous est tombée dessus…

— Bien sûr, je comprends, reprit le questeur. Mais la situation dégénère… Nous en sommes désormais aux bombes ! Qu'allons-nous dire à la ville ? »

Soneri dut se contenir pour ne pas ricaner. Il savait que de gros bonnets s'étaient plaints au téléphone après le scandale provoqué par le mariage, c'était à eux que le patron devait rendre des comptes, sûrement pas à la ville.

« Nous y travaillons, répondit-il mollement. Que ce soit la Marcotti ou moi, nous ne nous épargnons pas.

— J'ai organisé une réunion avec le préfet, le maire et le président du conseil régional cet après-midi même, annonça Capuozzo. Nous devons donner un signal. »

Toujours la même comédie, avec sa meute de bureaucrates, songea le commissaire. Les caméras et les calepins s'agiteraient autour d'une vingtaine d'autorités et témoigneraient des efforts soutenus de la « table ronde pour la sécurité ». Parfait pour une société qui vivait d'apparences.

« *Dottor* Capuozzo, j'espère bientôt vous donner de meilleures nouvelles, répondit le commissaire en s'efforçant de faire preuve de diplomatie. Tôt ou tard, nous piocherons la bonne carte », lâcha-t-il finalement en réalisant à quel point cette expression lui était rentrée dans la tête.

Il raccrocha en s'agaçant et s'inquiéta tout aussitôt. Les appels de Capuozzo étaient d'une vacuité totale, mais lui donnaient toujours un sentiment d'angoisse. Comme un réveil près de sonner.

« Il vous a dit pour la réunion ? demanda Juvara avant de s'en aller.

— Tu le savais ?

— Sa secrétaire a téléphoné ce matin, je venais juste d'arriver. Elle m'a demandé de ne pas vous en parler, parce qu'elle vous rappellerait plus tard. Je me suis dit que ça m'éviterait une demi-heure de mauvaise humeur, expliqua l'inspecteur, avant d'ajouter : Je vais faire un tour chez Sauro. »

Soneri approuva d'un geste, sans le regarder. Il pensait à la réunion et n'avait aucune envie de se perdre en bavardages uniquement dans le but de fournir à la presse un article qui ferait croire à « une forte mobilisation des institutions », comme le disaient les politiques. Il décida cette fois encore de déserter, au risque d'envenimer ses relations avec le questeur. Mais s'il faisait faux bond, à quoi occuperait-il son après-midi ? Il tenta de trouver une raison qui justifiât son absence et sentit subitement sa tête se vider, comme s'il allait s'évanouir. La pensée d'Angela obsédait son esprit.

Il eut envie de lui téléphoner pour répondre à son espèce de mise en demeure de la veille, mais préféra y renoncer, à la fois par orgueil et respect de soi-même. La balle était désormais dans le camp de sa compagne, et il était probable qu'elle ne la renvoie pas. Pour cette ultime partie, tout pouvait en rester là.

Providentiellement, Musumeci entra sans frapper et ramena le commissaire au cœur de son enquête.

« *Dottore*, j'ai ici un rapport de la police roumaine qu'ils viennent de m'envoyer il y a quelques heures, annonça-t-il. Le traducteur vient à peine de le taper.

— Un rapport sur quoi ?

— Ils ont réussi à intercepter la sœur Iliescu : elle travaille dans une boîte de lap dance à Bucarest, et on en sait un peu plus sur le vieux du car.

— Alors ? C'était qui ?

— Le grand-père. Mais le rapport reste incomplet. Il a à voir avec les Roms, ou plus exactement, il est rom.

— Et pourquoi il est venu jusqu'ici en risquant sa vie ?

— La sœur, exposa Musumeci, était très inquiète du sort de Nina ; apparemment, elle avait su par certains de ses compatriotes que le clan lui en voulait.

— Soncini m'a expliqué la raison pour laquelle ils avaient juré de se venger. Mais je ne sais pas s'il a tout dit.

— En tout cas, la sœur a dit qu'elle n'avait pas arrêté de supplier son grand-père d'aller en Italie pour essayer de les réconcilier et d'éviter le pire. Si l'on s'en tient à ce qu'elle a déclaré, elle lui avait aussi donné un beau petit pécule, en plus de lui payer son voyage.

— Il a dû se le picoler, marmonna Soneri. Ou alors, il s'est fait dépouiller : le vieux était à sec.

— Plus logique qu'il ait tout bu, le type était un ivrogne notoire, confirma l'inspecteur. Quoi qu'il en soit, il n'a pas été au bout de sa mission, conclut-il.

— Laisse-moi le rapport, ordonna le commissaire. Je me lirai ça tout à l'heure.

— Vous ne trouverez pas grand-chose de plus que ce que je viens de vous dire », résuma Musumeci.

On frappa à la porte et, un instant plus tard, une jolie policière entra, attirant le regard de l'inspecteur.

« Les journaux, *dottore*, annonça-t-elle en posant un paquet sur son bureau.

— On a fait des sacrés progrès dans la qualité du personnel », se réjouit Musumeci tandis que Soneri feuilletait déjà les quotidiens à la recherche des faits divers.

Les chroniqueurs s'étaient déchaînés : le mariage endeuillé par la bombe de la Golden occupait quatre pages, avec tout ce qu'il fallait de photos dramatiques et de commentaires indignés de la Parme bon teint, « abasourdie par l'escalade de la violence », et exigeant « de qui de droit » de se retrousser les manches pour faire cesser la « dérive de la dégradation de la ville ». Les deux familles n'avaient accepté aucune déclaration et avaient dû se résigner à laisser paraître quelques images volées de leurs visages furibonds à la sortie du *duomo*. Ils n'étaient pas de ceux qui accordent des interviews. Ils se plaindraient directement, massacreraient les rédacteurs et, pourquoi pas, téléphoneraient aux patrons de presse pour exciter les journalistes. Soncini, par contre, avait tenu des propos au comble de l'indignation, trahissant ainsi son lignage inférieur, tout en se plaçant au même niveau que les politiques, les adjoints ou les intellectuels de province. On trouvait également un article consacré à l'enquête qui rapportait les différentes pistes suivies par les enquêteurs, mais on comprenait entre les lignes que l'enquête n'aboutissait pas.

Le commissaire balança les journaux sur son bureau dans un accès de rage. L'hypocrisie de sa ville lui donnait la nausée. Toute cette bonne société prêchant le respect de la justice pour ensuite faire ses petites affaires en se croyant au-dessus des lois… Il regrettait tellement l'âme populaire de Parme, toujours prompte à narguer réactionnaires et bien-pensants en les piquant au vif d'un graffiti caustique en bas de chez eux ou d'une sortie salace du haut du poulailler du *Teatro Regio*. Parme, à l'époque, assassinait en une réplique.

Son téléphone sonna deux fois, et les deux fois, le commissaire se précipita pour répondre : il trépignait de ne pas être dans l'action. Sa demande pour interroger Medioli n'avait toujours pas obtenu d'autorisation définitive et, en attendant, il ne savait de quel côté se tourner.

Heureusement, le retour de Juvara empêcha les mauvaises nouvelles d'infuser.

« *Dottore*, c'était le disque dur, expliqua l'inspecteur.

— Je ne sais pas ce que c'est, confessa Soneri.

— C'est le cœur de l'ordinateur, là où finissent toutes les données : quelque chose comme notre mémoire.

— Soncini a perdu la mémoire ?

— Pas exactement, reprit Juvara. Il ne l'a pas perdue…

— Et alors ?

— Sauro m'a dit que Soncini voulait savoir comment supprimer les traces des opérations de sa machine.

— Et Sauro lui a conseillé de changer ce truc ?

— *Dottore*, c'est le seul moyen. Le disque dur mémorise tout, et si vous êtes un bon technicien, vous pouvez reconstruire toute la vie de l'ordinateur et retrouver toutes ses opérations.

— Enfin une chose intéressante, murmura le commissaire.

— Vous voyez tout ce qu'on peut découvrir avec la technologie ? s'exalta Juvara. On peut échafauder de véritables filons d'enquête avec l'informatique.

— Mais finalement, il lui a changé, son truc ? le coupa Soneri qui se sentait un peu coupable d'avoir continuellement snobé la spécialité de l'inspecteur.

— Oui, il m'a dit qu'il lui avait changé quelques jours après, précisa l'autre. Mais Soncini est revenu en disant que la mémoire n'était pas suffisante et qu'il avait besoin d'un ordinateur plus puissant. En gros, sa motivation n'était plus du tout la même, c'est pour ça que Sauro n'y a pas fait trop attention.

— Il a gardé son ancien disque ? demanda Soneri.

— Il a peur de l'avoir jeté. Il n'a pas beaucoup d'espace, comme vous avez pu le constater. Mais il va regarder et, s'il le retrouve, il me tient au courant.

— S'il l'a jeté, on aura perdu du temps.

— On le saura cet après-midi, conclut Juvara.

— Écoute, reprit Soneri, s'il le retrouve et que ça nous sert à quelque chose, je te promets de m'acheter un ordinateur portable. »

L'inspecteur sourit.

« Je suis sûr que ça vous passionnera.

— En attendant, je t'invite à déjeuner, ça fait des jours que je mange mal.

— *Dottore*, je suis désolé, mais je suis au régime, s'excusa Juvara en sortant une barquette de crudités, avec un petit sachet d'huile pour tout assaisonnement posé sur le couvercle.

— Même un lapin nain refuserait d'y toucher », grommela Soneri en visant l'emballage en plastique d'un air dégoûté.

Juvara se montra à nouveau désolé et pointa son doigt sur son ventre : le cas semblait de force majeure.

En débouchant via Repubblica, le commissaire ressentit le besoin de parler à quelqu'un. Cette sensation nouvelle lui donna la mesure de son découragement. La solitude ne lui avait jamais fait peur, il était comme les chats. Il subissait sans doute les effets de la crise qu'il vivait avec Angela. Il pria donc Alceste de lui installer un bout de table en cuisine. Ils parleraient ensemble pendant qu'il préparerait ses plats. Il aimait bien voir bouillir les casseroles et courir les serveurs, contempler la vapeur qui stagnait au plafond, si semblable au brouillard extérieur.

C'était une journée idéale pour des *anolini* et du bonarda, et Soneri misait sur leurs calories pour reprendre belle erre durant l'après-midi qui s'annonçait hostile.

La chaleur du vin et du bouillon ainsi que le goût suave du saucisson et du jambon d'Alceste eurent l'effet escompté. Il retrouva sa forme sur le chemin de la Questure. Mais en traversant la place, il s'aperçut de l'heure et sa gorge se noua : Angela ne l'avait pas appelé, leur rendez-vous avait sauté. De fait, les deux l'avaient laissé filer : elle, avec son silence hostile et lui, sa fière indifférence. Il arriva à la PJ d'une humeur massacrante, et Juvara se garda bien de lui adresser la parole.

« Du nouveau ? questionna le commissaire au bout d'un certain temps.

— Toujours rien, répondit l'inspecteur.

— Tu as demandé pour les fadettes des portables de Soncini et de son ami Razzini ?

— Oui, *dottore*, mais vous savez comment sont les opérateurs... Ils prennent leur temps. J'ai dû les relancer ce matin alors que la *dottoressa* Marcotti leur avait téléphoné personnellement... » se plaignit Juvara.

Le téléphone sonna et Soneri craignit le pire. C'était en effet la secrétaire de Capuozzo :

« Le *dottore* voudrait savoir si vous avez l'intention de participer à la réunion, dit-elle avec une voix qui trahissait des simagrées.

— Transmettez-lui toutes mes excuses, mais j'attends les résultats d'une investigation importante... Je ne peux pas sortir du bureau, je dois me tenir prêt... » expliqua le commissaire.

La secrétaire lui répondit qu'elle transmettrait et raccrocha. La fortune voulut qu'elle ne tentât pas de lui passer le questeur.

« Et si Sauro ne trouve rien ? insinua Juvara.

— Ça voudra dire que Capuozzo nous déchargera de l'enquête. Après tout, ça ne me déplairait pas, bougonna Soneri. Bon ! En attendant, on va essayer de se piocher la bonne carte, d'accord ? relança-t-il peu après. Jusqu'ici, on n'a eu que des figures, on va bien finir par voir passer un as, dans cette partie !

— Je ne suis pas spécialiste des jeux de cartes, se défendit l'inspecteur. C'est quel jeu ?

— Tu ne connais pas la *briscola* ? s'étonna le commissaire. À chaque fois que je te parle, j'ai l'impression de débarquer du paléozoïque. »

La discussion se termina sur deux œillades embarrassées de Juvara et l'humeur sombre de Soneri. Le silence dans lequel replongea la PJ fut pire encore. On aurait cru à deux marins dans un bateau à la dérive. Les téléphones aussi se taisaient, et si l'un d'eux sonnait, un éclair de curiosité fusait de leurs regards. Tout à coup, Soneri s'impatienta et décida de passer à l'action.

« Donne-moi le numéro de Sauro. »

L'inspecteur le lui écrivit sur un papier et le lui apporta.

« Allô ? Commissaire Soneri, je voulais savoir si vous aviez retrouvé le disque dur, attaqua-t-il en mettant un point d'honneur à prononcer impeccablement le terme technique. Ah oui ? Vous l'avez retrouvé ? Vous alliez nous l'apporter ? Non, ne vous embêtez pas, Juvara va venir le chercher directement. »

Il raccrocha avec une expression satisfaite.

« Celle-là, va falloir la jouer fine, déclara-t-il.

— J'y vais tout de suite, dit l'inspecteur en se levant.

— Je viens avec toi », répondit Soneri en écho et en attrapant son Montgomery.

Plus tard, quand Sauro et Juvara commencèrent à passer au crible la mémoire du disque dur de Soncini, le commissaire se sentit immédiatement hors jeu. Les deux parlaient dans un jargon informatique inconnu à ses oreilles. Les mots qu'il entendait ne le renvoyaient à rien, comme dans une langue sans substantifs.

« On a eu de la chance, s'immisça alors Soneri, si vous l'aviez jeté…

— J'étais sur le point de le faire, vous savez ? lui confia Sauro. D'ailleurs, j'aurais dû, Soncini me l'avait demandé.

— Et vous l'avez gardé ?

— Un de mes clients voulait un ordinateur pour son fils. Vu le prix du neuf, il m'a demandé si je n'en avais pas d'occasion. Du coup, je me suis dit que je pourrais récupérer le disque dur de Soncini. Ça ne me coûtait rien… Je sais que ce n'est pas très correct, mais j'ai démarré petit et j'ai quelques dettes… »

Soneri laissa échapper un rire. Il revoyait Sbarazza lui parler des milliers d'opportunités que la vie nous offrait et de notre capacité à savoir les repérer.

« Si on va au bout de cette histoire, tout ne sera qu'une question de hasards et de coïncidences », murmura-t-il, tout sourire, à Juvara.

Sauro les regarda sans comprendre, puis décida que ça n'avait pas d'importance et se concentra de nouveau sur l'ordinateur.

Soneri resta un moment à les observer. Des myriades de chiffres apparaissaient sur l'écran, des fenêtres remplies de listes et de questions. Régulièrement, l'inspecteur et Sauro échangeaient des phrases incompréhensibles. Au bout d'une demi-heure, le commissaire entreprit de faire les cent pas dans la pièce pour tromper l'ennui, mais l'étroitesse des lieux lui donna rapidement la sensation d'étouffer et il préféra sortir.

« Appelez-moi quand vous aurez trouvé quelque chose », les prévint-il en passant le seuil.

À l'extérieur, il s'alluma un *toscano* et déambula dans les ruelles entre la via Farini et la via Repubblica, déjà plongées dans la pénombre de l'après-midi. Il comprit alors d'où venait son malaise : pour la première fois de sa carrière, il dépendait du travail d'un collègue plus jeune que lui. Certes, Nanetti s'occupait de toute la partie scientifique de l'enquête. Mais Nanetti et lui avaient le même âge, ça ne lui posait aucun problème. Alors que Juvara était à des années-lumière de sa génération. Et par-dessus le marché, l'univers dont il s'occupait lui était totalement étranger. Il en conclut qu'il pourrait quand même apprendre un peu de vocabulaire... Si Capuozzo prenait des cours d'informatique... Jamais il ne s'était senti dépassé à ce point. Un vieux campagnard endurci aussi rouillé qu'un sou tout au fond d'une tirelire.

Juvara le héla depuis le magasin pour lui annoncer de bonnes nouvelles, mais il fut incapable de les accueillir tant son humeur était mauvaise.

« Commissaire ! On a trouvé tout un tas de choses intéressantes ! Je vous l'avais dit : les ordinateurs sont de vrais gisements.

— Je vais bientôt me convertir, grommela Soneri.

— Soncini a fait plusieurs recherches en exploitant certains moteurs...

— Moteurs ? Juvara, parle comme tu manges, pour moi, ce sont les voitures qui ont des moteurs.

— Les moteurs de recherche servent à trouver des informations sur un sujet précis, et en général on les consulte avec un mot-clé.

— Comme pour accéder au terminal ?

— Quasiment. Les moteurs de recherche ont besoin de mots-clés pour afficher les textes qui les contiennent.

— Et quel mot-clé il a utilisé, Soncini ?

— Oh, plein, mais on a découvert qu'il avait fait six recherches avec “femme brûlée”. Ça me paraît assez éloquent, non ? »

Soneri replongea illico dans son humeur mauvaise.

« Très éloquent, commenta-t-il. Et quand est-ce qu'il les a faites, ces recherches ?

— Dans les deux jours qui ont suivi l'homicide, répondit l'inspecteur avec précision.

— Juvara, annonça Soneri, tu as gagné ton pari. Dis à Sauro que j'irai lui acheter un de ces engins ces jours-ci. J'espère qu'il m'aidera à faire le bon choix.

— C'est moi qui vais vous conseiller, promit l'inspecteur. Ensuite, je vous apprendrai comment ça marche, comme ça vous pourrez répondre à Capuozzo quand il vous enverra des mails. »

Le commissaire marmonna finalement avec indulgence :

« Récupère le disque et rejoins-moi à la Questure. »

Sur le trajet, en repensant aux nouveautés découvertes dans ce morceau d'ordinateur, son enthousiasme des premiers instants retomba.

* * *

« *Dottore*, avec tout ça, Soncini est coincé, répéta Juvara d'un air triomphant une fois revenu à la PJ.

— Ce n'est qu'un indice, minora Soneri. N'oublie pas qu'en plus d'être sa maîtresse, Nina était clandestine. Il a fait ses recherches sur Internet parce qu'il ne pouvait pas passer par les voies officielles. Je suppose qu'il a aussi regardé si la presse régionale en parlait.

— Il y a la voiture…

— Volée par des Roumains… dit le commissaire en hochant la tête. Vu ce qu'on a en main, la piste de la vengeance reste aussi valable que ce qu'on vient de découvrir, conclut-il devant un Juvara déçu qui encaissait le verdict. À moins que les fadettes ne nous donnent des indications sur le chemin à suivre, précisa-t-il ensuite.

— Il faut absolument que je les ai demain, s'entêta l'inspecteur, quitte à me déplacer en personne chez l'opérateur.

— Sois patient, la réalité est plus complexe que vos machines, ajouta le commissaire. Les ordinateurs sont rapides parce qu'ils fonctionnent avec des nombres, pas avec des humains.

— *Dottore*, j'ai comme l'impression d'une histoire pourrie. Vous pensez qu'on va pouvoir sauver quelqu'un ?

— Avons-nous jamais eu affaire à des histoires édifiantes ?

— Celle-là me semble plus dégueulasse que les autres.

— Je sauve seulement Nina, conclut Soneri, parce qu'elle voulait sortir de la misère, et de toutes les épreuves qu'on lui faisait subir.

CHAPITRE 18

Il resta au bureau en faisant semblant de travailler jusqu'à ce que Juvara lui demande timidement s'il pouvait y aller :

« *Dottore*, si vous n'avez plus besoin de moi…

— Vas-y, vas-y », le congédia Soneri avec un sourire de gratitude.

Mais Juvara parti, il s'effraya du vide de la soirée qui l'attendait. Il décida de sortir plus tard, quand il ne rencontrerait plus grand monde, de rares passants solitaires, comme lui.

Il passa par le bar à vins et ne vit pas celui qu'il redoutait de rencontrer. Il commanda à Bruno un cornet de *grana* et de tranches de *coppa*, puis se mit à flâner en chemin vers chez lui. Il trouvait Parme magnifique les nuits d'hiver, en dépit des outrages qui la défiguraient au plus profond de son âme. Elle résistait encore sous son visage jaune paille, impassible devant le torrent de vulgarité qui la traversait, et Soneri continuait à garder en son cœur sa ville de jadis en s'efforçant de la retrouver au détour de ses portes cochères, de ses façades ou des aperçus biscornus des toits de l'Oltretorrente. Tandis qu'il se laissait doucement retomber dans la maladie du souvenir, il serra son portable dans l'espoir d'un signe du présent. Angela échouerait-elle bientôt dans un coin de sa mémoire, comme le laissait supposer son silence obstiné sur l'avenir de leur relation ?

Il poursuivit son chemin jusqu'au piazzale della Pace, là où l'avait surpris l'appel de Juvara qui avait déclenché l'enquête quelques jours plus tôt. Cela semblait si loin. Il y repensa avec nostalgie : après tout, sa vie d'alors était moins en morceaux qu'aujourd'hui. La sonnerie de son téléphone acheva son impression de revivre la situation. On en était plus ou moins au même point. Musumeci le mit au courant des dernières évolutions de l'affaire Candiani : Nina était bien celle qui lui avait fait perdre la tête.

« Commissaire, cette fille était une furie avec les hommes ! s'exclama l'inspecteur, tandis que Soneri imaginait les expressions plus colorées qu'il avait dû employer avec d'autres agents. Et pour être au niveau, ils devaient sniffer en permanence. »

Il s'en était désintéressé : qu'une bonne part des amants de Nina soit cocaïnomane dans ce monde de nantis dépourvus d'émotions n'avait rien d'exceptionnel. Cela compliquait seulement les choses. Ils étaient trop nombreux à désirer cette fille, trop nombreux à en tirer de la frustration. Il se hâta de rentrer chez lui : une fois encore, il lui faudrait laisser courir les événements.

Le lendemain matin, ceux-ci se précipitèrent. La liste des appels de Soncini et Razzini le soir du crime était arrivée. Le premier avait débranché son portable autour de vingt-deux heures et l'avait rallumé deux heures plus tard. Une première antenne, à Cortile San Martino, l'avait borné, puis une seconde dans les environs de Lodi. En revanche, la dizaine d'appels et de textos de Razzini avaient tous été bornés par une antenne de la zone sud de Côme. L'alibi de Soncini ne tenait pas : de toute évidence, l'homme n'était pas resté toute la soirée en compagnie de son ami.

« *Dottore*, pour moi, tout les accable, conclut Juvara. Et là aussi, grâce à l'informatique », s'empressa-t-il de souligner.

Soneri mit un temps à répondre.

« Je n'y suis toujours pas, marmonna-t-il. J'ai l'impression d'avoir trouvé le fil, mais à chaque nouveau pas, mes doutes augmentent.

— Moi qui étais convaincu d'avoir pioché l'as, regretta l'inspecteur. Tout du moins, c'est ce que j'espérais.

— C'est la voiture qui cloche. Cette BMW volée.

— Commissaire, on se repose sur le témoignage d'un alcoolique…

— D'accord, mais qui en connaît un rayon sur les voitures…

— C'est peut-être le même modèle, risqua Juvara.

— Elle avait un cheval sur le flanc, tu te souviens ?

— L'emblème du club hippique Cerreto, murmura l'inspecteur.

— Tu as la liste des associés ? Essaye de voir si quelqu'un possède le même modèle que Soncini, suggéra le commissaire avant de se lever et de s'approcher du bureau de l'inspecteur pour prendre le dossier avec les documents et se mettre à l'éplucher.

— Je peux vous aider ? se proposa Juvara.

— Je cherche le numéro du Cerreto, répondit Soneri. Toi, appelle l'établissement du côté de Côme où Soncini a déclaré avoir passé la soirée avec son ami, et demande au patron comment Razzini est rentré.

— Dans quel sens ?

— S'il est rentré avec sa voiture ou s'il s'est fait raccompagner. »

Ce disant, Soneri se saisit de son téléphone pour composer un numéro. Juvara le vit agir avec sa détermination des meilleurs jours et le soupçonna d'avoir une hypothèse précise en tête. Mais, au contraire de ce qu'il imaginait, il l'entendit appeler Nanetti.

« Écoute, c'est quel modèle exactement, la BM volée à Soncini ? Comment tu dis ? Une 520 Turbo Diesel 2005 ? »

Sans reposer le combiné, il composa un autre numéro.

« Allô ? Le FNI ? Je voudrais parler au *dottor* Ronchini, s'il vous plaît, de la part du commissaire Soneri. Salut, Eugenio, comment ça va ? Dis-moi, j'aurais besoin d'un service : tu pourrais me vérifier les voitures que possède Arnaldo Razzini, tu sais, l'avocat ? »

Tandis qu'il patientait, le commissaire fixa Juvara, lui aussi concentré sur son coup de téléphone. Ronchini reprit la ligne quelques minutes plus tard.

« Comment ? Une Fiat Punto et une BMW 520 Turbo Diesel décapotable ? Merci, tu m'as rendu un fier service. »

Soneri et l'inspecteur raccrochèrent en même temps, mais le commissaire redécrocha si vite que Juvara n'eut même pas le temps d'ouvrir la bouche.

« Musumeci, va faire un saut chez Razzini, à son bureau ou à son domicile, et jette un œil à sa BMW : modèle décapotable 520 Turbo Diesel noir. Vérifie si tu trouves un autocollant avec un cheval au galop. Tiens-moi rapidement au courant.

— Commissaire, vous soupçonnez... » balbutia Juvara.

Soneri acquiesça.

« Je soupçonne que le cadavre de Nina n'a pas été déchargé de la voiture de Soncini, mais de celle de son ami Razzini. Ils ont la même voiture, Mariotto ne s'est pas trompé.

— Le patron du bar de Côme m'a dit que Razzini était rentré chez lui avec une de ses connaissances, un *habitué*[1]. Ils l'ont vu monter avec lui dans sa voiture vers une heure du matin, il était assez éméché.

— En fait, compléta Soneri, cet *habitué* a dû raccompagner Razzini parce que ce soir-là Soncini était à bord de la BM de l'avocat.

— Cette fois, on ne peut plus avoir de doutes, conclut Juvara avec autorité.

— On a enfin un premier élément sur lequel s'appuyer, lui répondit le commissaire. Cela dit, il nous reste pas mal d'incertitudes. N'oublie pas qu'une affaire n'est jamais terminée, excepté d'un point de vue judiciaire. Il est vrai que ça pourrait nous suffire. »

L'arrivée des journaux fit rapidement retomber leur satisfaction : on y déversait une nouvelle charge d'accusations émanant à la fois de la mairie et de la Questure. C'était au tour du préfet d'intervenir en prenant le parti « des gens » et en se montrant partisan d'un « retour à l'ordre, que de récents faits divers avaient perturbé ».

1 En français dans le texte.

« Quelle bande de combinards ! » grinça Soneri.

Ces rengaines le faisaient vomir. Une ville entière à prêcher, comme si la « société civile » qui s'agitait en continu n'était constituée que de saints.

« Ils chient par terre comme leurs clébards, et après, ils pleurent parce que c'est sale ! » renchérit-il, en balançant une nouvelle fois les journaux sur son bureau.

Par-dessus le marché, des rumeurs insinuaient que Capuozzo était furieux du faux bond de Soneri et qu'il l'avait dans le collimateur.

« Ne vous mettez pas la rate au court-bouillon, le tranquillisa la Marcotti au téléphone. Jusqu'à preuve du contraire, c'est moi qui coordonne l'enquête et qui choisis personnellement la personne à qui je confie l'affaire. Laissez Capuozzo brailler. »

Voilà enfin une femme rassurante, songea Soneri, en se répétant qu'il aurait bien aimé épouser une femme comme elle.

« *Dottoressa*, j'ai besoin d'un mandat de perquisition pour la voiture de Razzini, je soupçonne quelqu'un de l'avoir utilisée pour l'homicide.

— Expliquez-vous.

— Soncini a fait des recherches sur Internet en utilisant des mots-clés compromettants alors que très peu de gens étaient au courant du meurtre. On vient aussi de découvrir que Razzini et lui avaient la même voiture, avec ce même emblème du cheval au galop, et on vient d'apprendre par l'établissement de Côme où l'avocat et Soncini disent avoir passé la soirée, le même soir, donc, que l'assassinat de la Iliescu, que Razzini s'était fait raccompagner par une de ses connaissances. Vous me suivez ?

— Parfaitement. À propos, je voulais vous dire que le chef des Roms arrêtés à Suzzara par les carabiniers pour l'affaire de l'or soutient que les deux garçons qui conduisaient la voiture n'ont rien à voir avec l'histoire et qu'il va rapidement nous le prouver.

— Attendons, alors… répondit Soneri. *Dottoressa*, ajouta-t-il dans la foulée, je vous laisse mettre le questeur au courant ? Vous savez qu'en ce moment nos relations ne sont pas des plus cordiales.

— Ne vous inquiétez pas, je vais me le travailler », abrégea-t-elle en raccrochant.

Le commissaire l'aurait presque embrassée. Enfin soulagé, il releva la tête et croisa le regard de Juvara.

« *Dottore*, le moment est venu de serrer la bride de ce Soncini. »

Mais Soneri redevint sombre.

« Pourquoi ? » chuchota-t-il.

Le mobile, l'un des paramètres essentiels d'un homicide, lui échappait. Nina voulait-elle le quitter ? Elle avait fréquenté tant d'hommes… Ou était-ce Soncini qui ne parvenait pas à s'en débarrasser ? Elle ne semblait pourtant pas femme à s'enfoncer dans les regrets, ni à les pimenter d'un zeste de chantage… Il avait beau retourner la question dans tous les sens, il ne comprenait pas ce qui avait poussé Soncini à commettre ce meurtre.

Le coup de fil de Musumeci le tira de ses réflexions.

« Commissaire, je vous confirme la présence de l'emblème du club hippique sur l'aile de la BMW, annonça l'inspecteur.

— Reste où tu es, je t'envoie Nanetti.

— Mais il faudra l'autorisation…

— Elle ne va pas tarder. »

Il appela immédiatement la Marcotti :

« *Dottoressa*, c'est confirmé, on a trouvé le même cheval sur la voiture de Razzini…

— Procédez, je vous signe le mandat. »

Il fit ensuite le numéro de Nanetti.

« Je te sens en forme, commenta son collègue, tu vas bientôt conclure ?

— J'ai peut-être trouvé l'assassin de Nina, répondit le commissaire.

— C'est tout ? Je voulais parler d'autre chose, et toi, tu me parles d'affaires courantes. »

Il l'aurait bien envoyé au diable, mais ce n'était pas le moment.

Les premiers résultats arrivèrent deux heures après. On avait trouvé des traces d'essence dans le coffre de la BMW, tombées probablement du jerrycan qui avait servi à asperger le cadavre. En outre, et malgré le nettoyage soigneux de la voiture, le luminol avait révélé des traces de sang sur les tapis de sol. Les examens diraient s'il s'agissait du sang de Nina, mais en attendant, ces premiers résultats suffisaient.

La Marcotti tira ses conclusions un sandwich à la main, en compagnie de Soneri et Nanetti, dans un bar du centre-ville, après une matinée de travail sur la voiture de Razzini :

« Il me paraît évident que les éléments sont accablants, mais au vu de la situation, nous n'avons que des indices. Ça me suffit pour le mettre en détention, mais au procès, ce sera une autre chanson. »

Le commissaire n'était pas le dernier à douter et à être insatisfait. Il avait cru empoigner Soncini, en réalité, il ne le retenait que par le pan de sa veste. L'affaire lui paraissait de plus en plus trouble. Elle ne sentait pas bon, et l'on ne comprenait pas d'où venait l'odeur des miasmes qui se répandait dans l'atmosphère.

« Si vous voulez un conseil, reprit la Marcotti en secouant d'un coup sec sa chevelure blanche, continuez votre travail, nous n'avons pas encore touché le fond. Dans tous les cas, vous connaissez le prochain coup, lança-t-elle en attendant la confirmation de Soneri.

— Soncini, répondit ce dernier.

— Passez tout de suite à mon bureau, je vous signe l'ordonnance de placement. »

On aurait dit qu'il s'y attendait. Razzini avait dû prévenir son ami avant l'arrivée de la police. Toujours est-il que Soncini avait le teint d'un homme malade et qu'il n'affichait plus son air de baroudeur qui mettait mal à l'aise. Sa barbe de trois jours, ses cheveux gras avachis sur un crâne paraissant soudainement minuscule et pointu, ses joues sillonnées de rides sur sa peau tannée, tout donnait l'impression d'un homme ayant vieilli d'un coup. Il n'arborait même plus l'expression combative et distante que le commissaire lui avait connue lors de leurs premières entrevues. L'homme semblait résigné à se laisser aller sans la moindre résistance.

« La situation est mauvaise », débuta Soneri après avoir passé un petit moment à faire semblant de lire des papiers.

En réalité, il savait tout par cœur, mais il prenait son temps pour tenir l'autre en haleine. Il s'attendait à des dénégations ou à des tentatives d'échappatoire, mais au contraire, Soncini murmura :

« Oui, je m'en rends compte. »

L'avocat qui l'accompagnait, un jeune homme qui aurait pu être son fils, demeurait étonnamment muet.

Le commissaire prit sa passivité pour un signe d'assentiment et cogna sans détour :

« Pourquoi vous l'avez tuée ? »

Il s'était posé la question des dizaines de fois sans réussir à en comprendre le motif et, maintenant, il la posait directement à l'assassin. Mais ce dernier ne donna pas de réponse.

« Je ne voulais pas, c'était un accident, dit Soncini dans un murmure.

— Bobards ! » siffla Soneri dans un état de rage qui le surprit lui-même.

La silhouette de la jeune femme enceinte avait surgi sans prévenir et s'était superposée au souvenir d'Ada.

« Vous avez tout prémédité, reprit-il en tentant de contrôler sa voix dont les intonations transpiraient la colère. Vous avez emprunté la voiture de votre ami Razzini pour rejeter la faute sur ceux qui ont volé la vôtre. J'en suis même à penser que vous connaissiez l'identité des voleurs…

— C'était un hasard, protesta l'homme. Razzini avait trop bu. Nina m'avait téléphoné en me suppliant de nous voir le plus vite possible. Alors, j'ai emprunté la voiture de mon ami, parce que, de toute façon, il n'était plus capable de la conduire. Vous croyez que j'ai fait exprès de prendre la même voiture que la mienne ?

— C'était le meilleur moyen de ne pas vous faire soupçonner, rétorqua Soneri.

— C'était un accident, répéta Soncini. C'est vrai, je suis parti de Côme avant dix heures, je ne le nie pas.

Mais Nina me harcelait au téléphone, alors j'ai fini par lui donner rendez-vous à Parme, dans un bar à côté du péage de l'autoroute. Après, j'ai éteint mon téléphone. Elle était très agitée, elle n'arrêtait pas de répéter qu'elle avait quelque chose de très important à me dire.

— Agitée comment ? Elle avait peur ?

— Non, émue, excitée. Comme si elle avait le trac, et contente, en même temps, expliqua Soncini. Quand on s'est vus, elle m'a sauté dans les bras comme une petite fille et elle m'a dit… Enfin, elle m'a dit qu'elle attendait un enfant. Elle venait d'avoir les résultats du test, ceux qu'on achète en pharmacie.

— Et vous, vous ne l'avez pas bien pris… » supputa le commissaire.

L'homme eut un léger rictus.

« Non, je ne l'ai pas bien pris, confirma-t-il. Ça se comprend, non ? Je suis un homme marié…

— Je n'ai pas l'impression que votre mariage vous empêche de prendre du bon temps… objecta Soneri avec perfidie.

— Non, répondit Soncini. Mais il n'y avait jamais eu d'enfants entre nous.

— Vous voulez dire que vous vous étiez mis d'accord ?

— Nina m'a toujours dit de ne pas m'inquiéter. Du reste, avec la vie qu'elle menait… Je ne suis même pas sûr que l'enfant soit de moi… marmonna l'homme avec mépris.

— Pour résumer, vous pouviez vous prendre toutes les libertés dont vous aviez envie, pourvu que vos aventures restent clandestines. Quoi de plus dépassé et banal que les escapades. Avec votre femme aussi, le contrat était clair, je suppose… Étant donné qu'il ne se passait plus rien, d'après ce que j'ai compris… »

Soncini acquiesça lentement.

« Nina voulait le garder », lâcha-t-il ensuite, comme s'il s'était agi de la plus grosse énormité qu'on pût imaginer.

Soneri dut faire un effort pour se contenir. Cet interrogatoire lui tapait sur les nerfs, il voulait lui casser la gueule.

« Vous pensez qu'il est plus facile pour une femme d'avorter ou de garder un enfant ? Je parle aussi d'une femme comme Nina, avec ce genre de vie.

— Elle exigeait qu'on se marie, que je largue tout », pleurnicha-t-il.

Il devait s'agir d'une autre énormité : dire adieu à ses clubs sélects et ses vacances de luxe, aux amis fortunés…

« Vous avez donc décidé d'en finir : la mère et l'enfant d'un seul coup, ricana Soneri en fendant l'air du tranchant de la main pour imiter la guillotine.

— Non ! Je vous répète que c'était un accident ! » protesta l'homme tandis que son avocat manifestait des mouvements d'impatience.

Le commissaire lui fit signe de se calmer.

« Alors expliquez-moi comment ça s'est passé.

— On a beaucoup discuté et on s'est énervés, reprit Soncini. Nina était déterminée, elle disait qu'elle en avait marre de vivre comme ça, qu'elle était jeune, qu'elle voulait une vie normale. Moi, je lui ai répondu qu'elle m'avait pris au piège, parce qu'un enfant, ça se fait à deux. Alors elle s'est mise à m'insulter, elle criait que je profitais d'elle, que j'avais la belle vie alors qu'elle, elle se battait pour sortir de la misère. On était de plus en plus énervés, les gens du bar ont commencé à nous regarder. Alors, on a pris la voiture et on a commencé à rouler avant de s'arrêter dans un endroit à l'écart, pas très loin de Lemignano. Je lui ai posé un ultimatum : ou elle avortait ou tout était fini entre nous, elle n'avait qu'à le mettre sur le dos d'un des types avec qui elle avait couché. Elle ne pouvait pas raconter que Candiani l'avait violée ? Qu'est-ce que ça pouvait faire ? Elle pouvait lui intenter un procès et se faire un peu de fric, non ? Puisque tout le monde savait qu'elle avait couché avec lui. Mais non, c'était moi qu'elle voulait. Elle voulait me détruire. Alors, je l'ai giflée, je lui ai foutu deux claques, histoire de me faire comprendre et qu'elle se calme. Mais au lieu de ça, elle est descendue de la voiture comme une furie et elle a filé dans le brouillard en hurlant que toute la ville serait au courant. Qu'elle le raconterait à tout le monde. On aurait dit une folle. Je l'ai suivie, mais je ne pensais pas que je la rattraperais. À un moment donné, j'ai trébuché sur elle parce qu'en courant elle s'était pris une barrière qu'on ne voyait pas à cause du brouillard. Elle en a profité pour me foutre un coup de genou dans les couilles, je n'y voyais plus rien. J'avais un peu trop sniffé ce soir-là, je ne le nie pas. J'étais impulsif, je ne me maîtrisais plus. Alors c'est vrai, je l'ai frappée comme j'aurais pu frapper un homme, et elle a volé en arrière comme si l'air l'avait déplacée. Je lui ai balancé un uppercut sous le menton. Et elle s'est pris la barrière en fer en plein milieu de la nuque. Tout s'est passé tellement vite… Quand je me suis arrêté pour reprendre mon souffle, je n'arrivais pas y croire, avec tout ce brouillard, il y avait un silence de plomb… J'ai tout de suite compris qu'elle était morte, alors j'ai eu peur et j'ai sniffé les deux grammes de coke qui me restaient. Au point où j'en étais, j'ai pensé, *si j'y passe, je m'en fous*, je n'avais plus aucun espoir. Mais bizarrement, la coke m'a calmé, et j'ai commencé à réfléchir. J'ai traîné le corps dans un champ, je suis passé à l'usine, j'ai pris un bidon qui nous sert pour les solvants, et une toile d'emballage. J'ai rempli le bidon d'essence dans une station-service et je suis reparti pour charger Nina. Un quart d'heure plus tard, elle était dans le sac. Je l'ai mise dans le coffre, je suis revenu à l'usine et je suis passé par-derrière, là où l'entreprise de transport fait brûler ses palettes sur un genre de talus. J'avais encore une heure devant moi avant que le vigile fasse sa ronde, à minuit. L'essence fait rapidement son boulot : des grandes flammes pendant quelques minutes, ensuite, ça s'éteint rapidement. Avec tout ce brouillard, il n'y avait pas beaucoup de chances qu'on me voie. J'ai attendu que le cadavre se refroidisse avant de le remettre dans la toile. Là aussi, c'était rapide, à cause de la température ambiante. J'ai allongé le corps sur le siège arrière et j'ai pris l'autoroute. À Cortile San Martino, je savais qu'il y avait des baraques de Roms, et comme Nina était clandestine, ça m'a donné l'idée de la laisser là. Les autoroutes sont les endroits les plus anonymes du monde. Tout le monde prend l'autoroute ! Je ne pouvais pas prévoir qu'un accident aurait lieu tout de suite après, sur le même tronçon. Si l'accident n'avait pas eu lieu, on aurait mis du temps à la retrouver. »

Soncini s'écroula dans le fauteuil comme s'il allait s'évanouir, l'air encore plus défait et mal en point qu'avant. Soneri laissa le silence souligner la gravité de ses aveux. Les images de la comédie que l'homme, sa femme et sa fille avaient jouée lui revinrent à l'esprit, et la rage le reprit. Car en comparaison, et malgré sa désinvolture avec les hommes, Nina n'était qu'une malheureuse qui essayait de survivre en surnageant dans un océan de boue. Il s'accrochait à cette vision pour cultiver un peu d'espoir et ne pas sombrer dans l'horreur.

« Vous auriez mieux fait de garder l'enfant et de jouer au compagnon attentionné. Vous auriez pu être responsable, peut-être pour la première fois de votre vie. Et vous auriez évité d'en arriver là, glosa Soneri.

— S'il vous plaît, intervint l'avocat, il ne vous appartient en rien de le juger. »

Le commissaire lui répondit en le toisant :

« Vous avez raison, la juge s'en chargera. »

Il retourna ensuite à Soncini.

« Vous avez oublié d'ajouter quelque chose. »

L'homme fit un signe interrogatif.

« Vous auriez dû renoncer à vous faire entretenir. »

L'autre ne répondit rien et baissa la tête.

CHAPITRE 19

On l'emmena immédiatement après ses aveux. Soneri observa l'homme se mettre debout entre les deux agents, suivi de son avocat, guindé comme un mannequin. Il s'étonnait toujours de la banalité des assassins à cet instant précis, sans aucune marque de fierté, y compris chez les malfrats. C'étaient toujours des visages ternes, des personnages quelconques, insignifiants, qu'il était difficile de se représenter dans un rôle de bourreau. Il gardait en mémoire des mafieux de haut rang aux allures de retraité, des tueurs en série au physique d'employé, des violeurs au masque de séminariste, de féroces empoisonneuses à la figure poupine. Jamais personne qui ressemble à un égorgeur ou qui possède l'œil méchant du requin, jamais d'expression arrogante.

Plongé dans ses souvenirs, il restait toutefois troublé. La passivité de Soncini sonnait faux sans qu'il n'arrive à se l'expliquer. L'homme donnait l'impression de jouer un rôle : après tout, s'il était d'accord, pourquoi ne pas soutenir la thèse de l'accident et s'en tirer avec quelques années de prison ? Il pouvait parfaitement prétendre avoir agi sous l'effet de la drogue et soutenir que la peur, associée à la prise de stupéfiants, l'avait poussé à brûler le cadavre.

Tous ces doutes furent momentanément levés par une rafale de félicitations. À commencer par celles de Capuozzo qui se couvrait ainsi face à l'opinion publique en prévision de la conférence de presse où il irait parader. Les journalistes écriraient que les enquêteurs avaient accompli leur devoir, et les politiques renouvelleraient leur confiance en la justice. Esposito aussi l'appela pour le complimenter :

« *Dotto'*, on a fait un sacré gros coup ! Vous êtes vraiment le meilleur ! »

Soneri avait toujours du mal à exprimer sa satisfaction. Les compliments le mettaient mal à l'aise, il ne savait jamais quoi dire. Dieu merci, la Marcotti lui ressemblait et elle se limita à une vigoureuse poignée de main doublée d'un regard éloquent. Décidément, se dit-il, ils auraient pu tomber amoureux s'ils avaient eu le même âge. Juvara, qui avait remarqué depuis un moment le regard dans le vague du commissaire, apparemment dans d'autres sphères, essaya de le distraire :

« *Dottore*, vous vous souvenez de votre promesse ?

— Ma promesse ?

— L'ordinateur. Vous avez déjà oublié ? Si on résout l'affaire, c'est grâce au disque dur.

— Grâce au hasard, tu veux dire, répliqua le commissaire. Et à l'appât du gain. Sauro s'est dit qu'il gagnerait plus d'argent en revendant un accessoire qu'il aurait dû jeter à un type qui cherchait un ordinateur à prix cassé.

— Je trouve votre analyse un chouia réductrice. Sauro aurait pu faire semblant de rien, dire qu'il l'avait foutu à la poubelle et l'installer quand même sur un autre appareil, objecta Juvara.

— Oui, mais il vient d'ouvrir, il a besoin de se faire une clientèle. Il s'est donc dit qu'il valait mieux se gagner les grâces de la police. Tu es un bien meilleur client que Soncini. »

L'inspecteur capitula :

« Vous êtes trop pessimiste. Quoi qu'il en soit, le plus important, c'est quand même d'avoir résolu l'affaire.

— Résolue ? s'interrogea le commissaire. Bah ! Tu sais ce qui m'inquiète ? C'est ce billet... Ce petit mot rempli d'insultes qu'on a trouvé chez Nina... Celui qui l'a écrit était certainement au courant de ses intentions avec Soncini. Et bien avant qu'elle tombe enceinte. »

Juvara ne sut que répondre et fit un geste d'impuissance avec ses mains.

Le téléphone sonna à ce moment-là.

« Commissaire, le *dottor* Capuozzo a convoqué un point presse demain matin à dix heures, il souhaite vous y convier... annonça la secrétaire habituelle.

— Je suis désolé, mais je ne vais pas pouvoir venir, répondit sèchement le commissaire, vous m'excuserez auprès de monsieur le questeur. »

La femme, désormais rompue aux refus de Soneri, assura de son indifférence coutumière qu'elle transmettrait le message.

« Je vais prendre un peu l'air », dit-il à Juvara aussitôt après.

Il traîna dans le centre-ville et s'acheta ses cigares dans un premier tabac avant d'entrer dans un second pour y trouver ses allumettes, qu'il préférait aux briquets. Il détestait ces espèces de bijoux rutilants dont la flamme était privée de fumée. L'une n'allait pas sans l'autre. Il revint à la Questure, mais dans la cour, sous les sapins, l'idée de s'enfermer dans son bureau le rebuta et il monta dans sa voiture. Il avait une vague idée de destination. Il traverserait la plaine et suivrait les premières pentes des Apennins qui menaient au-delà des brumes. En grimpant vers les collines, le ciel s'éclaircissait progressivement, on devinait ensuite le disque du soleil et puis l'on replongeait dans le dernier brouillard d'un blanc immaculé. Enfin, la lumière surgissait d'un seul coup et le monde changeait d'aspect. Ce n'était souvent qu'une question de mètres. Sécher un peu ses os en déjeunant dans une auberge de montagne et contempler la plaine sous son froid ruban de vapeur ne serait pas de refus.

Ses rêveries le portèrent via Spezia en direction de la Cisa, mais à Lemignano, il bifurqua soudain vers le quartier artisanal. Il n'aurait pas su dire tout de suite pourquoi il avait renoncé à une virée dans ses collines. Il le comprit en se garant sur le parking de la Golden : Angela lui manquait. Là-haut, leurs échappées auraient refait surface, voilà pourquoi il avait renoncé : pour éviter de souffrir. Mieux valait le visage hostile et le regard empli de rancœur de la Martini. Mieux valait lutter contre un autre que soi.

« Vous avez pu voir votre mari avant qu'on l'emmène en prison ? lui demanda-t-il.

— Non, et ça m'est complètement égal, ricana la femme. En ce qui me concerne, vous pouvez vous le garder. Cet homme a signé ma ruine.

— Vous auriez pu vous en libérer si vous n'aviez pas été esclave des apparences, rétorqua le commissaire.

— J'ai supporté ses tromperies toute ma vie. Mon mari n'est qu'un putassier, lâcha la femme sans plus aucune censure ni retenue. Il y a quelques années, j'ai décidé que tout ce qui le concernait n'avait plus aucune importance, qu'il pouvait bien faire ce qu'il voulait. Ma fille aussi a fini par comprendre, en grandissant. Et j'aurais dû, en plus, tolérer qu'il sème des bâtards ? Il y a des limites !

— Laissez tomber, l'interrompit Soneri. L'enfant n'a rien à voir avec tout ça. Par contre, vos intérêts, si. Parce que ce n'est pas votre respectabilité que vous défendez, mais vos affaires. »

La femme sembla sur le point de l'agresser, mais le commissaire était lucide et inflexible, rien ne pouvait l'atteindre. Sans quitter son regard, il l'affrontait en prononçant des mots qui la mettaient à nu et qu'elle aurait préféré ne jamais entendre.

« Vous avez joué pendant des années la comédie du couple idéal pour faire marcher vos affaires, reprit-il. Vous vous fichiez totalement que votre mari se ramasse des femmes dans les bars de nuit. L'essentiel était de sauver les apparences devant vos commissionnaires, les évêchés. Un beau mariage, une entreprise, une fille qui épouse un Dall'Argine, un vernis de catholiques pratiquants… Une famille bien sous tous rapports… ironisa-t-il. Tout était bon pour votre image irréprochable : une garantie pour les évêques et vos clients traditionalistes qui font marcher votre commerce. Mais une Roumaine débarque et décide de passer aux choses sérieuses. Elle veut une famille. Vous savez qu'elle ne lâchera rien et vous la menacez, vous lui écrivez des lettres, mais la jeune femme tient bon. Alors, vous vous mettez à faire chanter votre mari : soit tu la largues, soit je te coupe les vivres. Finie sa belle vie d'homme entretenu, plus de femmes, plus de clubs, plus de voitures de luxe… Alors quand vous apprenez que la fille attend un enfant, vous passez à l'ultimatum. Et votre mari, au pied du mur, plutôt que de renoncer à sa vie de jouisseur, décide de renoncer à Nina. C'était sans compter sur la résolution de la jeune femme : la Iliescu désirait sérieusement une vie normale avec celui qu'elle avait aimé plus que les autres. Vous n'avez plus qu'une solution, vous en débarrasser. Une Roumaine clandestine, qui s'en souciera ? Et en effet, personne ne s'en soucie, à part ce grand-père qui vient en Italie pour jouer les médiateurs entre le clan et sa petite-fille. Mais il meurt dans un autocar. Clap de fin, acheva Soneri en proie à une colère qui le faisait trembler.

— Vous êtes un visionnaire ! s'écria la Martini en s'élançant comme un cobra. Vous pouvez croire ce que vous voulez, mais cette fille n'était qu'une pute. Une pute qui se donnait à tout le monde pour en tirer des avantages. Je vais même vous dire autre chose, énonça-t-elle d'une voix perfide, elle avait du génie pour faire bander les hommes. Elle connaissait toutes leurs faiblesses et elle savait par où les prendre. Elle les flairait comme un serpent, elle les attirait dans son piège. Vous me faites sourire avec votre portrait de victime ! Rien qu'une vulgaire putain ! Une salope ! » vociféra-t-elle, hors de ses gonds, balançant aux orties ses grands airs de grande dame.

Soneri la fixa d'un regard consterné et se rendit compte à quel point les femmes pouvaient être intraitables entre elles. D'une façon qu'aucun homme n'égalerait jamais, la Martini en faisait la démonstration.

Son regard exprimait une férocité démesurée, sa bouche, tordue par la haine, aurait pu arracher des morceaux de viande en un seul coup de dents, et lorsqu'elle lui hurla de sortir de son bureau, le commissaire dut faire un pas en arrière, saisi d'écœurement.

Une fois dehors, il s'en libéra en aspirant l'air brouillardeux et poussa un bâillement à s'en décrocher la mâchoire. Il se sentait de plus en plus léger, comme détaché du poids de l'existence, capable de la juger dans toute sa crudité.

Il se mit au volant et roula jusqu'au carrefour de la via Spezia, où il hésita une seconde entre Parme et la Cisa. L'heure du déjeuner avait sonné, il serait inutile de chercher le soleil si celui-ci avait déjà la couleur du coucher. L'hiver, dans les montagnes, ne compte que le matin.

À bientôt quatorze heures, il fut pris d'anxiété. Il attendait qu'Angela l'appelle mais pressentait qu'elle n'en ferait rien. Il décida d'aller chez Alceste : comme d'habitude, il se réfugierait dans le vin et la nourriture. Il constata dans un sourire qu'il ne lui restait pas grand-chose d'autre.

Il n'y avait pas foule, et Sbarazza eut beau jeu de s'installer à la table que trois femmes venaient de quitter.

« Vous avez choisi la place où il ne reste presque rien à manger, observa Soneri en arrivant dans le dos du marquis.

— On ne vit pas que de pain, répondit ce dernier, la femme assise à cette place me plaisait à mourir. »

Il restait des traces de rouge à lèvres sur la serviette, et Sbarazza était en admiration devant cette marque de féminité.

« Je respire son parfum, sa chaise a gardé sa chaleur, la forme de son corps… » poursuivit-il, rêveur.

Le commissaire sourit encore : pour l'heure, le vieux était l'une des rares personnes avec lesquelles il avait envie de partager son après-midi. Il trouvait de la profondeur et de la consolation à sa conversation.

« J'ai appris que l'affaire de la Roumaine était résolue, remarqua Sbarazza en changeant de sujet. Vous avez fini par piocher la bonne carte.

— Elle a fini par arriver, confirma Soneri. Au moment pile où je commençais à désespérer, ajouta-t-il.

— Vous voyez, il faut toujours garder confiance, ne pas lâcher…

— Ces derniers jours, j'étais convaincu que mon jeu ne donnerait rien.

— C'est en général à ce moment-là que le hasard travaille en notre faveur. Tenez, en ce moment même, tandis que nous mangeons, absorbés par les saveurs, apaisés par la nourriture, il se passe sûrement des choses qui nous concernent… Tout ce qui se manifeste est le résultat de milliers de carambolages, sourit le marquis.

— Qui sait, vous avez peut-être raison, murmura le commissaire alors qu'une assiette de *tortelli* au potiron se présentait au-dessus de la table. Il est d'ailleurs possible que l'un de ces carambolages traverse ma route cet après-midi et change mes perspectives. Tenez, ce matin… affirma-t-il en goûtant son premier *tortello*.

— Que vous est-il arrivé ce matin ?

— Je filais droit vers les collines et j'ai subitement changé de destination… J'ai choisi un autre chemin : si j'avais pris la direction que j'avais en tête, j'aurais passé une tout autre matinée. Et je ne serais pas ici en train de vous parler, mais assis au soleil. Et à la place de mes *tortelli* au potiron, j'aurais dans mon assiette des gnocchis aux champignons… »

Sbarazza lui fit signe d'arrêter.

« N'allez pas plus avant, vous n'en termineriez jamais. Vous finiriez par un non-sens. Et vous en concluriez qu'il existe toujours de meilleurs choix et que tous ceux que l'on fait sont forcément mauvais.

— Et alors ? Ce n'est pas le cas ?

— Je préfère me dire qu'il y a toujours une raison à nos choix. Comment voulez-vous l'appeler ? Providence ? Déterminisme ? Dans les deux cas, notre volonté n'en est qu'en partie responsable. Le reste est un mystère qu'il ne nous est pas donné de connaître, qu'il s'agisse de transcendance ou d'immanence, déclara le marquis en philosophant.

— Mais je suis confronté à des causes beaucoup plus banales et beaucoup plus humaines : l'argent, le sexe, les passions qui en découlent…

— Ce sont les effets, ne confondez pas. À bien y réfléchir, le principe prépondérant et mystérieux qui dirige notre vie met finalement le crime et l'amour au même niveau de potentialité. Ensuite, avec le temps, des carambolages se produisent et peuvent libérer l'un ou l'autre, ou bien les deux. »

Le commissaire continuait de savourer ses *tortelli* et grognassa gaiement une divergence :

« Vous savez pourquoi je me sens bien avec elle ? Parce qu'elle me donne l'impression d'être optimiste. Je ne me résigne pas à croire que nous sommes tous des voitures télécommandées. Ni moi ni elle ne pouvons exclure de devenir des assassins, mais le fait est que nous ne le sommes pas. La plupart des gens ne le sont pas.

— Par peur. Seulement par peur. Et, pour une minorité, grâce à l'intervention de la conscience.

— Et que serait cette conscience ? Une morale ?

— Une conquête, une ligne d'arrivée. Ce n'est qu'en touchant le fond de l'humanité par nos actions ou notre esprit que l'on devient conscient. Ce n'est qu'après avoir expérimenté le mal que nous sommes en mesure de choisir. Les autres se retiennent parce qu'ils ont peur des réactions que la cruauté provoque, c'est tout. Même si la vie, avec son infinie séquence de possibilités, leur donne parfois envie de dire oui aux choses les plus abjectes.

— Et vous, vous appartiendriez au groupe des conscients ?

— Vous ne savez pas que j'en ai fait de toutes les couleurs ? Mais vous aussi, vous êtes de la partie, avec tout ce que vous voyez », termina Sbarazza.

Le commissaire sourit et se leva.

« Je vois tellement d'horreurs, répondit-il en songeant à sa rencontre avec la Martini, je n'en vois jamais le bout.

— Saisissez les bonnes occasions, lui suggéra le marquis juste avant de le saluer, vous savez comment faire.

— Bah ! soupira Soneri. Affrontons déjà celles de l'après-midi. »

La première était l'autorisation d'interrogatoire de Medioli. Soneri le verrait dans la soirée, il espérait que l'homme se soit décidé à parler et à lui faire des révélations sur l'univers des Roms. Autant d'années passées au milieu des caravanes avaient bien dû lui apprendre quelque chose. La deuxième lui fut annoncée par la jolie agente qui ne laissait pas Musumeci indifférent.

« Il y a une personne qui voudrait vous parler, je pense que c'est un Tsigane », annonça-t-elle.

L'esprit du commissaire fit le rapprochement entre le campement et le type qui demandait à le voir.

« Fais-le entrer », ordonna-t-il.

L'homme était vêtu comme les vieux paysans des Apennins, avec cette élégance digne et modeste rappelant les vieilles illustrations. Il dit qu'il s'appelait Floroiu, mais son niveau de langue prouvait qu'il vivait en Italie depuis plusieurs années.

« Vous arrivez de Suzzara ? » s'informa Soneri.

L'homme acquiesça.

« Du campement, précisa-t-il.

— Si c'est pour l'or, il faut vous adresser aux carabiniers.

— Je sais, répondit l'autre. Mais je ne suis pas venu pour ça. Je suis venu pour nos deux garçons.

— Ceux de la BMW volée ? »

Nouvel acquiescement.

« C'était pour dire qu'ils n'ont rien à voir avec tout ça, ils ont seulement fait les malins.

— Vous êtes de leur famille ?

— Non, mais je me prends la responsabilité de ce qui s'est passé. Faites comme si c'était moi qui l'avais volée. Je suis venu me rendre pour que vous laissiez partir nos deux gamins.

— Je doute fort que vous ayez volé cette voiture. Et la loi n'admet pas les échanges, le prévint Soneri.

— Ils n'y sont pour rien, s'entêta l'homme en parlant des deux jeunes. On avait la voiture au campement parce qu'on devait la démonter pour l'expédier en Roumanie. On est beaucoup, qui vont, qui viennent… Là-bas, ils l'auraient remise en état. C'est plus sûr comme système. Nos gamins, ils ont pris les clés pour aller faire un tour, c'est tout.

— Vous me donnez un tuyau pour vous venger d'une famille ennemie ? l'interrogea Soneri. Sinon, quel intérêt de me révéler ce genre de trafic ? Sauver la mise aux deux gamins, qui, de toute façon, vont être remis en liberté? »

Floroiu se raidit en trahissant son embarras.

« Aucune vengeance, aucun trafic, se défendit-il, c'est la première voiture qu'on touche. D'autres, oui, ils font du trafic de voitures, mais chez nous, c'est la première fois.

— Et pourquoi ? Vous avez décidé d'inaugurer un nouveau secteur ? le harcela le commissaire.

— Non, balbutia l'autre. On ne veut pas faire de trafic de voitures, répéta-t-il.

— Alors, expliquez-vous mieux, s'impatienta Soneri. Parce que pour l'instant, tout ce que vous me dites ne tient pas debout.

— C'est les quatre… C'est pas nous.

— Les quatre ?

— Ceux qui sont mouillés dans le trafic d'or. C'est eux qu'ont pris la voiture, mais je ne sais pas pourquoi, c'est pas dans leurs habitudes… Un soir, ils sont revenus avec la voiture. Chez nous aussi, y a des honnêtes et des malhonnêtes. Comme chez vous, les Italiens.

— Comme ça, je comprends mieux, déclara le commissaire. Les quatre que les carabiniers ont coincés avec l'or sont ceux qui ont volé la BMW, c'est ça ? »

Le Roumain acquiesça sans conviction.

« Mais vous soutenez qu'ils n'avaient jamais volé de voiture avant...

— Non, jamais. »

Soneri garda le silence quelques instants. Il essayait de comprendre, mais tout lui échappait.

« D'après vous, pourquoi c'est arrivé ? »

L'homme haussa les épaules.

« Je ne sais pas, il faut leur demander. »

L'attitude de Floroiu avait changé. Il avait l'air maintenant pressé de s'en aller, peut-être même déçu.

« Vous le savez, pourquoi c'est arrivé... insista Soneri.

— Je suis venu vous dire que nos garçons n'y sont pour rien, mais si vous ne me croyez pas, je n'ai plus rien à vous dire », éluda l'homme en coupant court.

Le rideau de fer était tombé. Le Roumain affichait à présent une expression méfiante, au point qu'après son départ Soneri eut l'impression de ne pas avoir été à la hauteur. Peut-être avait-il inconsciemment considéré l'affaire déjà close, sans saisir les signaux que l'autre lui avait envoyés ? Il n'était pas resté ouvert aux possibilités, comme aurait dit Sbarazza.

« Juvara, demanda-t-il, tu te souviens de ce texto borné par l'antenne de Cortile San Martino, qui disait à Nina que tout était prêt ?

— Oui, sur le téléphone volé.

— D'après toi, qu'est-ce que ça voulait dire ?

— Aucune idée, répondit l'inspecteur. Par contre, on a trouvé un truc intéressant dans les papiers qu'on a saisis à Soncini, ajouta-t-il en changeant de sujet.

— Ah oui ?

— Un versement effectué sur un compte courant de la Caisse d'épargne au nom d'Iliescu.

— Et qu'est-ce qu'il y a d'extraordinaire ?
— Sept cent cinquante mille euros.
— Tu penses que c'est son argent ?
— Non. Aimi a lui aussi accès au compte.
— Ah, l'expert-comptable !
— Commissaire, reprit Juvara, s'il y a quelque chose qui ne me convainc pas dans cette histoire, c'est la bombe de la Golden. Jusqu'ici, tout a une logique, mais là… Et maintenant, ce compte.
— Je suis d'accord. Si seulement ces Roumains décidaient de se mettre à table… Celui qui est venu aujourd'hui avait l'air de vouloir me faire comprendre quelque chose…
— Les deux ados vont être relâchés. On a été les chercher ce matin au quartier des mineurs pour les emmener chez la Marcotti, au parquet », l'informa l'inspecteur.

Soneri bondit sur ses pieds et sortit comme si son bureau avait pris feu. Juvara le vit traverser rapidement la cour vers la sortie, côté via Repubblica, et disparaître au bout du porche. Dix minutes plus tard, le commissaire entrait dans le bureau de la Marcotti. Les deux jeunes gens avaient toujours leur expression hostile de la première fois.

« Commissaire, vous allez gaspiller votre salive : ils refusent de parler. Ils ont dû recevoir l'ordre de se taire », affirma la juge.

Le commissaire s'assit en face d'eux.

« On sait que vous n'avez pas tué cette jeune femme et que la BMW a été volée par les quatre types interpellés à Suzzara », commença-t-il

Les deux s'échangèrent un regard et suspendirent un bref instant leur hostilité.

« Vous allez sortir dans très peu de temps… Je voudrais seulement comprendre pourquoi vous avez pris cette voiture, puisque celui qui l'avait volée devait l'expédier en Roumanie en pièces détachées pour en tirer de l'argent. Vous deviez bien vous douter que vous risqueriez de vous faire serrer et qu'en plus, vous risqueriez de faire foirer une affaire… »

Les deux restaient la bouche cousue et regardaient dans le vide avec la même impassibilité.

« C'est bizarre, non ? poursuivit Soneri en s'adressant à la Marcotti. On a une voiture compromettante, et deux gars sans permis vont faire un tour avec. Ensuite, ils racontent qu'ils se sont fait rentrer dedans alors qu'ils se sont plantés tout seuls. Quels bons à rien, de vrais amateurs ! » lâcha-t-il enfin.

La dernière phrase toucha un point sensible : de toute évidence, les deux garçons ne supportaient pas de passer pour des ringards dans ce qu'ils considéraient comme leur métier.

« On n'a pas volé la voiture, intervint le plus âgé des deux. On nous l'a donnée. »

Soneri jeta un œil à la Marcotti.

« Qui vous l'a donnée ? tenta-t-il ensuite.

— Un Italien. On le connaît pas, répondit le garçon.

— Soncini ?

— On le connaît pas », répéta le môme en haussant légèrement la voix.

Son ton péremptoire marquait la fin du dialogue. Quelques minutes plus tard, la Marcotti trancha : « On perd du temps », et livra les deux adolescents aux agents qui les escorteraient jusqu'au campement de Suzzara.

« Commissaire, il faudra vous en contenter, reprit la juge après leur départ. On vient de comprendre le plus important : qu'apparemment cette voiture n'a pas été volée comme l'avait déclaré Soncini dans sa plainte.

— Vous pensez qu'ils disent la vérité ?

— D'après vous ? Puis-je mettre ma main au feu avec le métier que je fais ? interrogea la femme. Si vous voulez mon avis, je pense qu'ils ont été sincères, dit-elle en adressant une œillade à Soneri. Quel intérêt auraient-ils à raconter des bobards ? Ils en racontent quand c'est leur intérêt. Dans ce cas, ils n'avaient plus rien à craindre, vous ne croyez pas ? »

Le commissaire acquiesça.

« Ça voudrait dire que Soncini et les Roms ont des affaires en commun, subodora-t-il.

— Cocaïne ? risqua la Marcotti.

— J'y ai pensé, répondit le commissaire. Mais si c'est le cas, je ne comprends pas la bombe de la Golden.

— Peut-être contre Soncini ?

— Quand on fait des affaires avec des gens, on prend ses renseignements. Celui qui bossait avec Soncini ne pouvait pas ignorer que sa femme et lui n'avaient pas le même poids économique, argumenta Soneri.

— Et qui vous dit qu'ils n'étaient pas unis dans leurs affaires ? »

Il laissa sa réponse en suspens. L'hypothèse de la Marcotti éclairait tout à coup l'affaire sous un jour différent.

« Qui sait… dit-il enfin. Oui, pourquoi pas. »

En sortant du ministère public, la nuit tombait déjà et il devait passer voir Medioli à la prison. Il remercia les événements d'avoir emporté dans leur tourbillon cet exilé du monde.

« Notre infiltré, l'avait appelé Soneri en prenant congé de la Marcotti.

— Concentrez-vous sur lui », lui avait-elle répondu en lui décochant une nouvelle œillade.

CHAPITRE 20

En conduisant le long de la via Mantova qui menait droit à la prison, il s'identifia à Fabrizio Del Dongo en fuite vers le Pô. La route était la même, peut-être aussi son état d'âme. Il sentait qu'il jouait sa dernière cartouche et qu'aucune autre possibilité ne se présenterait, quoi qu'en dise Sbarazza. Capuozzo lui avait tenu un discours interminable dans son jargon habituel, plein de morgue et de sous-entendus. L'assassin était en prison, le mobile était clair, la famille de Nina n'y penserait bientôt plus. L'opinion publique avait retrouvé son calme : pourquoi insister ? D'autant qu'un surplus de travail l'attendait à la Questure. S'obstiner à fouiller risquerait de mettre au jour des travers que personne n'avait envie d'avoir sous les yeux.

Mais Soneri persévérait. Il redoutait d'en être réduit à expédier de l'administratif, à signer de la paperasse ou à courir après des drogués en manque qui braquent des buralistes à coups de seringues. D'imaginer sa vie sans Angela. Voilà pourquoi il avait décidé d'essayer avec Medioli. Par entêtement professionnel, par curiosité, mais aussi à cause d'une petite fierté à l'égard de sa compagne. Depuis plusieurs jours, le nom du commissaire apparaissait dans les journaux. Une façon personnelle de donner des nouvelles à la seule lectrice qui l'intéressait.

* * *

On le fit passer par une dizaine de portes et de grilles avant d'arriver au parloir. Tout était à l'identique : bas, oppressant, ferraillant, d'un gris crasseux. Medioli, en revanche, avait un meilleur aspect que la dernière fois qu'ils s'étaient vus : plus en chair, presque pacifié.

« Je vous attendais, furent les débuts prometteurs de l'homme. Je commençais à me dire que vous en aviez plus rien à faire de ce que je pouvais vous raconter. Les jours passaient, je pensais que la loi avait pas envie de fouiller plus que ça. Avec moi aussi, elle a jamais fouillé. J'ai failli écrire à la juge pour lui dire que j'avais décidé de collaborer, mais j'ai laissé tomber. Je suis bien ici. Je m'entends bien avec tout le monde, je fais voir à tous ces pauvres minots comment qu'on ajuste un moteur. Ça leur donne de l'espoir et moi, ça me donne un but. C'est toujours ça, croyez pas ? »

Soneri acquiesça avec gravité, mais préféra esquiver le sujet.

« J'aurais dû vous faire signe plus tôt, admit-il. Beaucoup d'explications me tendaient les bras.

— Beaucoup, je sais pas, répondit l'autre, mais plusieurs, ça, c'est sûr. Quoique vous aussi, vous en savez pas mal, de ce que j'ai lu sur le journal.

— Pas tant que ça. Par exemple, je ne sais pas ce que trafiquait Soncini avec les Roms, dit Soneri.

— Soncini ? ricana Medioli en s'interrompant aussitôt après. Vous savez qu'on trouve de tout dans les campements : des honnêtes, des malhonnêtes, c'est comme partout. Vous devez aussi savoir qu'il y a beaucoup de Roms avec un faible pour l'or… »

Des pensées s'imbriquèrent dans l'esprit de Soneri en se soudant d'un bloc : la Golden, les trafics de Soncini, l'or des Roms et l'hypothèse de la Marcotti selon laquelle l'association en affaires de l'assassin de Nina avec son épouse n'était pas qu'une simple garantie pour sauver les apparences.

« Vous voulez dire que la Golden utilisait l'or volé des Roms et que Soncini jouait les intermédiaires ?

— Vous oubliez quelqu'un : Nina Iliescu, l'avertit Medioli.

— Elle jouait les médiatrices ?

— Pour moi, au début, son clan l'a forcée à recycler l'or volé. Chez les Roms aussi, c'est plus comme avant, aujourd'hui, l'argent les excite. Y avait une bande, au campement, ils en avaient jamais assez. Ils volaient même dans les églises, alors, à partir de là, y a eu frictions. La tradition, ça compte encore, chez eux, pas touche à certaines choses. Alors les Roumains, ils ont foutu le camp, parce que ça dégénérait, ça tournait à la guerre ethnique.

— La Iliescu était obligée de jouer le jeu ? demanda Soneri qui considérait toujours Nina comme une victime du clan.

— D'après moi, oui. Oubliez pas qu'elle vient d'une famille de Roms.

— Le clan la détestait, ces derniers temps… Elle avait réussi à se tirer du bourbier ? insista le commissaire.

— Peut-être bien, oui. Peut-être qu'ils l'avaient déjà condamnée. Mais depuis le soir de l'accident… quand vous m'avez attrapé… Depuis ce jour-là, je suis plus au courant de rien.

— Et Mariotto ? Pourquoi ils l'ont frappé ?

— Parce qu'il avait vu juste, malgré qu'il avait bu. Je veux dire, pour la voiture, la BMW. Sans cette information, vous auriez eu plus de mal, croyez pas ?

— La BMW de Razzini, la même que celle de Soncini… résuma le commissaire en se parlant à lui-même.

— Je connais pas Razzini, reprit Medioli. Mais je sais que ce soir-là Soncini s'est débarrassé du corps là-bas parce que c'était l'endroit le plus sûr : il passe jamais personne sur le remblai de l'autoroute, et pis y avait la garnison des romanos. Sauf qu'avec tout ce qu'il a magouillé ça lui est revenu comme un boomerang.

— Mais Nina était l'une des leurs…

— Vous l'avez dit vous-même : ils la détestaient, les derniers temps. Y avait des sales rumeurs qui couraient sur cette fille.

— Pourquoi ?

— Pour moi, elle a pas respecté les règles. Ou, comme vous avez supposé, parce qu'elle voulait tout arrêter. Pour le clan, c'est idem. Pour moi, les Roms étaient d'accord pour la dessouder, et ça m'étonnerait pas qu'il y en ait eu qu'étaient là, le soir du crime. Les affaires marchaient bien avec Soncini, vous savez ? Mais elle, c'était une mine flottante, elle en savait trop.

— Ce n'était pas que pour l'enfant, alors, raisonna Soneri.

— Ça, ça regardait la femme de son amant. Mais le trafic devait très bien aller à la Martini : de l'or à vil prix, vous avez compris ? Si Soncini avait été intelligent et qu'il s'en mettait pas plein le nez, tout aurait roulé. Mariotto s'est fait cogner parce qu'il a ouvert sa bouche et que ça dérangeait tout le monde. Mais l'avertissement, c'était pour Manservisi. Il vous a cafté tout ce que l'autre avait vu parce qu'il en veut à mort aux Roumains. Il vous aurait bien mâché toute la besogne, mais il avait la trouille, il pouvait pas tout balancer.

— Soncini a voulu faire tomber les Roumains en déposant sa plainte pour le vol de sa voiture…

— Mais non ! Je vous l'ai dit, il est pas intelligent, il s'est pris les pieds dans ses petites combines. Sa femme lui passait de l'argent pour acheter l'or des Roms, et lui, il se le gardait pour acheter ses doses. Alors quand les autres ont réclamé le fric, il a été obligé de leur lâcher la bagnole. Sa femme a dû lui arracher la peau quand elle l'a su, pour moi, c'est elle qui l'a forcé à porter plainte pour pas qu'on les soupçonne. Imaginez si on avait su qu'une voiture de la Golden avait été retrouvée dans un campement de romanos sans même un dépôt de plainte ! La voiture sentait le roussi, alors, ils ont négocié : les Roms pouvaient se la garder, à condition de la faire disparaître au bon moment, en la démontant, pourquoi pas. Mais Soncini s'est pas arrêté là, il a voulu sauver les apparences en empruntant la même à une de ses fréquentations aussi chargée que lui. Vous voyez, expliqua Medioli, dans cette histoire, le maillon faible, c'est Soncini.

— Soncini n'avait donc pas l'intention de rejeter la faute sur les Roumains. Il s'est servi de cette voiture pour le crime, mais il s'était déjà montré avec pour ne pas éveiller les soupçons sur le trafic d'or, raisonna le commissaire en même temps qu'il découvrait ces nouveaux concours de circonstance.

— Les BMW sont à la mode chez les Roms. Il aurait jamais eu le courage d'entuber les Roumains, il est trop lâche. Vous lui attribuez un trop grand cerveau. Il a fait que s'embrouiller dans ses mensonges, dans ses combines de couillon, en plus qu'il est accro. Quand vous jouez à ça, vous vous mettez à rouler et vous pouvez plus vous arrêter. »

Medioli et le commissaire se regardèrent les yeux dans les yeux.

« Vous êtes pas convaincu, c'est ça ? craignit l'homme.

— Je vois tout sous un jour nouveau, répondit Soneri. Il faut que je m'y habitue.

— Je comprends. Mais la réalité a mille et une facettes… Si on regarde toujours la même, on croit qu'il y a que celle-là qu'existe. On n'arrive pas à croire aux autres, c'est peut-être bien de la paresse. Moi aussi ça m'est arrivé en débarquant chez les romanos, quand ma vie d'avant m'a glissé entre les doigts…

— C'est à mon tour, maintenant… amorça le commissaire sans aller plus avant pour éviter de penser à son cas personnel.

— Quel merdier ! s'exclama Medioli. Restez-y pas trop longtemps, sinon vous aussi, vous allez finir par sentir mauvais.

— Il est plus probable que je devienne fou, le corrigea Soneri en s'en allant.

— Commissaire, le retint le vieux, vous pensez que ce que je vous ai dit suffira pour une remise de peine ?

— Je vais tout faire pour qu'ils vous la donnent », promit-il.

Sur le parvis désert encombré de brouillard où palpitaient de faibles lampadaires, Soneri se dirigea vers sa voiture et sentit son esprit qui perdait l'équilibre. Les contours de la réalité s'estompaient continuellement malgré tous ses efforts pour faire le point. Soncini était à la fois victime et bourreau tandis que son épouse, malgré son apparente maîtrise du jeu, était dominée par l'infélicité. Les Roms se laissaient exploiter dans l'espoir de jours meilleurs, les amants de Nina, sous leurs airs de vainqueurs, n'étaient que des vaincus. Nina. La seule qui ait perdu définitivement, morte dans la fleur de l'âge à cause d'un rêve de vie normale.

Il conduisait en serrant son volant, secoué par des frissons de rage. Pour se calmer, il prit son téléphone et composa le numéro de la Marcotti.

« La Martini est mêlée dans l'affaire jusqu'au cou, lui expliqua-t-il. Les bijoux et les objets sacrés de la Golden étaient fabriqués à partir de l'or que lui revendait une bande de Roms, ils en ont même volé dans les églises. »

La juge se tut quelques secondes, et le commissaire l'imagina rejeter ses cheveux blancs avec indignation.

« Nous devrions rendre visite à Mme Martini, conclut la Marcotti.

— Pour l'instant, on risque d'avoir du mal à trouver quelque chose, estima Soneri. Mais enfin, tentons le coup », ajouta-t-il avant de prendre congé.

Il appela Juvara.

« Mets-toi d'accord avec Musumeci, le prévint-il. Organise une perquise à la Golden, on ne sait jamais, sainte Martini va peut-être se transformer en diablesse.

— Il faut s'attendre à quoi ?

— Ils ont dû faire disparaître tout ce qui est compromettant, déclara le commissaire. Saisissez les documents comptables, les mouvements du magasin et les commandes de marchandise. En particulier, les fournitures aux évêchés. »

Juvara voulut en placer une, mais Soneri l'interrompit :

« Essaye aussi de faire parler des employés. Si tu pouvais en coincer un qui en a contre sa patronne… Un licencié… Ou plutôt, non, insista le commissaire en s'exaltant, demande au syndicat. Avec le caractère qu'elle a, elle ne doit pas manquer d'ennemis. »

Il éprouva soudain une grande fatigue doublée d'un léger affolement. Il aurait préféré s'en tenir là et bloquer ses investigations par crainte de n'avoir pas encore touché le fond. En réalité, à chacune de ses enquêtes, il s'enfonçait d'une marche supplémentaire.

Il déambula dans les rues de la ville, puis, après s'être assuré que la perquisition était déjà en œuvre, reprit la route de Lemignano. Il évita la Martini, qui écumait de rage dans la voiture de Musumeci en compagnie de sa fille, à peine rentrée de son voyage de noces, promise sans doute à un divorce après le tollé provoqué par les événements. Il paraissait très improbable que les Dall'Argine admettent un tel scandale dans lequel la belle-mère jouait le premier rôle.

Il pénétra dans le bureau qu'il connaissait déjà et y trouva Juvara sous le portrait du pape. L'inspecteur passait au crible la collection d'objets sacrés, et Soneri se rapprocha. En le voyant soulever un calice, il eut un sourire satisfait.

« *Dottore*, je l'ai remarqué parce qu'il n'avait pas l'air à sa place. En le regardant de près, il m'a rappelé quelque chose, dit Juvara.

— Tu deviens doué, le félicita le commissaire en le charriant un peu. Moi aussi, j'aurais commencé par là.

Souvent, les preuves sont tellement évidentes qu'on ne les remarque pas.

— Non, mais je vous assure, protesta l'inspecteur. Ce calice ressemble à un objet qu'on a répertorié sur la liste des objets volés du site de la PJ. Vous voyez l'image gravée du Christ ? Je l'ai trouvée bizarre parce que le Christ est glabre. En général, il porte une barbe et des cheveux longs. »

Soneri retrouva son sérieux.

« Qui a déclaré le vol ?

— La paroisse de Pedrignano.

— Il y a un curé permanent, là-bas ?

— Non, *dottore*. Ma tante habite dans le coin, c'est le curé de Sorbolo qui vient dire la messe.

— Prends le calice et viens avec moi. »

Ils traversèrent à nouveau le brouillard. Juvara s'accrochait à sa ceinture, effrayé autant par la conduite désinvolte de Soneri que par les platanes menaçants repeints en blanc qui surgissaient à l'improviste.

Le vieux curé, don Mario Bandini, était en train de dîner avec sa bonne, peu rassurée à l'annonce de leur identité. Le prêtre, au contraire, se présenta sur le seuil de la cuisine avec un air étonné, et sa serviette au cou.

« On vous en ramène un bout », débuta Soneri en lui présentant le calice.

Don Mario le prit avec respect et délicatesse avant de se diriger vers un buffet pour chausser une paire de lunettes qui l'aiderait à examiner l'objet. Il déclara quelques instants plus tard :

« C'est bien celui qu'on nous a volé. »

Le commissaire et Juvara soupirèrent à l'unisson. Le

curé venait de condamner les Martini mère et fille. Qui sait si l'aumônier de la prison leur donnerait l'absolution.

Dès leur retour, Soneri informa la Marcotti de l'histoire du calice.

« Faites-en part à Musumeci, lui conseilla le commissaire, il ordonnera lui-même le placement en détention provisoire.

— On en a par-dessus la tête de cette affaire, non ? Il ne manquait plus qu'un péché mortel soit à l'origine d'un vase sacré ! s'exclama la juge dans un éclat de rire.

— Pour une fois, j'accepte le conseil de Capuozzo : je m'arrête ici.

— Nous verrons, commissaire, le taquina la Marcotti, n'oubliez pas que c'est moi qui coordonne l'enquête. »

Après avoir raccroché, Soneri ramena Juvara à la Questure et décida d'en finir avec le boulot. La faim le conduisit au bar à vins. Bruno lui servit un assortiment de charcuterie : *culaccia*, épaule cuite, *coppa* et jambon cru, accompagné de *torta fritta*, de copeaux de *grana* extra vieux et d'une bouteille de bonarda. La bonne chère, son psychotrope de prédilection, lui redonnerait des forces. Alors que Soneri était au comble du bien-être, le cerveau légèrement embrumé par le vin, son téléphone sonna.

« Commissaire...

— Angela ! »

Le ton de leur voix sentait déjà la réconciliation.

« Si c'est pour m'annoncer une mauvaise nouvelle, tu n'as pas choisi le meilleur moment : j'ai encore devant moi un demi-litre de bonarda... anticipa Soneri.

— Je ne sais pas si, pour toi, ce sera une bonne ou une

mauvaise nouvelle, répondit-elle, je voulais te demander de passer chez moi. »

Le commissaire ne répondit pas tout de suite.

« Sauf si tu as des trucs à faire. Bosser, ou autre chose… poursuivit Angela.

— Tu fais de l'esprit ?

— Non, je parle sérieusement. Tu en aurais parfaitement le droit.

— Mais arrête… J'arrive dans dix minutes. »

Il laissa la moitié de son repas sur la table et sortit rapidement. Bruno, ignorant tout de la situation, lui cria en le voyant partir :

« Le travail donne de quoi manger, mais si vous ne mangez pas… »

Soneri était déjà loin et ne l'entendit pas.

Quand ils furent l'un en face de l'autre, ils se regardèrent intensément. Embarrassé, aucun des deux ne savait par quel bout commencer. Angela était retenue par son sentiment de culpabilité, et Soneri, bridé par son état d'insécurité. Leur relation semblait reprendre, mais elle était encore fragile, et il craignait de la briser à cause d'un geste ou d'un mot malvenus. Comme souvent, ils se parlèrent avec les yeux. Ensuite, ils digressèrent pour relâcher la tension.

« Tu as été fortiche », le félicita Angela en faisant allusion à l'affaire de Nina.

Le commissaire devina dans sa voix davantage qu'un compliment. Ils s'échangeaient indirectement de l'affection en faisant mine de parler d'autre chose.

« Cette fille m'a fait pitié, susurra Soneri. Nina rêvait d'une vie normale pour échapper à la misère au bras d'un compagnon qui la soutienne, elle n'a été que la toquade d'hommes qui avaient de l'argent. »

Angela le fixa d'un regard tendre et affectueux.

« Tu crois vraiment que ça s'est passé comme ça ? demanda-t-elle avant de se laisser aller à un éclat de rire bienveillant. Il y a une chose qui me plaît chez toi, et que je n'ai jamais trouvée chez aucun autre homme, c'est quand tu réussis à faire coexister la naïveté d'un jeune homme avec le pessimisme d'un vieux.

— On a tous nos contradictions… »

Elle secoua la tête.

« Non, ce n'est pas ça. Avec toutes les horreurs que tu vois, tu regardes le monde avec un réalisme désespérant, mais tu ne renonces jamais à penser en rêveur. Ou en môme. Malgré tout, tu gardes toujours cet irrésistible besoin d'espoir. C'est pour cette qualité que je t'aime. »

Angela l'avait décontenancé en le mettant à nu, il en avait presque honte, il ne savait que dire. Désarmé et heureux de l'être devant cette femme qui, il le sentait, lui était profondément attachée.

« Et c'est pour ça que tu t'es planté sur la Iliescu », reprit Angela quelques secondes plus tard.

Il se sentit subitement inadapté. Il n'avait rien compris à toute cette histoire, et même s'il avait su trouver les coupables, les mots de sa compagne le blessaient et le confondaient.

« Tu veux tuer l'espoir qu'il me reste ?

— Non, je viens de te dire que c'est une chose que j'admire chez toi. Cette fille était infâme.

— Comment tu le sais ?

— Tu ne vas pas te fâcher si je te le dis ? »

Le commissaire remua la tête.

« L'autre, celui…

— J'ai compris.

— Bon, il défend Candiani.

— Il peut raconter ce qu'il veut…

— Ce n'est pas seulement un problème de version. L'autre est au courant du trafic de coke, tu comprends ?

— Quel rapport avec Nina ?

— Il y en a un, tu vas voir… assura Angela. L'autre a persuadé Candiani de tout avouer, et dans quelques jours, il va présenter un mémoire en défense sur le trafic de poudre, qui révèle que le pion Iliescu était loin d'être négligeable. »

Tout s'anéantissait autour de Soneri, la réalité s'évaporait et se confondait avec le brouillard.

« Elle travaillait pour Aimi et pour le club Cerreto, une des plaques tournantes de la blanche à Parme. Elle possédait aussi un compte sur lequel transitait l'argent de la drogue, et elle se prenait un pourcentage sur les quantités et les nouveaux clients qu'elle leur ramenait. »

Soneri lui adressa un signe interrogatif : l'histoire changeait encore de perspective et descendait encore d'un cran.

« Franco ! sourit-elle. La Iliescu n'était qu'une pute ! Une pute de luxe, mais une pute quand même. Sa mission était d'attirer des hommes fortunés, des hommes au cœur vide et en mal d'émotions. Elle avait un grand talent pour ça. Elle les rendait accros, à elle d'abord, et ensuite à la came, en les incitant à en prendre pour en faire de nouveaux clients. Tu pensais que c'était une victime ?

— Elle l'est puisqu'elle s'est fait assassiner, lui rappela le commissaire.

— Elle a joué trop gros, répliqua Angela. Elle avait trahi son clan en lâchant le trafic d'or, du moins, c'est comme ça que le clan voyait les choses. Ils l'ont sûrement menacée, mais comme elle se sentait en force, elle menaçait aussi de les balancer. C'est ça qui a poussé les Roms, Soncini et sa femme à l'éliminer. Et d'après Candiani, elle faisait aussi grimper les prix avec Aimi. Elle était belle, ils étaient tous à ses pieds, mais ça ne lui suffisait pas. L'avidité n'est jamais loin dans ce genre d'affaire.

— Tout ça tient debout, mais l'enfant ? objecta Soneri en se rendant compte que son histoire personnelle avait embrouillé son enquête.

— Tu ne sais pas de quoi sont faites certaines femmes… reprit Angela. Le cynisme n'empêche pas la passion. Raison et sentiment. Il est possible que la Iliescu ait été réellement amoureuse de Soncini. Peut-être qu'elle a vraiment désiré cet enfant. Elle voulait tout, cette fille. Quand tu as connu la faim, tu te fous de l'indigestion. Elle voulait de l'argent, une vie confortable, un homme, un enfant. Elle n'a pas pris le temps de faire les choses les unes après les autres. Elle voulait tout d'un seul coup : une seule bouchée.

— Je m'en sors bien comme enquêteur, mais comme psychologue, on repassera, constata le commissaire.

— Là n'est pas la question, le coupa Angela. La question, c'est que tu vaux mieux que les gens que tu côtoies. Je ne parle pas des voyous, je parle des véritables délinquants qui font partie du gratin de la ville.

— Tu parles comme une femme amoureuse… » tenta de minimiser Soneri.

Mais Angela le prit au sérieux et acquiesça : « Oui. »

Ils se jetèrent dans les bras l'un de l'autre avec une urgence presque brutale, comme entre vieux compagnons d'armes.

« Je te croyais perdue et te voilà revenue, susurra le commissaire. À quoi je dois l'attribuer ?

— J'avais besoin de réfléchir. Je savais que j'allais te faire beaucoup de mal, parce que ton amour pour moi est authentique. Disons que c'est lié à une série d'événements… appelons ça la providence, ironisa Angela.

— Tu n'es pas la première à m'en parler… et ça fait un moment que je me prends les pieds dedans.

— On se la prend tous dans les pieds. On essaye de faire des projets, mais certains événements nous font parfois changer de direction, comme le vent avec les vieux papiers.

— Et là, qu'est-ce qui t'a fait changer de direction ?

— Notre relation était trop installée, voilà pour les prémisses. Ensuite, l'autre a déboulé et je me suis sentie à nouveau une femme désirée.

— Il te plaisait, c'est tout. Peut-être qu'il te plaît encore. »

Angela ne démentit pas.

« Je n'ai jamais pensé te quitter, lui expliqua-t-elle. Si j'avais continué avec l'autre, j'aurais été obligée de choisir. Mais on ne peut pas savoir.

— Et pourquoi tu n'as pas continué ? Dis-moi qui je dois remercier.

— Le hasard, la providence, répéta Angela en ricanant. Il y a quelques jours, j'ai rencontré une de mes collègues que je n'avais pas vue depuis longtemps. On s'est croisées parce que nos audiences qui avaient lieu dans deux sections différentes avaient sauté, tu vois le hasard ! Et il se trouve qu'ensuite on a pris notre petit déjeuner dans le même bar. À un moment donné, on parlait des gens qu'on connaissait et la conversation a débouché sur l'autre. Elle ne savait rien de ce qui s'était passé entre lui et moi, mais elle m'a dit qu'il l'avait draguée avec insistance un mois plus tôt. En gros, il essayait avec les deux.

— Je dois donc envoyer un bouquet de fleurs à ta collègue.

— Je pense que ça n'aurait pas duré, dit Angela sans trop de conviction.

— Je n'en suis pas si sûr. Ce type te plaisait et s'il n'y avait pas eu ce faux pas, que tu as découvert par hasard, à l'heure qu'il est tu serais toujours avec lui et tu m'aurais déjà quitté, grogna Soneri.

— À un moment, j'aurais dû faire un choix…

— C'est lui que tu aurais choisi. Cet homme t'excitait, tu avais l'air d'un vrai soda.

— Je me sentais importante avec lui », répondit Angela.

Le commissaire en resta sans voix. Une dernière pointe d'angoisse le tourmenta à l'idée de ce qui aurait pu se passer.

« Tu m'avais déjà quitté, reprit-il, tu étais sur le point de me le dire, mais quelque chose t'a fait revenir en arrière. J'étais déjà ton ex.

— Et pourtant, on est là, murmura-t-elle.

— Fruit du hasard, insista-t-il. On est légers, d'une légèreté insupportable. Faits de rien. C'est inutile d'exiger de la continuité dans ce que nous sommes, on ne peut que saisir le présent, seulement projeter nos vagues désirs. Nos liens sont soumis aux lois de la chimie, tout peut les modifier, les faire valser à l'infini. C'est pour ça que la vie produit des saints et des assassins, des moines et des putassiers, des voleurs et des gens honnêtes…

— Et là, c'est nous qu'elle a produits et remis côte à côte pour faire un bout de chemin ensemble. N'en demandons pas plus, décréta Angela.

— D'accord, sourit le commissaire, saisissons la chance que ton homme nous a offerte… »

Il saisit son portable pour appeler la Marcotti.

« *Dottoressa !* s'exclama-t-il, Nina Iliescu était le pilier d'un trafic de coke organisé depuis le club hippique. Dans quelques jours, vous recevrez un mémoire en défense de Candiani. Il faudra aussi creuser sur cet Aimi… »

Tout en parlant, il sentit comme une déchirure, la déception d'avoir été humainement trahi.

« Excusez-moi, c'est à moi que vous dites ça ? C'est vous qui êtes chargé de l'enquête…

— *Dottoressa*, ce n'est qu'une histoire de blanche, vous comprenez ? Un dossier pour les Stups. À la PJ, Musumeci suffira, c'est lui qui s'est occupé de Candiani.

— Vous savez, je disais ça pour vous… On va croire que je vous ai déchargé de l'enquête… Je ne comprends pas.

— *Dottoressa*, Capuozzo a raison : à un moment donné, il faut savoir s'arrêter. Et moi, je n'ai pas envie de replonger dans cette merde. »

FIN

La traductrice :

Florence Rigollet est traductrice depuis quatre ans. Outre les enquêtes du commissaire Soneri, elle a traduit les mémoires d'Ugo Tognazzi ainsi que ceux d'Ennio Morricone.

Bibliographie :

Ugo Tognazzi, *La Grande Bouffe de Ugo Tognazzi*, Séguier, 2016

Valerio Varesi, *La Pension de la via Saffi*, Agullo Éditions, 2017 ; *Les Mains vides*, Agullo Éditions, 2019

Goffredo Fofi, *Un héros marginal*, postface à sa traduction italienne de *Codine*, de Panaït Istrati (*Il Bruto*, e/o Edizioni), parue dans la revue *Le Haïdouc*, n° 14/15, 2017/2018

Ennio Morricone, *Ma musique, ma vie – Entretiens avec Alessandro De Rosa*, Séguier, 2018

Retrouvez le commissaire Soneri
dans une nouvelle enquête
à paraître dès 2021
chez Agullo Éditions.

Déjà parus chez Agullo Noir

La Fabrique de la terreur - Frédéric Paulin
La Cité des Rêves - Wojciech Chmielarz
Il était une fois dans l'Est - Arpad Soltesz
La Colombienne - Wojciech Chmielarz
Les Mains vides - Valerio Varesi
Prémices de la chute - Frédéric Paulin
Le Magicien - Magdalena Parys
La Guerre est une ruse - Frédéric Paulin
La Ferme aux poupées - Wojciech Chmielarz
Les Ombres de Montelupo - Valerio Varesi
188 mètres sous Berlin - Magdalena Parys
Pyromane - Wojciech Chmielarz
La Pension de la via Saffi - Valerio Varesi
Le Fleuve des brumes - Valerio Varesi
Spada - Bogdan Teodorescu

Déjà parus chez Agullo Fiction

Autochtones - Maria Galina

La Crête des damnés - Joe Meno

Le Terroriste joyeux - Rui Zink

L'Outil et les Papillons - Dmitri Lipskerov

Bratislava 68, été brûlant - Viliam Klimáček

Prodiges et Miracles - Joe Meno

Le Dictateur qui ne voulait pas mourir -
Bogdan Teodorescu

Le Dernier Rêve de la raison - Dmitri Lipskerov

Héros secondaires - S.G. Browne

Espace lointain - Jaroslav Melnik

Bagdad, la grande évasion ! - Saad Z. Hossain

L'Organisation - Maria Galina

Le Blues de La Harpie - Joe Meno

Le Dernier Amour du lieutenant Petrescu -
Vladimir Lortchenkov

L'Installation de la peur - Rui Zink

La Destinée, la Mort et moi, comment j'ai conjuré le sort -
S. G. Browne

Refuge 3/9- Anna Starobinets

Achevé d'imprimer en février 2020
sur les presses de
l'imprimerie nouvelle Laballery
pour le compte de Agullo Éditions.
N° d'impression : 001461
X71875/61

ISSN : 2551-5861
ISBN : 979-10-95718-75-8
Dépôt légal : avril 2020